아피아린스

APIALINSE

Illust by EDEN

# KARMA MASTER
## 카르마 마스터

**이상혁 게임 판타지 소설**
GAME FANTASY STORY

# 카르마 마스터 6

이상혁 게임 판타지 소설

초판 1쇄 찍은 날 § 2011년  3월  8일
초판 1쇄 펴낸 날 § 2011년  3월 15일

지은이 § 이상혁
펴낸이 § 서경석

총괄책임 § 유경화
편집책임 § 주소영
편집 § 어정원

펴낸곳 § 도서출판 청어람
등록번호 § 제1081-1-89호
등록일자 § 1999. 5. 31
어람번호 § 제1-1228호

주소 § 경기도 부천시 원미구 심곡2동 163-2 서경B/D 3F (우) 420-822
전화 § 032-656-4452   팩스 § 032-656-4453
http://www.chungeoram.com
E-mail § chungeoram@chungeoram.com

ⓒ 이상혁, 2010

ISBN 978-89-251-2453-7 04810
ISBN 978-89-251-2210-6(세트)

# KARMA MASTER

## 카르마 마스터

GAME FANTASY STORY
**이상혁 게임 판타지 소설**

[완결] **6**

Apialinse

도서출판 청어람

# CONTENTS

Chapter 30  마녀, 납치되다                          7

Chapter 31  인연을 모으다                          57

Chapter 32  폭풍 속으로                          111

Chapter 33  마녀, 부활                          163

Chapter 34  지키려는 것, 빼앗으려는 것          215

Chapter 35  엘베로사                          261

Epilogue                          309

# CHAPTER 30

마녀, 납치되다

KARMA
MASTER

1

"도대체 어떻게 관리를 하면 메인 홈페이지를 해킹당합니까?!"

서버 운영실과 기획과의 양 과의 과장들은 머리를 들지 못하고 있었다. 특히 게임 샹그릴라 및 엘아힘 엔터테인먼트라는 '데이터'를 다루는 회사의 심장부라 할 수 있는 서버 운영실의 실장 큐젝 바이칼은 변명조차 할 생각을 못했다.

엘아힘 엔터테인먼트의 한국 서버 총책임자인 하워드 콜린젝은 관자놀이를 지그시 눌렀다. 골치 꽤나 아픈 모양이다.

"바이칼 씨, 한번 대답해 보세요. 그게 그렇게 간단한 겁니까, 샹그릴라 한국 서버를 해킹하는 게?"

"그게… 절대로 쉽지 않습니다."

"예? 제가 잘못 들었습니까?"

하워드의 목소리에 비웃음이 섞인다. 하지만 큐젝 바이칼도 할 말은 있는 모양이다.

"샹그릴라 홈페이지의 보안은 통상적인 웹 문서에 비해 결코 나쁘지 않았습니다."

"나쁘다거나 좋다거나 하는 얘기가 아닙니다. 뚫리지 않았습니까? 그것도 뚫렸다는 사실조차 몰랐다지요? 어떻게 제가 인터넷 뉴스 속보를 통해 먼저 그 소식을 접해야 합니까?"

큐젝이 다시 입을 닫았다.

하워드가 서버 관리실장을 질책하는 가장 큰 이유다. 서버가 통째로 해킹을 당한 것도 아니고, 홈페이지는 뚫고자 하자면 뚫을 수도 있을 것이다. 하지만 뚫렸다는 사실을 몰랐다는 건 분명 큐젝의 실책이었다.

"죄송합니다."

"사과는 사람 발을 밟았을 때나 하는 겁니다. 그동안 파악한 사실이나 보고해 주십시오."

하워드의 말에 따라 큐젝은 이번 해킹 사건에 대한 리포트를 설명하기 시작했다.

"정확한 사건 발생 시간은 아직도 알 수 없습니다."

첫마디부터 하워드의 눈살이 찌푸려진다. 큐젝이 서둘러 말을 보탰다.

"그 사실이 이번 사건의 핵심과 깊이 연관되어 있습니다. 해커는 우리 서버에 보관되어 있던 홈페이지 데이터에 손을 댔습니다. 그럼에도 접근한 흔적이 전혀 남아 있지 않습니다. 실시간으로 감시되고 있는 파이어 월이 전혀 작동하지 않은 것도 당연했습니다. 데이터 교환 트래픽조차도 흔적이 남지 않았습니다."

하워드가 중얼거리듯 말했다.

"초자연 현상으로 설명하려는 겁니까?"

"아닙니다. 아직까지 알려지지 않은 방법으로 해킹을 성공 시켰다는 것을 말씀드리려는 것입니다. 저희의 실력이 부족 하다고 탓하신다면 달게 받아들이겠습니다. 사건이 일어난 지 최소 여섯 시간이 흘렀지만, 아직까지도 어떻게 해킹을 당 한 것인지 그 원인조차 파악하지 못하고 있습니다."

기술자가 책임자의 위치에까지 올랐다. 큐젝 바이칼의 자 존심이 남다를 것이라는 건 누가 봐도 분명했다. 그런 그가 스스로 무능하다고 이야기할 정도다.

하워드는 이번엔 기획과의 책임자인 사카자키 류우를 쏘 아보았다.

"홍보부서를 총괄하고 있는 분으로서 어떻게 생각합니까?"

사카자키 류우는 샹그릴라 홈페이지의 관리자에 해당했다. 기획실 산하 홍보 파트가 맡고 있는 주요 업무 중 하나가 홈페이지를 통한 고객 관리였으니 말이다.

"면목없습니다."

"면목없겠지요. 하지만 그걸 묻는 게 아니지 않습니까? 내가 이미 대답을 알고 있는 것들에 대해 묻기 위해 당신들을 부른 게 아닙니다."

류우는 하워드의 비꼬는 말에 표정이 샐쭉해졌다.

"홈페이지에 대한 관리가 부족했습니다. 요즘 내외적으로 제2계에 대한 준비에 박차를 가하고 있어서 상대적으로 홈페이지는…… 좀 더 자주 마킹했더라면 지금처럼 언론사가 먼저 알게 되는 일은 없었을 것입니다."

하워드는 여전히 대답이 마음에 들지 않는 듯했다. 하지만 두 사람을 닦달한다고 있는 일이 없는 게 되는 건 아니었다. 짧게 한숨을 쉬며 두 사람을 차례로 쏘아보는 것으로 견책은 끝을 냈다.

하워드가 다시 류우를 보며 말했다.

"대응 방안에 대해 이야기해 보십시오."

"예, 일단은 회사 안팎의 보안 전문가들을 통해 해킹범을 먼저 찾겠……"

하워드가 핏, 비웃음을 터뜨렸다.

"무슨 바보 같은 말입니까?"

"예?"

"해킹범은 이미 알려지지 않았습니까?"

류우와 큐젝이 시선을 서로에게 던진다. 알고 있냐는 물음
이 담긴 눈짓이었다.

"그게 무슨……."

류우의 머뭇거리는 말을 하워드가 끊어냈다.

"공개적으로 자신의 이름까지 밝히지 않았습니까? 엘베로
사라고."

큐젝이 류우를 대신해 말했다.

"엘베로사는 본명인지 닉네임인지조차 알 수 없습니다. 전
세계적으로 활동하고 있는 대부분의 해커들에 대한 데이터를
조회해 보았는데 엘베로사라는 이름을 쓰는……."

하워드가 다시 부하의 말을 끊었다.

"본명입니다"

큐젝이 입을 닫는다. 저렇게까지 단정적으로 말하는 걸로
보아서는……. 류우가 그 틈을 타 물었다.

"혹시 알고 계십니까, 범인의 정체에 대해서?"

하워드는 대답을 하는 대신 책상에 올려 있던 모니터를 빙
글 돌려 두 사람 쪽으로 향하게 했다.

류우와 큐젝은 화면에 비춘 것을 보며 고개를 갸웃거렸다. 3D로 정교하게 랜더링된 한 소녀의 모습이 그 안에 있었다. 분홍색의 긴 생머리를 가진 10대 중반의 소녀를 보며 두 사람은 뭐라 반응해야 할지 잠시 고민에 빠졌다.

"뭡니까, 이게?"

류우의 물음에 하워드가 짤막히 대답했다.

"엘베로사."

"에… 예에?!"

놀라 소리를 지르는 류우. 한편 큐젝은 엘베로사라는 소녀의 모습을 바라보다 하워드를 향해 시선을 옮겼다.

"농담은… 아니시군요?"

하워드가 빙긋 웃는다.

"아닙니다."

"혹시 엘베로사라는 게 샹그릴라 안에서 플레이할 때의 닉네임 같은 것입니까?"

하워드는 답하지 않았다. 큐젝은 홈페이지에 떠 있던 문구를 새삼 읊조렸다.

"이곳은 나의 세계… 인 겁니까?"

류우는 여전히 믿지 못하겠다는 듯한 표정이었다.

"우연이겠죠. 엘베로사라는 플레이어가 샹그릴라 안에 있다는 것만으로……. 엘베로사뿐 아니라 별의별 이름이 다 있습니다. 아르트레스, 카시카, 오셀루나니 하는 소설 속 여자 이름부터 애니메이션, 심지어는 문장으로 된 이름까지 있습니다."

"아니, 이 여자입니다."

하워드가 말을 하며 자리에서 일어났다.

"여기서 한 가지 제안을 하겠습니다. 지금 이 시간부로 샹그릴라 서버 한국 관리소에 하나의 부서를 더 만들겠습니다. 대해킹 전담팀 정도로 생각해 주시면 되겠습니다."

류우와 큐젝 두 사람은 어리둥절한 표정을 지었다.

"이번 사건으로 좀 더 확실해졌습니다, 이대로 방치해 두는 것은 결코 샹그릴라에 이롭지 않다는 것이."

"저희를 부른 이유가 따로 있나 보군요."

큐젝의 말에 하워드가 고개를 끄덕였다.

"양쪽 부서는 게임으로서의 샹그릴라가 이 나라에서 어느 정도 자리를 잡은 현재 비교적 여유가 있다 할 수 있습니다. 제2계도 거의 다 완성됐으니까요. 아닙니까?"

하워드의 말에 두 사람이 고개를 끄덕였다. 현재 엘아힘 엔터테인먼트는 게임운영실을 제외하고 조금 여유가 있는 편이었다.

"우리의 첫 번째 목표는 엘베로사입니다. 인선은 두 분 과장님들께 맡기겠습니다. 그레이 크라운즈들도 실행 요원으로서 참가할 것입니다."

류우가 짤막하게 탄성을 냈다.

"그레이 크라운즈라고요? 그들은 나중에 있을 고 레벨 플레이어의 말썽을 제압하기 위해 양성하고 있는 GM 플레이어들 아닙니까? 엘베로사라는 샹그릴라 플레이어를 잡는데 어째서 그들까지……."

큐젝도 동감이라는 듯 고개를 끄덕였다.

"이번 해킹 사건을 가볍게 보는 것은 아니지만… 아직 샹그릴라의 게임 데이터를 공격당하거나 한 징후는 발견되지 않고 있습니다. 알려진 바로는 현재 최고 렙 플레이어 80레벨대 초반 정도인데, 그레이 크라운즈까지는 필요없을……."

하워드가 고개를 저으며 말꼬리를 잘라먹는다.

"필요할 겁니다. 나머지 인선은 알아서 해주십시오. 그리고 이 이야기는 일단 회사 밖으로 새어나가선 안 됩니다."


사장과의 면담을 마친 후 류우와 큐젝 두 사람은 자신도 모르게 의기투합하고 말았다. 평소 공적인 자리에서나 몇 마디 이야기를 나누던 사이지만, 사장실을 벗어나 부서가 있는 층으로 가는 동안 꽤 많은 이야기를 주고받았다.

"한 방 얻어먹은 듯한 느낌이야."

류우의 말에 큐젝이 고개를 끄덕였다.

"이미 하워드 씨는 알고 있던 모양이야. 이번 해킹이 누구의 소행이고 어떤 목적으로 하고 있는 건지."

"그러게. 얼마 전 그레이 크라운즈들이 본 서버에 잠시 투입됐다는 소문을 들었는데, 그것도 무슨 관계가 있는 것 아닐까?"

큐젝은 한숨을 내쉬었다.

"휴우, 이래서 윗선들은 상대하기가 싫어. 알고 있으면 우리에게 가르쳐 줘야 할 것 아냐. 그랬다면 이번 해킹도 어쩌면 막을 수 있었을지도 모르고."

류우도 동감의 제스처를 취했다.

"어쩌겠어? 봉급쟁이인걸. 엘아힘이야 그렇다 쳐도 모회사인 주에스 크로스는 별의별 무서운 소문이 다 돌잖아? 솔로몬의 재보를 이어받은 자들이라느니."

큐젝이 핏, 하고 웃는다.

"그런 이야기를 좋아하는지는 몰랐는걸. 오컬트 마니아인가?"

"마니아까지야. 그래서 어쩔 셈인가? 우리 기획부 쪽에서 사람을 몇 명 보내야 할 분위기인데……. 그쪽에서도 그렇고."

큐젝은 류우의 물음에 으음, 하고 신음을 삼키더니 곧바로 대답을 했다.

"하워드가 꽤 신경을 쓰는 것 같으니 정예를 보내는 게 정답이지 않을까? 샹그릴라를 처음부터 제작했던 한국인들을 중심으로 인선해 보지."

류우가 곧바로 찬성을 하고 나섰다.

"그게 좋겠군그래. 어차피 한국인 해커를 상대하는 일이니까 같은 한국인을 쓰는 게 더 낫겠지."

2

"이럴 리가 없는데……."

점점 머릿속에 그렸던 곳에서 멀어져만 간다. 종로 1가, 종각 근처의 23층 빌딩 12층.

벽방의 총본산이 위치한 곳의 주소다. 한규는 엘리베이터를 타고 오르면서 이건 아니야 하고 끊임없이 중얼거렸다.

한규의 그런 모습을 보며 문기는 빙그레 미소만 짓고 있다. 땅, 소리와 함께 엘리베이터가 멈추고, 세 사람은 간판 하나가 세로로 서 있는 사무실 입구에 도착했다.

사단법인 벽(躄) 단학수련원

"이건 정말 아니다!"

한규는 결국 한마디 외치고 말았다. 입구 옆 벽에 붙어 있는 광고지가 한층 더하다.

두뇌 개발! 학습 능력 향상! 어머님, 자녀분을 학습형 두뇌로.

문기가 웃으며 한규의 어깨에 손을 얹었다.

"허위 광고도 아니고, 사부님들도 입에 풀칠은 해야 할 것 아냐?"

딴에는 이해가 가지 않는 것도 아니었지만, 무협지에서 읽었던 것과 너무나 거리가 멀어서일까, 한규는 눈앞의 현실이 오히려 비현실적으로만 느껴졌다.

사무실 문을 열고 들어서자 드넓은 공간이 눈앞에 펼쳐졌다. 학교 교실의 서너 배쯤 되는 그곳은 녹색의 푹신한 매트리스가 깔려 있는 일종의 수련장인 듯했다.

한쪽에는 덤벨, 역기 따위의 운동 기구가 가지런히 놓여 있고, 저쪽 벽은 거울이 한 면을 다 채웠다. 목검, 목봉 같은 무기들도 거치되었다.

그리고 정면에는 플랜카드가 있었으니.

벽 단학수련원과 함께하는 어린이 겨울 캠프

문기가 한규의 시선을 느꼈는지 변명 아닌 변명을 한마디 한다.

"요즘 무술 도장 가봐. 애들 장사 말고 뭐가 남아나 있나. 태권도장이 전부 어린이집 된 게 벌써 20년 전 일이라잖아."

한규는 휴우, 하고 짤막하니 한숨을 내쉬었다. 아무리 대기 형과 문기의 추천이었지만, 좀 더 제대로 된 곳을 고르는 게 나았던 게 아닐까? 형의 복수가 걸린 일인데.


문기가 한규를 데려간 곳은 수련장에 딸려 있는 작은 사무실이었다. 소파 한 세트에 사무용 탁자가 하나 덩그러니 놓여 있다.

한쪽 벽에서 나온 굴뚝에 이어진 배불뚝이 난로 덕분에 사무실은 훈훈했다. 한규는 갑자기 지금까지 느꼈던 실망감이 거짓말이라도 되는 양 느껴졌다. 난로 곁에서 꾸벅거리며 졸고 있는, 눈썹까지 하얀 저 노인 때문이었다.

며칠 전이라면 결코 느끼지 못했을, 그리고 지금은 피부가 따가울 정도로 느껴지는 기도(氣度). 자연스럽게 우러나는 기도는 한규의 눈으로는 잴 수조차 없이 거대했다.

"유 사부님."

문기가 공손하게 인사를 올렸다. 함께 따라왔던 한규와 명철도 엉겁결에 고개를 숙였다.

졸고 있던 백미노인이 움찔하며 눈을 떴다.

"어어, 문기냐?"

"예, 사부님. 그간 별고없으셨습니까?"

"너도 별일없느냐?"

인사를 하던 유 사부가 한규와 명철을 돌아보았다.

"그나저나, 친구들이냐?"

"예, 사부님."

"허, 얘가 전에 대기가 말했던 그 아이인가 보구나."

문기가 나지막한 목소리로 예, 하고 대답하는 사이 유 사부
는 한규를 보며 고개를 몇 번이나 끄덕거렸다.

"괜찮구나, 괜찮아."

한규는 자신을 보며 하는 이야기라는 생각에 자신도 모르
게 어깨에 힘이 들어갔다.

"긴장할 것 없다. 이쪽에 앉아라."

유 사부는 자신의 바로 앞 소파를 가리키며 문기에게 고개
를 끄덕해 보였다. 문기가 유 사부의 말뜻을 알아들은 듯 명
철을 데리고 사무실 밖으로 나갔다.

그곳에 마주 앉아 한규는 새삼 유 사부란 사람을 쳐다보았
다. 눈이 정말 깊은 사람. 장 사부님이 가끔 진지한 얼굴을 할
때의 느낌이 그에게서 느껴졌다.

유 사부가 천천히 난로 쪽으로 손을 뻗었다. 하나부터 열까지 느긋한 노인이었다. 난로 위에서 조용히 끓고 있는 주전자를 들었다. 뒤집어져 있던 컵을 들어 그곳에 보리차를 따른다. 한 뭉치 김이 퍼지고 보리차 향도 덩달아 넘쳤다.

"독학을 했다고?"

대뜸 묻는 말에 한규는 엉겁결에 예, 예, 했다. 그리고는 곧바로 설명을 더했다.

"완전히 독학이라고는 하기 힘든 게, 제게 우슈를 가르쳐 주신 사부님께 호흡공부의 기초를 배웠습니다. 하지만 사부님은 내공 같은 건 현대사회에 쓸모가 없다고 더 이상 깊은 것은 가르쳐 주지 않으셨습니다."

"호오, 은거하신 분이구나."

"예."

유 사부가 슬쩍 미소를 짓는다.

"왜 네 스승의 말은 듣지 않으려는 게냐? 가르치지 않겠다고 했는데 왜 너는 배웠지?"

한규는 그의 말에 얼굴이 화끈했다. 사부니 스승이니 아버지처럼 모신다며 정작 그분의 말은 듣지 않았다. 내심이야 이유가 있으니까 하며 정당화시키고 있지만, 직접적으로 지적당하니 부끄러운 맘이 든다.

"일이 있습니다. 형이 억울한 해를 입었는데, 갚기 위해서는 힘이 필요합니다."

"복수라……. 예로부터 이 길을 가고자 하는 사람들 중에 그런 이유를 댄 사람은 수없이 많았지."

빙긋 웃고, 유 사부가 한규에게 말을 이었다.

"그리고 그럴 때마다 주위 사람들이 뭐라 했는지 너도 익히 짐작할 만하지?"

"예, 헛된 것이라 말리는 걸… 소설책 같은 곳에서 많이 봤습니다."

"하하하, 그래, 바로 그렇지. 하지만 하나같이 그 말을 듣지 않더구나."

한규가 다시 얼굴을 붉혔다. 속마음이 유리 상자에라도 담긴 듯 느껴진다.

"며칠 전인가, 대기란 아이가 왔었다. 험한 일을 하고 있는 아이라 더 신경이 쓰이지 뭐냐. 그 녀석이 너란 아이를 소개시켜 주었는데……."

유 사부가 자신의 잔에도 보리차를 따른다. 한규는 조용히 그를 지켜보고만 있었다.

"네 생각을 알고 있으면서도 왜 너를 받아들이기로 했는지… 알고 있느냐?"

"잘 모르겠습니다."

"네 형 때문이란다."

의외의 대답에 한규는 손끝을 움찔했다.

"형… 이요?"

"그래. 한상이라고 했던가? 너희 형 말이다. 너희 형을 해친 사람들 중에 우리 벽방과 인연이 있는 자가 있다."

"그게 누구입니까?"

한규는 자신도 모르게 언성을 높였다.

"이미 보지 않았느냐?"

한마디 말에 한규는 자신도 모르게 몸을 부르르 떨었다. 생각나는 사람이 있다. 몇 시간 전에 만났던 그.

"대주라는… 그 사람입니까?"

유 사부는 대답에 뜸을 들였다. 보리차를 호호 불더니 먼산바라기를 한다. 한규는 뭔가 사연이 있는 듯하여 조용히 유 사부의 말을 기다렸다.

"고필안이라 한다."

한규가 사람 이름인가 하는 질문을 머리에 떠올리는 사이 유 사부의 말이 이어졌다.

"우리 단학이 지금처럼 완전히 지하로 숨어든 건 5, 60년쯤 된 일이란다. 1960년대 후반쯤, 그때는 한참 군사독재의 서슬이 퍼렇던 때지. 우악스러운 시대였다. 국가가 국민의 머리카락 길이를 단속했을 때였으니 말이다. 허허."

새삼 생각난다는 듯 헛웃음을 터뜨리며 유 사부는 다시 보리차를 입술로 가져갔다.

"저도 역사 시간에 조금 배웠습니다."

"그래, 아무튼 그런 시대에 한편으로는 자주(自主)라는 말을 꽤나 좋아했단다. 자주국방이니 우리 민족문화니 하면서 전통을 되살리자는 취지의 활동을 많이 했었지."

한규는 유 사부의 말이 앞뒤가 맞지 않는 듯 느껴졌다. 호흡 공부가 몰락한 시기가 군사정권 때였다면서, 오히려 군사정권은 민족문화를 부흥하는 데 힘썼다고 말하고 있다.

한규의 그런 생각을 눈치챈 듯 유 사부가 빙긋 웃었다.

"문화라는 건 아래에서 위로는 가도 위에서 아래로는 가지 못하는 법이란다. 나무가 뿌리가 튼튼해야 잎이 무성해지는 게지, 가지를 매달고 잎을 오려 붙인다고 해서 건강하게 자라겠느냐? 소위 관변 단체라는 것만 우후죽순으로 생기고, 협회니 뭐니 조직해 영세한 예술가들 뇌물이나 뜯어내는 게 당시의 '문화'라는 것이었다."

조금 어려운 이야기에 한규는 묵묵히 고개만 끄덕거렸다.

"무술계도 마찬가지였다. 정체불명의 무술들이 소위 배달겨레니 한국 전통이니 하며 땅에서 솟듯 태어나서는 급속도로 뿌리를 내렸단다. 그게 제대로 된 것들이면 다행이련만…… 대부분 수련을 쌓아봤자 건강을 얻기는커녕 잃기 일쑤였지. 호흡 공부에서도 그런 유의 엉터리 단전호흡법이 널리 퍼지기 시작했다."

"아, 저희 사부님도 대부분 사기라고 했어요. 기니 내공이
니 하는 것들."

"그래. 우리나라뿐 아니라 이쪽은 아무래도 동양의 신비주
의 같은 것과 결합한 엉터리들이 전 세계적으로 퍼져 있단다.
한편으로는 진짜가 타락해 권력과 손을 잡는 일도 일어났다.
당시 군사정권 아래에서 시민의 자유, 권리를 탄압하던 경찰
이니 군대 같은 곳에서 무술교관 일을 맡는다거나 하는 게 그
런 예지."

"그 대주라는 사람이 그런 겁니까?"

유 사부가 무겁게 머리를 주억거렸다.

"그래. 삼대나 이어진 군사정권에 빌붙어서는……. 그가
만든 관변 단체 이름이 나찰대였다. 불가에 나오는 도깨비,
나찰의 이름을 따와서 흉악한 살인 기술을 갈고닦던 곳이
지."

"나찰대……. 아, 그 대주라는 게 나찰대의 대주라는 건가
요?"

"그렇단다."

유 사부의 말을 듣는 순간 한규는 고개를 갸웃했다.

"잠깐만요. 유 사부님이 분명 60년 전의 일이라고……."

"나찰대라는 이름은 아직까지 이어지고 있지 않느냐? 그

남자는 지금 3대 나찰대주다."

"60년 가까이 이어져 오고 있는 조직이라고요?!"

믿기지 않는 얘기였다. 하지만 유 사부의 입에서 나온 이상 사실일 것이다. 한규는 조그맣게 한숨을 내쉬었다.

한편, 유 사부의 이야기를 듣고도 한규는 여전히 알 수 없는 부분이 있었다.

"유 사부님, 그 사람이 위험한 사람이라는 건 알겠습니다. 그런데 우리 형과 무슨 상관이죠?"

"나찰대는 군사정권이 무너지면서 지하로 숨어들었다. 처음에는 폭력조직이라도 결성하려는 건가 싶었는데, 그보다 한 술 더 떠 폭력조직을 뒤에서 조종하고, 그들을 상대로 장사를 하는 암흑조직으로 변해갔지. 국내뿐 아니라 해외에까지 발을 넓혔는데, 그때 손을 댄 일 중 하나가 바로 엘아힘 엔터테인먼트와 JK소프트의 합병 건이었다."

이제야 실마리가 보였다. 그럼에도 한규는 여전히 개운치 않다는 표정이었다.

"그렇게 대단했던가요? JK소프트웨어가… 형이 다녔던 회사지만, 자본금도 몇십 억 안 되는 작은 회사로 알고 있는데… 거대한 다국적 기업이 범죄조직까지 끌어들여 인수했다는 게 좀 이상해요."

한규는 이야기를 하면 할수록 뭔가 앞뒤가 맞지 않는 듯 느꺼졌다.

"저를 찾아온 것도 그래요. 그런 조직의 수장씩이나 되는 사람이 왜 저를 직접 찾아온 걸까요? 그리고 저와 이야기했을 때는 엘아힘 엔터테인먼트는 전혀 모르는 듯 이야기했었는데…….."

유 사부는 한규를 지그시 바라보았다. 그의 눈길에 한규는 너무 나댔나 싶어서 입을 다물었다. 유 사부가 고개를 저으며 천천히 말을 꺼냈다.

"그가 무엇을 꾸미고 있는지까지는 잘 모르겠구나. 왜 네게 나타났는지… 그건 나도 그 이유를 모르겠다. 하지만 엘아힘 엔터테인먼트를 모르는 건 어쩌면 당연할지도 모른다. 그는 훨씬 윗선에서 거래를 한 것처럼 보였으니까. 자세한 건 모든 걸 파내보아야 하겠지."

한규가 가지고 있는 의문에 대해서는 유 사부도 잘 모르는 모양이었다.

유 사부가 한규의 어깨를 툭툭 두들겼다.

"우리도 나름 계속 조사를 하고 있단다. 너무 서두르지 말거라. 한규야, 나는 네가 우리 도방에 들어왔으면 하는구나. 대기의 추천도 추천이지만, 고필안은 너 혼자 힘으로는 어떻게 할 수 없는 괴물이다. 네가 그와 얽힌 이상, 우리가 나 몰라라 할 수는 없는 일이란다."

한규는 유 사부의 말을 듣자마자 소파에서 몸을 일으켰다. 그리고는 그의 앞에 무릎을 꿇었다.

"말씀에 따르겠습니다."

애초에 어느 것 하나 혼자 힘으로 할 생각은 없었다. 도움을 주겠다는 걸 거절할 만큼 편안하게 살아온 인생이 아니었다.

늘 누군가에게 도움을 받았다. 부모님이 돌아가셨을 때는 형 친구들의 부모님, 그리고 형이 잘못되었을 때는 형의 친구들이 그를 지지해 주었다. 친구들, 친구의 가족 어느 하나라도 없었더라면 지금의 자신이 있을 수 없었다는 걸 익히 알고 있었다.

그런 이유뿐만 아니라 한규는 이 유 사부라는 사람이 좋았다. 선한 인상과 푸근한 표정이 어쩐지 자신의 사부 장사건을 떠올리게 만들었다.

"그래그래, 잘 생각했다. 내 이름은 유림강이라고 한다. 수풀 림 자에 강 강 자를 쓰지. 누구한테 배우고 있느냐고 누가 물었을 때 대답하지 못하면 그것도 우습지 않느냐?"

한규는 자신도 모르게 빙긋 미소를 지었다.

"그럼 그렇게 알고 있을 테니 저녁때 다시 찾아오너라. 우리 방의 지도자들이 모여서 회의를 할 예정이니 거기서 소개를 시켜주마."

유 사부의 말에 한규는 고개를 꾸벅 숙였다.

"알겠습니다, 사부님."

면담을 마친 후 한규는 문기와 명철이가 기다리던 도장으로 나왔다. 그사이 심심했는지 명철은 문기에게 샌드백 치는 법을 배우고 있었다. 운동과는 워낙 거리가 멀어서인지 그것조차 어설펐지만.

"여, 끝났냐?"

문기의 인사에 한규는 고개를 슬쩍 끄덕였다.

"좋은 분이시지?"

"그렇더라."

"사부님뿐 아니라 사형들도 다들 좋은 분들이시다. 그래서 어떻게 하라셔?"

"저녁때 다시 오래. 오늘 회의를 한다던데?"

"저녁때라……. 어떻게 할까?"

문기의 묻는 말에 한규는 빙긋 웃었다. 명철도 지금 머릿속에 같은 것을 떠올렸는지 고개를 끄덕거린다.

"네 시간쯤 있잖아? 샹그릴라에 가야지."

세 사람은 유 사부에게 인사를 한 후 가까운 샹그릴라 플레이 센터로 향했다.

장소가 종로였던 만큼 게임 센터를 찾는 것은 어렵지 않았다. 그럼에도 세 사람은 벌써 세 군데나 장소를 옮겨야 했다. 하나같이 사람이 가득 차 있었기에.

"아 놔, 집에 가서 할 것이지 죄다 PC방 나와 있냐?"

문기의 투덜거리는 말에 한규가 핀잔한다.

"우리가 할 말이냐?"

"우리야 사정이 있잖아."

"남들은 안 그렇겠냐?"

한편 명철은 두 사람의 대화에 끼어들지 않고 자신의 핸드폰을 들여다보고 있었다. 말이 좋아 핸드폰이지, 5인치 대형 화면에 컴퓨터 못지않은 스펙을 갖고 있었다.

"뭘 그렇게 집중해서 보고 있냐?"

한규의 물음에 명철이가 아, 하며 자신의 핸드폰을 들어 보였다.

"뉴스."

"시사 문제에도 관심있냐?"

명철이 웃으며 고개를 젓는다.

"그럴 리가. 아까 봤던 뉴스 때문에. 관련 기사 검색하고 있었어."

아까 봤던 뉴스란 다름 아닌 샹그릴라 메인 홈페이지 점령 사건이었다.

"엘베로사가 일으킨 그거?"

한규의 물음에 명철이가 고개를 끄덕였다. 문기가 명철에게 물었다.

"뭐 별다른 얘기 있어?"

"아, 회사 측에서 공식 입장 발표했어요. 샹그릴라 게임 자체가 해킹당한 것은 아니니 별일 아니라는 듯한 제스처네요."

"그렇겠지. 뭐, 그 말도 틀린 말은 아니고."

그때, 한규의 핸드폰에 문자가 도착했다. 주머니 깊숙이 찔러둔 핸드폰으로 손을 가져갔다.

"인기 좋구만."

문기의 빈정대는 말에 한규는 대꾸할 가치도 없다는 듯 외면했다. 그러면서도 속으로 누굴까 하는 생각을 떠올려 보았다.

문득 넬티아가 생각났다. 그날 이후로 변변한 연락도 오지 않고 있다. 단단히 화가 난 모양이었다. 그녀의 오빠를 만날 일이 조만간 찾아올 것 같은데……. 어쩌면 오늘일지도 모르고.

하지만 문자를 보낸 것은 그녀가 아니었다. 한참이나 핸드폰의 문자를 들여다보았다. 걷던 발까지 멈추었고, 문기와 명철이 이상하다는 듯 한규를 쳐다보았다.

한참이나 한규에게 반응이 없자 문기가 툭 물었다.

"뭐냐?"

한규는 대답을 하는 대신 문자를 보여주었다.


빨리 접속해 봐.

—엘베로사


"에엥?!"

명철이가 놀란 소리를 냈다.

"이거 가능한 거냐?"

한규가 물었고, 명철은 고개를 저었다.

"불가능할 거야."

문기는 이해가 가지 않는다는 듯 명철을 보았다.

"왜? 해킹도 자유자재로 하는데."

"그… 하긴 엘베로사는 꼭 게임 안의 생명은 아니니까 가능하겠네요."

한규가 도리질을 친다.

"형이 그랬어. 가끔 게임 안으로 사람을 끌고 들어가기도 한다고. 그러고 보면 이런 정도는 별거 아닐지도 모르겠네. 난 순간 형이나 혜나 누나 같은 사람들이 핸드폰을 쓸 수 없다는 걸 떠올렸는데……."

이해는 했지만 여전히 쉽게 받아들이기 힘들다. 한규는 머리를 도리질 치며 다시 핸드폰을 바라보았다.

어떻게 자신의 전화번호를 알았는지, 어떤 식으로 연락을 해왔는지 더 이상 고민해야 소용없다.

"빨리 샹그릴라 PC방을 찾아야겠다."

무슨 일인지 궁금했기에 한규는 PC방을 찾는 걸음을 서둘렀다.


3


샹그릴라 세계에 접속하자마자 나는 납치를 당했다.

누가 그랬는지는 예상할 만하다. 핸드폰까지 써서 호출한 당사자, 엘베로사가 범인일 테다.

온통 주위가 하얗게 변했다. 롤러코스터라도 탄 양 몸이 덜컹거리며 흔들렸다. 아찔하게 낙하했다가 하늘 위로 내던져지듯 끌어올려진다. 멀미가 날 정도로 시달리고 나니 바닥의 지형이 보이기 시작했다.

"이건 또 뭐야?"

투덜거리는 내 목소리가 벽에 울려 들렸다. 내 몸이 떨어지고 있는 곳은 미로였다. 하늘 위에서 보았을 때 분명 그건 회색 돌 벽돌로 만든 미로였다.

바닥에 내동댕이쳐지기 직전, 나는 낙법을 쳐 충격을 분산

시켰다. 등판에서 허벅지까지 저릿할 정도로 아프다.

이곳이 어딘지 알 수 없다. 아픔에 불만이나 터뜨릴 시간 따위는 없었다. 체력이 얼마 줄어들지도 않았다. 서둘러 일어나 주변을 살폈다.

내 판단은 정확했다. 곧바로 수십 마리나 되는 거대한 사마귀가 나를 덮쳐 왔다. 이름이 하얀색으로 표시된다. 다시 말해 저 몹들도 만렙이라는 말이다.

엘베로사가 불러들인 것은 틀림없는데, 왜 사마귀 따위랑 싸움을 붙이는 거냐?

생각할 겨를도 없었다. 일단 주먹을 뻗어 일격을 내질렀다. 사마귀 하나가 괴성을 지르며 통증에 비틀거린다. 누가 만렙 아니랄까 한 방에 죽지는 않는다.

내 앞에 커다란 낫을 흔들거리는 사마귀는 모두 일곱 마리였다. 좌우일승대법을 활성화시키며 혼일무극장을 좌우로 날렸다. 사마귀 모두에게 데미지가 들어갔는지 움찔거리며 나를 노려본다.

금강부동신공, 오뢰홍강, 질뢰답무영까지 언제나처럼 기본 옵션으로 이 기술들을 활성화시켰다. 솔직히 만렙 몹이 몇 마리든……

"긴장은 안 된다고!"

펑펑, 연달아 혼일무극장이 터졌다. 순식간에 사마귀들이 바닥으로 무너져 내린다. 루팅을 할 생각도 들지 않았다. 우선 미로의 구조부터 확인해야겠다.

질뢰답무영을 시전해 벽과 벽을 차 미로 위쪽으로 뛰어올랐다. 영화 같은 데서 본 게 기억이 나서였다. 미로 안을 헤매고 다녀봤자 시간만 버린다.

하지만 역시 엘베로사가 만든 미로답다. 아니, 누가 만들었는지는 확실하지 않지만, 엘베로사랑 연관된 미로답달까? 중간쯤 올라가니 위에 보이지 않는 벽 같은 것에 머리가 닿는다. 내가 둔했다면 그대로 들이받을 뻔했다.

벽. 솔직히 부수려면 부술 수도 있다. 내가 샹그릴라에서 부수지 못하는 것은 없으니까. 하지만 일단은 참기로 했다. 이 공간의 정체를 파악하는 것이 먼저다.

그때, 저 위에서 비명 소리 같은 것이 들렸다. 고개를 들어 보니 사람처럼 보이는 두 개의 점이 이쪽으로 떨어져 내리고 있었다. 말하지 않아도 알 것 같다. 하나는 문블레이드고, 다른 하나는 유리한일 게다.

엘베로사가 두 사람을 모르는 것도 아니고, 뭣 때문에 이런 식으로 소환한 건지 모르겠지만 우리 모두를 불러 모은 모양이다.

문블레이드는 전투형 캐릭터라 그렇다 치겠는데, 유리한, 저러다 송장 치울 일 생기겠다. 유리한의 그림자를 따라 나는 그를 받을 준비를 했다.

비명 소리를 길게 꼬리 달아 떨어지는 유리한에게 나는 카르마 덩어리를 날려 보냈다. 현실에서의 공부 덕분인지 부쩍 카르마를 쓰는 방법에 자신감이 붙었다. 카르마를 그물처럼 펼쳐 유리한을 받을 생각이다.

정신을 집중해 카르마 덩어리를 컨트롤한다. 덩어리져 있던 카르마가 사방으로 퍼지고, 이내 얇은 막처럼 넓게 펼쳐졌다.

그 순간 유리한의 몸이 카르마 막에 부딪쳤다. 고무 막처럼 카르마의 막이 밑으로 쭉 늘어진다.

"오, 땡큐!"

유리한이 나에게 손짓을 하며 공중제비를 돌아 바닥에 착지했다. 그 바로 옆으로 쿵 하는 소리와 흙먼지를 일으키며 또 한 사람이 떨어져 내렸다. 문블레이드다.

문블레이드의 체력 바가 절반 가까이 날아갔다. 낙법을 친 것 같은데, 하긴 나야 금강부동신공이 있었으니 괜찮았지만.

옆구리를 부여잡고 낑낑대며 문블레이드가 일어났다. 나를 보고 흰 눈을 치켜뜬다.

"너무해! 유리한은 받아주고. 흑흑! 남자가 더 좋은 거야?"

나는 문기를 향해 손가락을 이용한 욕을 날려주려다 가까스로 참아냈다. 사실 그럴 시간도 없다. 곤충형 몬스터 한 떼가 우리를 발견하고 덤벼들었다.

"이런 던전이 있었나?"

석궁을 날려 사마귀의 머리통을 꿰며 유리한이 중얼거렸다.

"있었다 하더라도 알려지지는 않았겠지. 애들 전부 만렙 몹들이야."

영웅 급도 아니고 그저 만렙 몬스터 정도에 어떻게 될 우리가 아니었다. 단지 숫자가 많아 귀찮을 뿐.

"그런데 왜 이런 곳에 떨어진 거야?"

유리한의 질문에 나는 어깨를 으쓱했다.

"몰라. 하지만 조금 전 받았던 문자하고 엘베로사와 무슨 관계가 있다고 보는 게 맞겠지?"

"그 뒤로 연락 온 건 없어?"

문블레이드의 말에 나는 고개를 저었다.

"아니."

"그럼 계속 나가는 길밖에 없나."

문블레이드의 검이 현란하게 빛나며 앞에 있던 다섯 마리의 장수풍뎅이 뿔을 한 번에 잘라 버렸다. 나도 그곳에 가세해 연달아 주먹을 날렸다. 번쩍거리고 우지끈, 쿵 하더니 수십 마리나 되던 벌레가 배를 깔고 눕는다.

무엇보다 얼마 전 공성전 때 서로 호흡을 맞춰놓은 게 큰 도움이 되었다.

두 만렙 캐릭터, 문블레이드와 나, 그리고 만렙에 가까운 유리한이 손을 잡자 비록 만 레벨의 던전이었지만 순식간에 정리되기 시작했다.

미궁은 두 사람이 간신히 지날 정도의 복도와 교실만 한 크기의 공터가 반복되고 있었다. 복도는 비교적 몬스터가 적은 편이었지만, 교실은 기다리기라도 한 듯 여러 종류의 곤충형 괴수들이 나타났다.

가끔 학교 운동장만 한 공터라도 나타나면 아무리 만렙, 그것도 사기 급의 캐릭터인 우리였지만 조금 긴장을 해야 했다. 중간 보스의 등장을 뜻했으니까.

자이언트가 세 개쯤 붙어야 걸맞을 듯한 집게벌레가 무지막지한 가위를 휘둘러댄다. 거무스름하게 번쩍이는 날에 걸리는 건 나무든 바위든 두 동강이 난다.

"전설 급은 아니지?"

문블레이드의 검이 집게벌레를 막아내자 불꽃이 사방으로 튀어 날렸다.

문블레이드의 말에 나는 고개를 끄덕였다. 이름이 있는 영웅 급의 몬스터는 지금까지 몇 마리나 상대해 봤다. 눈앞에 있는 저 집게벌레는 보통의 영웅 급 정도다.

"그럼 그렇게 레벨이 높은 던전은 아니란 얘긴데……."

또다시 문블레이드가 중얼거린다. 유리한이 한마디 끼어들었다.

"아직 밝혀지지 않은 던전이 많잖아요. 그중 하나겠죠. 문제는 왜 이곳으로 왔냐는 거죠."

"그러니까, 엘베로사가 불러들인 곳치고는 별거없다?"

나를 보며 하는 문블레이드의 말에는 수긍할 수밖에 없었다. 도대체 왜 이곳에…….

"정말 엘베로사야?"

문블레이드가 묻는다. 나는 그의, 아니, 그녀의 물음에 눈빛으로 되물었다. 그게 아니라면 왜 갑자기 우리가 이곳에 날려 왔냐고.

문블레이드가 내 눈빛에 어색하니 웃으며 고개를 주억거렸다.

"하긴 그것밖에 없지."

던전이 슬슬 답답하게 느껴졌다. 엘베로사가 한가해 우리를 부른 건 아닐 거다. 그녀에게 무슨 일이 있다면 도와주든, 혹은 그 반대의 행동을 취하든 일단 서둘러 만나봐야 할 것 같다.

카오스 브링거.

그 검게 빛나는 스킬이 내 손에 어렸다. 응축된 거대한 카르마의 용암처럼 꿈틀대는 기세는 프로그램마저 벌벌 떨게 만든다. 눈앞에 보스인 양 웅크리고 있던 집게벌레가 갑자기 전의를 잃고 땅속으로 파고들었다.

어차피 저런 벌레 따위 상대할 생각은 없다. 나는 내 손안에 어린 카르마의 혼돈이 길게 뻗어나가는 듯 상상했다. 그리고 앞을 가로막고 있는 회색빛의 미로 벽을 향해 그 힘을 방출시켰다.

하나, 둘, 그리고 세 가지 각기 다른 나의 스킬들이 한데 어우러지고, 그것이 흡사 공이라도 되는 양 응집된 카르마를 두들겨 폭발시킨다. 포성처럼, 포화처럼 검게 꿈틀대는 혼돈의 덩어리가 번개처럼 뻗어나갔다.

그 앞에 있는 것이 무엇이든 상관없다. 샹그릴라, 혹은 현실에서 샹그릴라를 떠받치고 있는 것, 그 사이에 그리 큰 차이는 없다.

모두 깨어지고 흩어진다.

"야야, 그거 진짜 너무하다."

흙먼지가 가라앉고 문블레이드가 투덜거리듯 말했다.

확실히 너무하다. 직경 3미터짜리의 구멍이 도대체 어디까지 뚫려 있는 건지.

구멍은 검은 구멍이 되어 아직도 검은 번개를 사방으로 날름댄다.

아지랑이처럼 주변의 풍경이 다시 구성화되며 간신히 형태를 이루어간다. 구멍을 메워간다. 있을 수 없는, 찢어진 상처를 세상은 서둘러 꿰매어간다.

그곳에 대고 내가 외쳤다.

"엘베로사! 어디야?!"

긴 목소리가 사방으로 흩어져 메아리쳤다. 만약 내가 뚫은 이 긴 구멍 위에 엘베로사가 있다면 대답해 올 것이다.

카오스브링거 스킬의 유일한 단점은 이 무지막지한 카르마의 소모다. 서둘러 삼라일규를 시전해 봤지만, 잃은 카르마의 1/3 정도 채웠을 뿐이다. 엘베로사에게 대답이 없는 걸 보니 이 스킬을 한 번 더 써야 할 모양이다.

각도를 바꾸어 다시 손을 뻗었다.

그때, 내가 뚫은 구멍을 통해 손바닥만 한 빛의 구슬이 날아들어 왔다.

"엘베로사?"

직감적으로 그것이 엘베로사라고 느껴졌다. 그리고 그 빛의 구슬이 다시 사람의 모습으로 돌아왔을 때, 눈에 익은 분홍빛 머리칼을 발견하자마자 우리의 예상이 맞아들었음을 확신할 수 있었다.

그리고 그녀를 따라 회색빛의 광대들이 모습을 드러냈을 때, 비로소 그레이 크라운즈가 특정 지어 사냥하려는 것이 엘베로사라는 것을 깨달았다.

왜지?


4


두 덩어리의 사람들이 거리를 두고 바라만 보고 있을 때는
두 가지 경우뿐이다. 미팅과 패싸움.

그레이 크라운즈는 이전과 같은 복식을 갖추고 이열 횡대
로 늘어서 있었다. 낯익은 녀석도 있었다, 이미 예전에 한차
례 손을 섞은.

곧바로 전투가 벌어지지 않은 건 아마 그 녀석 때문일 테
다. 이미 엘베로사를 잡기 위해 원기를 제법 손상한 듯 광대
들의 절반은 부상이 심해 보였다.

대치를 하고 있는 동안 문득 이상한 생각이 들었다. 예전에
엘베로사를 결박했던 녹색 그물은 왜 쓰지 않는 거지? 카오스
브링거를 제외하고는 결코 파괴할 수 없는 도구인데.

하지만 그 비밀은 금세 풀렸다.

엘베로사의 양손에서 금색의 그물이 펼쳐졌다. 그 금색의
그물이 지금 우리가 서 있는 공간 전체를 감쌌다.

그 모습에 그레이 크라운즈들이 눈살을 찌푸렸다. 지금까
지 엘베로사와 싸우면서 금색 그물을 경험해 본 모양이었다.

나는 그 그물이 예전 그레이 크라운즈가 사용했던 녹색 그물과 같은 종류의 것이라는 것을 직감했다. 만들어낼 수 있다는 건 해제할 수도 있다는 것. 그때는 불가능했던 그물의 분해를 지금 엘베로사는 할 수 있게 된 것이다.

하긴, 그녀는 살아 있으니까 진화한 것이다.

귀엣말을 나누며 눈치를 보던 그레이 크라운즈 중 한 명이 앞으로 나섰다.

"그레이 크라운즈 1번대 대장 예빈 뉴에이크다. 너희 파티의 대표는 누구냐?"

문블레이드가 내 등을 떠민다. 그런 그녀를 한번 노려보고, 나는 예빈이라는 그 남자의 말에 대꾸했다.

"일단은 나 같은데?"

"이야기는 이미 들었다. 만렙에 굉장한 캐릭터를 육성했다더군."

칭찬의 말이 아니겠지?

대답을 하지 않자 그가 다시 입을 열었다.

"그 플레이어 NPC와 아는 사이라더군. 그녀는 범죄자다. 이 게임의 세상에서 격리되고 버그를 수정해야만 하는 존재다. 현실에서도 범죄자를 도와주거나 숨겨주면 죄가 된다는 것을 알고 있지? 게임 속에서도 마찬가지다. 우리 어둠의 율법자 그레이 크라운즈는 평범한 GM들과는 맡은 일 자체가 다르다. 게임 속에서 게임 안의 룰로 정의를 지킨다. 우리는 다른 GM들은 할 수 없는, 이를테면 너희를 죽이는 것조차 할 수 있다."

결론은 죽기 싫으면 엘베로사를 넘겨라 아냐?

"거참, 말 기네."

귓구멍을 파며 짝다리를 했다. 상대가 마음에 들지 않을 때 취하는 기본자세 중 하나다.

"그러니까, 엘베로사는 그런 애가 아니라고 말했던 것 같은데? 헛다리 짚은 거니까 그냥 물러나. 험한 꼴 당하기 싫으면."

한 그레이 크라운즈 멤버가 손을 뻗어 벽에 난, 아직 채 아물지 않은 구멍에 손가락질을 한다.

"저걸 봐. 저게 게임 안에서 용납된 행동 같은가? 저런 걸 할 수 있는 플레이어가 버그 플레이어가 아니면 뭐란 말이야?!"

그건 좀 할 말 없다. 내가 봐도 내 스킬은 버그 플레이에 한없이 가까우니까. 저 녀석들은 저 구멍이 엘베로사가 한 것으로 착각하고 있는 모양이지만.

"그런 애 아니라고 했지."

으르렁거리는 내 말투에 그레이 크라운즈들의 눈빛이 한층 날카로워졌다. 손대면 바로 터질 듯한 긴장감이란 게 이런 건가?

"지난번 방심한 우리의 멤버 둘을 상대로 이겼다고 그런 자신만만한 태도를 취하는 건가? 후후후."

그레이 크라운즈 1번대 대장이라는 예빈이 낮은 웃음을 흘렸다.

"방심을 했는지 어쨌는지는 모르겠는데, 한 번 더 붙으려면 붙자고. 응?"

손마디를 꺾고 목을 돌렸다. 우드득 소리가 울린다.

열여덟 명의 그레이 크라운즈가 낫 같은 것이 달린 지팡이를 바닥에 통통 내려쳤다.


"얘네들, 누구야?"

어두운 방에서 모니터를 하던 김승환이 커피 잔을 고쳐 쥐었다. 모니터를 등진 채 책상에 다리를 올려놓고 있던 한 남자가 그의 물음에 어깨를 으쓱거린다.

하지만 제스처와는 다르게 표정은 모니터 안의 플레이어들을 알고 있는 듯했다.

"도대체 뭐가 어떻게 돌아가는 건지. 상부의 지시로 이런 골방 안에 처박혀서 GM들이 해야 할 일이나 하는 것도 마음에 안 드는데……."

호로록 커피를 들이마시고 김승환은 커피 잔을 자판 옆에 내려놓았다. 그의 양손, 열 개의 손가락이 잔상을 남기며 자판 위에서 춤을 춘다. 수개의 창이 떠오르고 사라져 가며 수많은 프로그램이 다시 생겨나 게임 안으로 흡수되어 갔다.

"이러면 어떠냐? 신의 번개다!"

카메라처럼 게임 안을 비추던 장면 안에 회색빛의 옷을 걸친 광대들과 네 플레이어가 보였다. 그의 말에 맞추어 푸른색의 벽력같은 것이 플레이어들을 덮쳤다. 하지만 그들은 너무나 손쉽게도 그 번개를 막아냈다.

"어라, 장난 아니네?"

승환을 등지고 있던 동료가 콧노래를 흥얼거리며 말했다.

"건드리지 않는 게 좋을걸. 흠흠흠."

"뭐가?"

"그 안 말이야. 그레이 크라운즈한테 맡겨. 그런 일을 하라고 특별히 고용된 플레이어들이잖아."

"심심해서 그랬지. 뭐, 건드리면 안 될 것까지야 없잖아?"

승환의 말에 동료는 묘한 웃음을 지었다.

"안 될 거야, 아마."

그 순간,

갑자기 승환이 조작하던 컴퓨터가 오작동을 시작했다. 키보드에서 손을 뗀 지 오래이건만 화면에 작은 창이 수없이 떠오르며 굉장한 숫자의 문자를 새겼다. 그것 하나하나가 프로그램이 되고 화면 그 자체를 집어삼키기 시작했다.

"이, 이게 뭐야!"

놀란 승환은 자판을 두들겨대기 시작했다. 좀 전과는 비교도 되지 않을 만큼 바쁘게 손을 놀렸지만, 이미 컴퓨터는 그의 제어를 벗어난 지 오래였다. 모니터 안의 화면은 찢기고 뜯겨 나가 황폐하게 너부러졌다.

전원을 뽑는 것을 제외하고 그 컴퓨터는 이제 아무런 동작도 하지 않게 되었고, 김승환은 멍한 얼굴로 모니터를 바라보기만 했다.

"그러니까 건드리지 마."

몸을 기댔던 의자의 다리를 탕, 하고 바닥에 내려놓으며 승환의 동료가 자리에서 일어났다.

"어, 어디 가?"

"뭘 어디 가. 컴퓨터를 새로 가져와야 할 것 아냐. 모니터링 않게?"

"아!"

승환도 동료를 따라 자리에서 일어났다. 그때, 등을 돌리고 있던 동료가 컴퓨터 모니터를 돌아본다.

그, 이제동은 혀를 끌끌 찼다.

"저걸… 인간이 제어하겠다고?"

상부의 명에 이곳에 와 있기는 승환과 마찬가지였다. 이미 엘베로사라는 존재를 알고 있던 이제동은 은근한 호승심이 머릿속에 이는 듯했다. 저걸 정말로 제압하고 제어할 수 있을까 하는 짤막한 질문과 함께.

그런 식으로 게임 밖에서는 프로그래머들이 서포트를 하고, 게임 안에서는 그레이 크라운즈라는 GM플레이어들이 엘베로사 포획 작전을 진행했다.

하지만 경과가 영 좋지 못했다.

그레이 크라운즈 1번대 대장 예빈은 지금까지 샹그릴라를 플레이해 오며 이렇게까지 당황한 적이 없었다. 게임 밖에서 게임에 관여하는 GM과는 달리 그레이 크라운즈는 일종의 플레이어 NPC 개념으로 만들어졌다. 게임 내의 버그들을 고치는 것이 주요 임무였지만, 그 처리 방법을 NPC처럼 '스토리 있게' 해나가는 것이 그레이 크라운즈들의 방식이었다.

그것이 매력있게 느껴져 아직 만렙 캐릭터들이 없어 실제로 활약할 장소가 없음에도 예빈은 그레이 크라운즈 일을 계속 맡고 있었다.

그런데 도대체…….

"네놈들은 도대체 뭐냐?!"

뭐냐는 물음에 나는 짤막하게 답해줬다.

"한큐."

"그, 이름이 아니라……."

"사람한테 뭐냐고 물어봤자 답할 말 없는데?"

대답과 동시에 청구연환삼식이 내 좌우를 노려오던 크레이 크라운즈의 옆구리에 틀어박힌다.

"……."

내 말에 예빈이라는 녀석, 말문이 막힌 모양이다.

나는 잠시 짬을 내어 엘베로사를 보았다. 그녀는 캐릭터 스펙으로 치자면 한큐도 상대가 되지 않을 텐데 그레이 크라운즈와의 싸움에 집중을 하지 못하고 있었다.

처음에는 왜 그러나 했는데, 갑자기 마른하늘에 날벼락이 치지 않나, 내가 밟고 있는 땅이 용암으로 바뀌질 않나 하는 불가사의한 일을 몇 번 겪게 되고 나서는 지금 이 싸움에 끼어들고 있는 게 그레이 크라운즈 외에도 있다는 걸 알게 되었다.

엘베로사는 아마도 외부의 프로그래머들로 추정되는 적과 싸우고 있는 모양이었다.

자연스럽게 그레이 크라운즈를 상대하는 것은 우리 세 사람이었다. GM 급의 캐릭터가 열여덟이었지만, 우리는 밀리지 않았다. 짬짬이 엘베로사의 도움을 받아 하나둘 숫자를 줄여갔고, 이제는 겨우 네 명만이 남아 우리 세 사람의 공격을 간신히 버티고 있었다.

예빈의 눈빛이 원망스럽게 천장을 바라본다. 엘베로사가 펼친 금빛의 그물이 거슬리는 모양이다. 그게 아니라면 벌써 도망쳤겠지?

여유가 생긴 나는 엘베로사에게 말을 걸었다.

"이런 놈들에게 고전한 거야?"

하지만 여전히 엘베로사는 대답하지 않았다. 나는 여유가 생겼지만, 엘베로사는 아닌 모양이다.

내 말은, 비록 엘베로사에게 던진 별 의미 없는 몇 마디였지만, 그레이 크라운즈에게는 상당히 굴욕적이었다. 참담한 얼굴로 예빈과 다른 세 그레이 크라운즈가 갑자기 공격을 멈추고 나란히 모여 섰다.

"솔직히 우리가 여기까지 몰릴 거라고는 생각도 하지 못했다."

예빈의 말투에 비장함이 느껴진다. 그 기세에 눌려 나도 모르게 주춤 뒤로 물러섰다. 한쪽 어깨로 엘베로사를 가리며.

"어째서 그렇게까지 그녀를 보호하는 것이지?"

오히려 내가 묻고 싶다.

"그럼 너네는 왜 그렇게 엘베로사를 잡으려는 거냐?"

"버그 플레이어는 근절해야 한다."

"버그라고 생각하면 프로그램으로 고치든지."

"그게 안 되니까 우리가 등장한 것이다. GM들이 해결할

수 없는 일이기에 게임 안에서 살아가는 우리 그레이 크라운
즈가!'

정확히 어떤 개념인지는 여전히 아리송하다만…….

"플레이어를 상대로 이런 기술까지 쓰게 될 거라고는 생각
도 하지 못했다."

낮게 중얼거리는 예빈의 말은 귓전에도 들어오지 않았다.
갑자기 한 가지 사실을 깨달았다.

혹시 엘아힘 엔터테인먼트에서 엘베로사의 정체를 눈치챈
것은 아닐까?

프로그래머까지 끼어들어 엘베로사를 포획하려 하고 있
다. 아니, 프로그래머가 엘베로사를 조사했다면?

"한큐, 정신 차려. 저 공격, 장난 아닌 것 같은데?"

정신을 빼고 생각에 골몰하는 내 옆구리를 문블레이드가
툭툭 쳤다.

"으, 응?"

나는 다시 예빈을 보았다. 예빈을 비롯한 네 그레이 크라운
즈가 별 모양의 마법진의 모서리 위에 진형을 이루고 서 있었
다. 무시무시한 카르마가 넘실대며 그들의 몸 밖으로 파도를
만들었다.

문블레이드가 긴장을 할 만한 카르마의 파동이었다.

"뭐냐, 저거?"

나는 다시 한 번 금강부동신공과 오뢰홍강의 스킬을 확인하며 그들의 짓거리를 노려보았다.

"희생의 촛불!"

예빈이 외친다. 마법이 완성된 모양이다. 동시에 우리, 엘베로사를 포함한 네 명이 딛고 있는 땅 전체가 청백색으로 빛났다. 그 빛은 땅에서 천공을 꿰뚫듯 위로 뻗어나갔다.

에너지가 쇄도해 몸을 압박한다. 전투 로그창에 내가 입은 데미지가 끊임없이 떠오른다. 30, 40, 가끔 100. 얼마 안 되는 데미지다. 하지만 금강부동신공이나 오뢰홍강을 염두해 두었을 때, 결코 적지 않은 공격력이다.

10초, 20초. 그 빛의 기둥은 사그라질 생각을 하지 않았다. 저 너머, 예빈과 그의 부하들의 체력이 계속해 줄어들어 간다. 일종의 희생 마법인 모양이었다.

문블레이드와 유리한 둘 다 지금 빛의 기둥 안에서 괴로운 듯 몸을 비틀어댔다. 적지 않은 데미지를 계속 입고 있는 듯했다.

나는 두 팔을 교차해 얼굴을 가리며 몸을 앞으로 밀어 보냈다. 적의 마법을 깨뜨려야 한다. 하지만 몸은 엄청나게 무거운 액체 속, 이를테면 수은의 바다를 헤엄치기라도 하는 듯 더디게 나갔다.

경계를 풀면 안 됐다.

후회가 들었다. 너무나 만만하게만 봤다.

그때, 희생 마법을 시전하던 그레이 크라운즈 중 하나가 서서히 허물어지며 무릎을 꿇었다. 그의 몸이 이름 그대로 잿빛으로 변하며 바람결을 따라 흩어졌다.

몸을 감싸던 압력이 조금이나마 줄어들었고, 나는 다리에 힘을 더해 그레이 크라운즈들에게 접근했다.

서서히 서서히 가까워진다. 그사이 또 한 명, 적이 재로 변해 흩어졌다.

고개를 돌려 뒤를 보았다. 우리 편의 체력도 바닥이다.

양손을 앞으로 뻗었다. 혼일무극장을 준비한다. 상당히 먼 거리에서까지 폭발시킬 수 있는 스킬이고, 시전 시간이 빠르다. 이미 익숙할 대로 익숙했으니까.

퍼펑—!

그레이 크라운즈 사이에서 카르마의 폭발이 일었다. 힘없이 세 사람이 사방으로 흩어졌다. 마법진에 빛이 사라진다. 마법이 깨졌다.

나를 감싸던 빛의 기둥이 갑자기 사라진다. 답답한 압력도.

몸을 날려 그레이 크라운즈의 대장 예빈의 멱살을 잡았다.

"크크, 승리했다."

그가 나를 보며 웃음을 흘렸다. 그의 몸이 재로 변해 흩어져 갔다.

승리?

어째서.

고개를 돌렸다.

그곳에는 있어야 할 한 사람이 보이지 않았다. 바로 엘베로
사가.

내 손아귀에서 흩어져 가는 예빈을 다시 움켜잡았다. 하지
만 손에는 아무것도 남지 않았다.

엘베로사가 설마…….

이런 공격에 죽기라도 했단 말인가?!

세계가 무너져 갔다. 우리가 있던 미로가 흡사 신기루라도
되는 듯 사라져 간다. 우리가 서 있는 곳은 황량한 사막의 한
가운데.

아지랑이 같던 푸른 하늘이 시야 가득 들어왔다.

여기는…….

> 델즈 사막에 입장하셨습니다. 이곳은 중급의 모험자들을 위한…….

# CHAPTER 31

인연을 모으다

KARMA
MASTER

1


멍하게 있는 것은 나뿐만이 아니었다. 기억을 더듬었다.

그레이 크라운즈와의 일전은 솔직히 쉬웠다. 차라리 얼마 전에 치른 공성전이 더 힘들게 느껴질 정도로. 그럴 수밖에 없는 게, 고작 스무 명가량의 영웅 급 캐릭터에 불과했으니까.

그리고 넷이 남았을 때 펼친 필살인지 뭔지 하는 공격에 우리 파티는 직격을 당했다. 제법 무서웠다. 문블레이드나 유리 한에게는 특히.

하지만 그 공격이 엘베로사에게⋯⋯.

"먹힌 건가?"

그레이 크라운즈는 분명 마지막에 공격이 성공했다는 듯 외쳤다.

"설마……."

엘베로사에 대해 대략적이나마 알고 있는 문블레이드와 유리한은 내 말을 곧바로 부정했다.

"엘베로사는 샹그릴라의 신적인 캐릭터야. 겨우 초당 몇백짜리 데미지에 죽을 리가 없어."

유리한의 말에 나는 고개를 갸웃했다.

"그럼 도대체 어떻게 된 거야? 왜 엘베로사가 없어진 거야? 우리가 있던 필드는 왜 사라진 거고?"

내 말에 그들이라고 답해줄 수 있을 리 없었다.

"뭔가가 일어난 것 같은데……."

문블레이드의 말에 나는 주변을 살펴봤다. 아무리 봐도 그냥 델즈 사막이었다.

"정리 좀 해보자. 분명 엘베로사는 위험에 빠졌던 거지?"

문블레이드가 답답하다는 듯 나서서 대화를 풀었다. 그의 물음에 나와 유리한은 긍정을 표했다.

"그렇지. 실제로 엘베로사는 그레이 크라운즈에게 쫓기고 있었잖아."

"그레이 크라운즈는 엘베로사를 지정해서 쫓고 있는 거고."

"맞아. 그녀의 정체를 눈치챈 건지 아닌지는 아직 확실하지 않지만."

정체라는 내 말에 유리한이 아, 하고 탄성을 냈다.

"눈치챈 게 아닐까?"

유리한의 조심스러운 추측에는 나도 어느 정도 동감하고 있었다.

"아마 그런 것 같아."

문블레이드의 정리가 이어졌다.

"엘베로사는 분명 내부에서는 그레이 크라운즈에게 공격받고 있었지? 그리고 외부에서는 프로그래머로 추측되는 자들의 공격이 있던 거고. 유리한 네 생각이 십중팔구는 맞을 거야. 그게 아니라면 굳이 게임 밖에서 프로그래머까지 동원되어서 그녀를 쫓을 필요가 없지. 둘 모두 상대하는 게 무리라고 생각해서 아마 엘베로사는 한큐에게 도움을 청한 걸 테고."

"그 말대로 같은데……."

내 대꾸에 문블레이드는 팔짱을 끼고는 고개를 몇 번이나 끄덕끄덕했다.

"그리고 그건 올바른 선택이었지. 실제로 그레이 크라운즈는 우리 셋이 충분히 제어할 수 있는 세력이었고. 희생의 촛불인지 뭔지 하는 공격 때문에 엘베로사가 당한 건 확실히 아니야. 그럼 결론은 간단하네."

문블레이드는 마지막으로 자신의 생각을 입 밖에 내려 했다. 하지만 그의 말은 다른 사람에 의해 가로막혔다.

"프로그래머들이 뭔가를 한 거지."

그 목소리는 나나 유리한의 것이 아니었다.

검은 날개를 길게 드리운 자, 이 세계를 다스리던 두 율법 중의 하나인… 이라는 거창한 수식어를 붙이기에는 부끄러운 친형 무명이었다.

"형!"

"오랜만."

"응?"

별로 오랜만이라는 감각은 아닌데. 아차, 형은 지금 게임 속을 살고 있지.

"지켜보고 있었어. 싸움."

"잘 만났어. 형, 그레이 크라운즈는 뭐야?"

게임 안의 일이라면 어느 누구보다도 제작자에게 묻는 게 빠르다.

"GM 같은 거야."

"조금 느낌이 특이하던데. GM은 전에도 만나본 적 있거든."

"아, 그러니까 GM은 게임과 현실 중간에 있어. 사실상 샹그릴라 밖의 존재지. 대부분 게임과는 관계없는 말썽들을 처리하는 거야. 이를테면 캐릭터가 맵에 끼인다거나 하는, 정말 게임을 만드는 도중 생겨난 '버그'들을 고치는 게 주 임무지. 그것 말고도 게임 내부의 일이 게임 밖으로까지 번질 경우도 그들이 관리해. 현거래 중 생긴 트러블 같은 거."

유리한이 무명의 말에 대꾸하듯 끼어들었다.

"그럼 그레이 크라운즈는 게임의 룰을 지키는 버그를 해결하는 건가 보죠?"

"맞아. 아무래도 샹그릴라가 방대한 게임이다 보니 제작자가 의도하지 않은 버그들이 있게 마련이야. 지금 한큐 네가 쓰고 있는 카오스 브링거 같은 스킬들이 좋은 예지."

"응?"

"너는 버그 스킬을 쓴다는 자각이 없지. 아니, 사실 뭐 한큐 네가 버그 스킬을 억지로 만들었다거나 한 적은 없잖아. 엘베로사가 그렇게 만들어둔 거고, 엘베로사는 샹그릴라의 룰을 만들어가는 존재다 보니 그녀가 하는 모든 행동이 '버그'는 절대 될 수 없잖아. 하지만 따지고 보면, 게임 엔진에 손상을 줄 정도의 스킬이라는 게 가당키나 하겠냐? 버그는 버그지, 뭐."

형의 말에 나는 아무런 대꾸도 하지 않았다. 솔직히 버그로 몰아가면 억울하다. 익히기 위해서 얼마나 노력을 많이 했는데. 뭐, 얼마간 행운이 끼어들었다는 건 부정할 수 없지만.

"아무튼 그건 그렇다 치고, 한큐."

"어엉?"

"형 좀 도와줄래?"

"응?"

뜬금없다. 하지만……

"뭐든 얘기해. 당연히 도와줘야지."

"그래, 고맙다."

무명은 이야기를 이어가는 대신 공간의 일부를 열어 워프 게이트를 만들었다.

"일단 내 성으로 가자."

문블레이드, 유리한과 더불어 우리는 무명의 성으로 장소를 옮겼다.


성은 아름다웠다.

은수정 빛 지붕이 순백의 대리석 벽을 감싸고, 수정의 나무가 정원을 가득 채웠다. 보나마나 다른 사람의 취향이다. 형의 취향은 아니니까.

성의 거대한 홀에서 우리를 맞이한 것은 붉은 드레스를 걸친 헤나 누나, 아피아린스였다. 처음 엘베로사에게서 구해냈을 때보다 그녀는 훨씬 아름다웠다. 지금 생활이 그만큼 만족

스러운 걸까, 아니면 형과…….

인사말이 오가고, 무명 형은 아피아 누나와 함께 우리를 한 장소로 안내했다. 웅장한 문이 달린 방이었다. 금색의 넝쿨이 아라베스크처럼 엉킨 문을 열고 나는 우리 집에 도착했다.

열 평 남짓한 아파트. 몰개성한 국민임대주택을 그대로 옮겨온 그 안에는 나와 형이 쌓은 추억의 흔적들까지도 그대로 재현되어 있었다.

거실의 TV는 내가 어렸을 때 장난을 치다 떨어뜨려 모퉁이가 떨어져 나갔다. 저 유리창에 금을 가게 만든 것도 나다. 형은 거기에 그때 내가 좋아하던 만화 캐릭터의 스티커를 붙여 놨었는데…….

나는 부엌 쪽으로 다가가 식탁을 쓰다듬었다. 촉감까지도, 낡은 식탁의 갈라진 틈까지도 그대로다.

이 느낌을 뭐라 해야 할까.

형은 무슨 생각으로 이곳에 우리 집을 옮겨놨을까? 게임 속에서 살아가겠다며 호기롭게 웃었던 형이.

나는 무명 형을 바라보았다. 멋쩍게 코밑을 훑는다.

"그냥 너무 오래 살아서… 이 구조가 편해."

이곳에 없는 것은 형이 생명을 이을 수 있도록 해주는 생명 유지 장치 콘솔과 샹그릴라 접속 콘솔뿐이었다.

"형답다."

현실의 우리 집, 그곳에 있는 것 어느 하나도 형의 손을 한 번 거치지 않은 것이 없다. 알게 모르게 정이 들었을 테다.

우리 집에 몇 번 와본 문블레이드와 유리한도 놀란 듯 집 안 이곳저곳을 살피고 있었다.

"정말 샹그릴라는 대단한 게임 엔진이에요."

유리한의 감탄사에 무명이 어깨를 으쓱한다.

"이 형님의 실력이니라. 게임 엔진으로도 재현할 수 없는 걸 새로 프로그래밍해서 끼워 넣기도 했으니까. 이 성 자체가 그런 공간이거든. 엘베로사조차 침입할 수 없는 샹그릴라 안의 가상공간. 샹그릴라 세계상의 허수 공간 같은 곳이야."

"허수 연산으로 지은 성……."

유리한은 감탄 섞인 목소리로 무명의 말을 되뇌었다.

그때, 빠끔히 열린 내 방이 보였다. 정확히는 현실에서 내 방이 있던 곳이다. 하지만 그곳에 있는 것은 내 취향과는 완전히 다른 하나의 공간이 펼쳐져 있었다. 프릴과 꽃, 리본을 테마로 한.

치사하게 내 방은 뺀 거냐?

"감탄할 거 없어. 그래 봤자 엘베로사에게 쫓기는 몸이잖아? 샹그릴라 세계를 지배하는 천재 프로그래머라고는 해도 엘베로사한테는 쩔쩔매지?"

나도 모르게 말투에 가시가 박힌다. 형이 어색하게 웃으며 뒷머리를 긁적였다. 난처할 때마다 짓는 표정이다. 나는 그 모습에 오히려 가슴이 뜨끔거렸다.

이제 형은 형의 세계를 살아가는 건데…….

그곳을 어떻게 꾸몄든 왜 그런 걸 내가 신경 쓰는 거냐.

후, 이러다가 나중에 형이 장가라도 간다고 하면 따라간다고 떼쓰겠다.

무명 형은 내 그런 복잡한 심경을 아는지 모르는지 핀잔에 애써 변명을 했다.

"엘베로사도 게임 엔진을 거의 완벽하게 이해하고 있으니까. 그런데다가 연산속도는 나랑 비교도 되지 않을 정도로 빠르거든. 누누이 말하지만, 프로그램으로서의 그녀를 제어할 수 있는 건 아무도 없어. 더 고성능의 AI가 아니고서는."

무명의 말은 우리 세 사람의 의혹을 한층 더 키웠다.

"그럼 도대체 어떻게 엘베로사를 잡아간 거죠?"

유리한의 물음에 무명 형이 우리 세 사람을 돌아보았다.

"그래서 도와달라는 거야."

여전히 오리무중. 무명 형의 이야기가 이어진다.

"엘베로사를 제어할 수 있는 방법은 없어. 하지만 엘베로사를 이 세계에서 떼어놓는 건 의외로 간단해."

"어떻게?"

이해가 가지 않는다. 그녀를 제어할 수 없다는 건 그녀가 가는 방향, 있고자 하는 장소를 지정해 줄 수 없다는 것과 같은 뜻이다. 그런데 떼어놓다니⋯⋯. 떼어?

"잠깐, 엘베로사는 프로그램이지?"

내 묻는 말에 형이 고개를 끄덕였다.

"생명이지만 우리에게 피와 살이 있듯이, 엘베로사에게는 프로그램들이 있지."

"그 프로그램은 어딘가에 저장되어 있을 거 아냐."

유리한이 내 말에서 힌트를 얻은 듯 박수를 짝 쳤다.

"아, 맞다! 프로그램으로서의 그녀가 있는 저장 매체를 분리시키면 끝이구나!"

"정답."

무명 형은 말을 하며 쓴웃음을 지었다.

"그래서 도와달라는 거야. 나는 샹그릴라 안에서는 할 수 없는 게 거의 없지만, 현실이 되면⋯ 숟가락 하나도 들었다 놓기 힘드니까."

"아⋯⋯."

쓸쓸한 말이다. 나는 뭐라 해줄 말을 떠올리지 못했다. 그때, 문블레이드가 치고 나왔다.

"생일 선물로 로봇 팔 하나 사달라는 얘기로 들립니다."

그 말에 무명은 풋, 하고 웃음을 터뜨렸다.

"눈치챘냐? 문기, 아니, 문블레이드 너희 집은 좀 살잖냐."

문블레이드가 경례를 올려붙인다.

"하나 구해보겠습니다."

그 덕분에 분위기는 그렇게 어둡지 않게 수습되었고.

"구체적으로 우리가 뭘 하면 되는 겁니까?"

문블레이드는 서둘러 이야기를 진행시켰다. 형은 탁자를 손으로 가리켰다. 이야기가 길어질 모양이다.

우리는 형의 손짓을 따라 탁자에 둘러 자리를 잡았다.


2


형이 가르쳐 준 것은 구출 계획이라기보다는 엘아힘 엔터테인먼트 회사 건물의 청사진 같은 것이었다. 그리고 어떤 식으로 경비가 이루어지고 약점이 무엇인지까지.

형이 어떻게 그런 것들을 알고 있는지—형이 근무하던 JK 소프트웨어와는 다른 건물이니까—는 둘째 치고……

"형."

"응?"

"샹그릴라로 오면서 '도덕심'에 해당하는 기억은 몸에 놔 두고 들어온 거야?"

이야기를 들으면 들을수록 형이 바라는 것은 확실했다.

엘아힘 엔터테인먼트에 경비에게 들키지 않고 몰래 들어가서 서버실 안에 있는 HSSD(고집적 메모리 저장 장치)를 살짝 가지고 나오란다. 무단침입 후 절도를 하라는 말이다.

"형, 그거 걸리면 혹시 감옥 가야 하는 거 아냐?"

"하하, 그러겠지?"

"그런 걸 동생한테 시켜?"

"형이 그런 건 알아서 처리해 줄게. 감옥에 가 있는 동안은 그냥 이곳에서 나랑 지내면 되잖아. 전과 기록 삭제 같은 거야 식은 죽 먹기고."

"형!"

정말로 어디 핀 하나 나갔나?

하지만 무명 형은 웃고만 있었다. 잠시 틈을 두어 내게 묻는다.

"그래서 안 하려고?"

"형이 되어가지고 동생이 나쁜 짓을 한다면 말려야지."

"한규야."

형이 캐릭터 이름이 아닌 내 이름을 부른다.

"너 어차피 엘아힘 엔터테인먼트랑 한판 붙을 생각이잖아."

갑작스런 말에 나는 순간 대답할 말을 찾지 못했다.

"형이 모를 것 같아? 너랑 몇 년을 함께 살았는데. 네가 내게 제대로 말 못할 일이라면 대부분 나에 대한 이야기잖아. 그리고 네가 게임 안에서 했던 모든 행동들, 따지고 보면 샹그릴라라는 게임 그 자체를 공격하는 거잖아."

무명, 아니, 한상 형이 이야기를 잇는다.

"제한적이기는 해도 인터넷에 어떤 이야기가 떠도는지도 볼 수는 있어. 웹페이지를 열고 닫는 식이 아니라… 강물이 흐르는 것을 관조하는 정도지만. 나에게 무슨 일이 일어났는지 정도는 알고 있어. 네가 하는 행동을 보니 엘아힘 엔터테인먼트가 나를 이렇게 만든 모양이고. 틀려?"

형의 묻는 말에 나는 시선을 피했다. 알리고 싶지 않았는데……

"끼어들지 않으려고 했어. 나에 대한 일이지만, 자꾸 얽히면 현실에 대한 그리움이 커질 것 같아서. 아무리 정밀하다 해도 이곳은 가상공간이잖아? 그리고 고등학생인 네가 해봤자 그렇게 게임 안을 파괴하는 정도려니 싶어서 놔둔 거고. 하지만 엘베로사는 안 돼."

"엘베로사랑은 사이가 좋지 않은 것 같더니만."

"아니."

한상 형은 단정적으로 말을 던지며 우리가 앉아 있는 식탁 옆에 칠판 같은 것을 소환했다.

워낙 우리 집과 비슷하게 구현해 놓아 잠시 이곳이 샹그릴라 안이라는 것을 잊고 있었는데, 저런 식으로 물건을 허공에 구현하니…….

"사이가 좋고 나쁜 건 어떻게 보면 사소한 문제야. 나는 그 아이가 태어나는 것을 처음부터 지켜본 사람이니까. 굳이 현실에서의 인간관계를 이야기하자면… 부모자식 같은 거야."

"그건 나도 그렇게 생각하고 있었어. 엘베로사는 조카 같은 아이라고."

내 말에 형이 싱긋 웃는다.

"그럼 구해야지. 범죄자가 되더라도."

"그, 그건…….."

"게다가 엘베로사가 그런 식으로 되면 나도 무사하지는 못해."

형은 나와 내 친구들, 그리고 아피아 누나를 차례로 돌아보고는 설명을 이었다. 아피아 누나가 형의 손등에 손을 살짝 올린다. 걱정스런 표정으로.

"샹그릴라의 복사본들은 아마 문제없을 거야. 미국 서버나 유럽 서버 같은 곳은. 하지만 이곳 한국 서버는 특별해. 엘베로사가 있기 때문에."

형이 보드에 그림을 그리기 시작했다. 동그라미 몇 개를 겹친, 아, 징그러운 수학 시간에 나오는 집합 기호 비슷한 그림을.

"제작발표회 때 와봐서 알겠지만, 샹그릴라라는 세계가 살아 움직이는 듯한 생동감을 갖게 된 데는 NPC와 플레이어 NPC들의 힘이 커. 나는 엘베로사와 함께 이 세계를 창조하고 또 발전시켜 왔잖아. 엘베로사라는 괴물 같은 프로그램 덕분에 훨씬 생동감있고 아름다운 세계를 창조할 수 있었고, NPC들을 만들 때도 엘베로사의 힘이 컸어. 그녀는 정말로 세계를 창조했고, 이 세계의 신처럼 굴었지."

대강은 알고 있는 이야기였고, 나와 문블레이드, 그리고 유리한까지 고개를 끄덕이며 형의 말에 토를 달지 않았다.

"문제는 그녀가 신이라는 데서 출발해. 신은 어쨌거나 세상을 구성하는 일부란 말이야. 샹그릴라 게임 엔진으로서는 표현할 수 없는, 그리고 표현할 필요도 없는 일종의 영적인 교감이 엘베로사와 세계 사이에 거미줄처럼 얽히게 됐어. 인간형의 NPC는 물론이고 들짐승과 날짐승, 물고기들, 심지어는 초목에 이르기까지 생명을 가진 모든 것이 엘베로사를 신으로 인식하고 있어. 그리고 엘베로사는 그들에게 정신적인 에너지를 나누어 주고."

정말 신이구먼.

"그런 것까지 표현되다 보니 게임 엔진만으로는 절대 샹그릴라라는 프로그램을 운영할 수가 없었고, 엘베로사는 게임안의 한 공간에서 세계를 지탱하는 기둥이 되어 살아가고 있었어. 샹그릴라 서버실 안에 그녀가 저장되어 있는 것도 그 때문이야. 아니라면 차라리 인터넷 같은 가상공간 안에 그녀를 저장해 두었겠지. 그럼 어느 누구도 그녀를 제어할 수 없었을 테니까."

나는 형의 마지막 표현이 엘베로사가 정말 생명체로서 태어났다는 말로 들렸다.

"간단히 말해 엘베로사가 없다면 샹그릴라 한국 서버도 무너진다는 말이에요?"

유리한이 간만에 입을 열었다. 형이 그의 말에 긍정을 표했다.

"맞아. 오늘내일 어떻게 되지는 않겠지만, 점차로 버그가 늘어나고 결국에는 세계 자체가 붕괴해 버릴 거야. 그러지 않기 위해 내가 지금부터 엘베로사가 하던 일을 대행하겠지만, 아까도 말했지만 컴퓨터로서의 성능 차이가 너무 심해서 붕괴 속도를 늦추는 정도의 효과밖에는 없어."

"형이 계속 살기 위해서도… 엘베로사가 필요하다는 거야?"

형의 이야기는 상당히 의외였다. 단순한 돌연변이 프로그램인, 과학적으로야 대단한 발견인지 어떤지 모르겠지만 AI란 것이 형의 생명까지 움켜쥐고 있다니.

"한규 너에게 무리한 이야기인 줄 알면서도 도움을 청하는 이유를 알겠지?"

어차피 하려던 거다. 엘아힘 엔터테인먼트를 상대로 싸움을 거는 게 합법적인 것만으로 끝날 리 없다. 아니, 이미 나찰대주 같은 초법적인 존재와도 만났다.

형의 부탁이 아니라 하더라도 방법만 알 수 있다면 엘아힘과 일전을 벌일 테다. 그리고 그 방법이라는 걸 형이 제시해 줬다.

내가 할 수 있다고 생각했기 때문에 형이 부탁한 걸 테다.

"할 거야."

나는 짧게 내 생각을 표현했다. 길게 이야기할 게 뭐 있나?

"땡큐다."

잠자코 이야기를 듣던 문블레이드가 말했다.

"나도 할 거예요. 그런데 우리 능력으로 정말 되는 거예요? 어쩌니 저쩌니 해도 조금 센 고등학생 정도인데."

장풍도 쓸 줄 아는 놈이 무슨 조금 센 고등학생이냐?

"성철이가 계획대로 움직여 주면 충분히 가능해. 좀 불안하면 다른 사람들에게 도움을 청해도 되고."

문블레이드가 다시 고개를 끄덕거렸다.

마지막으로 형은 유리한에게 말을 걸었다.

"유리한, 명철이라고 했던가?"

"아, 예."

"너는 그래도 프로그램이니 하는 것에 대해 조금 아는 게 있는 것 같은데……. 어떠니?"

형의 물음에 유리한이 고개를 끄덕인다.

"대략적인 건요."

"그럼 그쪽을 네가 하면 되겠다. 엘베로사가 살 집 같은 건데… 일단 페타(1천 테라) 바이트 급의 저장 공간이 필요해. 단지 그녀를 구성하고 있는 프로그램은 300테라 정도면 충분한데, 그녀를 다시 잠에서 깨우려면 그 몇백 배쯤 되는 공간이 필요하거든. 샹그릴라 게임 서버의 1/3이 그녀의 집이라고 해도 과장이 아니니까."

"잠깐만요. 그걸 어떻게… 아니, 다른 건 둘째 치고 돈이 없어요. 페타 급 하드가 용산 가서 대충 주세요 한다고 있는 물건도 아니고."

"아, 그건… 그리고 보니 그러네. 외부에서 게임 안으로 그녀를 접근시키려면 또 단말 시스템이 필요한데. 샹그릴라 콘솔이 300개쯤 있으면 될 텐데……. 그걸 병렬로……."

듣자 하니 정말…….

"형, 정신 차려. 콘솔 300개면 돈이 억대야. 그런 돈이 우리한테 어딨어?"

"그, 그렇지?"

"뭐야, 그럼 앞뒤 생각도 않고 엘베로사를 구해오라고 한 거야?"

"그야……."

잠시 궁리하던 유리한이 입을 열었다.

"형, 혹시 아까 이야기했던 가상공간에 그녀를 업로딩하는 건 어때요? 여러 곳에 분산시켜서 은근슬쩍. 한 달 정도면 서버 사용료도 안 내고 하니 300테라 정도의 공간은 마련할 수 있을 거예요. 그곳에 엘베로사를 업로딩하고 그 후에는……."

"알 바 없다?"

형이 웃는다.

"하하, 너도 어지간하구나. 할 수야 있겠지만, 그랬다가는 인류 멸망까지 바라볼 만할걸? 엘베로사 그 아이가 인터넷을 활보하며 전화선, 아니, 그 아이는 전기선이든 뭐든 심지어는 전자파라도 닿는 곳이면 전부 손을 뻗을 수 있으니까. 진짜 엘베로사의 손아귀 안에 인류가 들어갈지도 몰라."

어깨를 으쓱거리고는 형이 다시 말을 이었다.

"그게 무서워서 엘베로사를 굳이 저장 장치 안에 넣어둔 거야. 그곳은 그녀의 생명의 근원 같은 곳이라 엘베로사가 손 댈 수 없는 유일한 곳이니까."

왠지 또 어렵고 전문적인 설명이 이어질 것 같은 분위기다.

"아무튼 엘베로사의 집이 필요하다는 얘기 아냐?"

이렇게 간단히 정리되는 얘기를 가지고. 내 말에 형은 머리를 끄덕끄덕했다.

"맞아."

"그것도 알아볼게."

하지만 알아볼 것도 없었다. 거의 대화에 끼어들지 않고 있던 아피아 누나가 한마디 말로 '돈' 문제를 해결해 줬으니까.

"아빠한테 부탁하면 되잖아. 내가 할게. 마침 엘베로사도 없으니 아빠, 엄마와 만날 기회이기도 하고."

아차, 그러고 보니 혜나 누나의 부모님께 사실을 전달하는 것도 아직 못하고 있었다. 주화입마니 뭐니 계속 일이 터지는 통에.

"미안. 아직까지도 말씀드리지 못했어요."

아피아 누나가 웃는다.

"아냐. 어차피 지금까지는 만나려야 만날 수도 없었어. 내가 우리 부모님과 만나고 싶어한다는 걸 알고 엘베로사가 우리 부모님까지 게임에 접속할 수 없도록 장난을 치고 있었거든. 우리 한상 씨야 엘베로사가 없어져서 전전긍긍하는 모양이지만, 내게는 그 아이가 없는 지금이 부모님을 만날 좋은 기회인 셈이야. 우리가 계속 살기 위해 필요한 돈이라는데, 부모님이 어떻게든 마련해 주시지 않을까 싶네."

이번에는 형이 누나의 시선을 피했다. 그나저나 우리 한상 씨라니…… 저건 또 무슨…….

하긴 현실에서야 며칠 안 지났지만, 이곳으로 치면 형과 누나가 함께 지내기 시작한 지도 몇 달은 됐겠구나.

복잡한 심경이다. 혜나 누나와 같이 있고 싶은 건…….

머리를 도리질 쳐 생각을 지우고 나는 다시 엘베로사 구출 계획에 신경을 집중했다.

"그럼 그런 식으로 진행하면 되겠네. 자금은 혜나가 맡아 주고, 성철이한테도 이야기 잘하고. 만약 믿지 못한다고 하면 게임 안으로 들어오라고 해. 지금이라면 나도 엘베로사의 방해 없이 성철이나 매영이를 만날 수 있으니까."

"알았어."

형에게 아직 성철 형이 다쳤다는 얘기는 하지 않았다. 뭐, 직접 듣게 하면 되니까.

이런 생각을 하는 사이, 우리 세 사람의 눈앞에 문자가 떠올랐다.


저희 피맛골 샹그릴라 플레이 센터를 이용해 주셔서 감사합니다. 샹그릴라 플레이 센터는 한 시간에 한 번씩 자동으로 접속 해제가 이루어지는 시스템을 갖추고 있습니다. 게임 시간으로 5분 후 접속 해제가 있을 예정이니 즐기고 계신 컨텐츠를 잠시 멈추고 준비해 주시기 바랍니다.

"아, 우리 지금 PC방이라 한 시간에 한 번씩 접속 해제해야 해. 해제 예고 메시지 떠올랐다."

"그래? 알았어. 그럼 일단 그렇게 알고, 정확하게 계획 날짜가 잡히면 전에 준 피리로 나를 불러. 그래야 내가 안에서 공작을 해주지."

엘베로사 구출 계획에서는 잠입보다는 그 안에서 형이 미리 준비해 놓아야 할 일이 더 많다.

"알았어. 내일 성철이 형을 찾아가 볼게. 이태준 씨도 만나야겠네."

마지막으로 작별의 말을 나누고 우리 세 사람은 그렇게 샹그릴라에서 빠져나왔다.

드디어 엘아힘 엔터테인먼트를 공격할 수 있는 방법이 생겼다. 가상현실에서 현실로 되돌아오며 나는 조그맣게 쥔 내 주먹을 몸으로 끌어당겨 다시 꽉 쥐었다.


3


현실로 돌아온 한규와 문기, 명철은 다시 한 번 놀랄 일과 마주했다. 아니, 어떤 의미에서는 엘베로사에게 핸드폰 쪽지를 받아 게임 안에서 그녀에게 강제소환을 당했던 조금 전의 일보다 이쪽이 더 충격적이었다.

프라이버시를 위해 플라스틱으로 만들어진 캐노피를 열고 콘솔에서 나온 한규는 한 여자와 눈이 마주쳤다.

중학생쯤 될까? 사복을 입고 있어서 고등학생쯤으로 보일 법도 한 그녀는 도도하게 팔짱을 끼고 한규를 노려보았다.

무슨 일인지 궁금해하며 엉거주춤 있는 한규 곁으로 문기와 명철이가 서고, 그 소녀도 성큼 걸어 접근했다. 그리고 쿵, 발걸음 소리를 내고 한규 앞에 발을 디딘다.

한규는 자신도 모르게 몸을 뒤로 뺐다. 여자의 저런 표정에는 도대체 당해낼 수가 없다.

날카로운 눈빛으로 한참이나 노려보던 그녀는…….

"도와줘요."

상황과 전혀 어울리지 않는 말을 입 밖에 냈다.


30분간의 휴식 시간이 필요한 샹그릴라 플레이 센터들은 필연적으로 고객들의 대기 장소를 마련해야 했다. 어떤 곳은 그 대기 장소에 PC방을 차리는 경우도 있었고, 테이블과 간단한 마실 것 등을 제공하는 휴게실 스타일을 추구하기도 했다.

지금 한규 등이 있는 곳은 찻집 스타일로 꾸며두었는데, 창호 문살 같은 고전 스타일의 인테리어 소품이 군데군데 놓여 있었다. 그래 봤자 무료 제공 음료는 탄산음료 정도였기에 유이까지 포함해 네 사람은 희고 검은 탄산수를 앞에 놔두었다.

"도와달라니, 뭘?"

자리가 채 데워지기도 전에 문기가 말을 꺼냈다. 유이가 문기를 흘긴다.

"깡패한테는 볼일없어요."

"이게 말끝마다 꼬리가 짧아. 나 스물한 살이거든?"

"고등학생이 스물하나인 게 자랑인가 보네요?"

문기가 눈을 험하게 뜬다.

"너, 남자로 안 태어난 걸 정말 신께 감사드려라. 응?"

"말을 서너 번은 돌리고 주먹질을 하지 그래요? 어떻게 딱 두 마디 만에 주먹 올라가요? 서른까지 고등학교는 졸업할 수 있을까나?"

보다 못한 한규가 끼어들었다.

"스톱. 문기는 가만있어 봐. 유이 너도. 도와달라고 할 거면 조금 자제하지 그래? 문기한테 기본적으로 지켜야 할 건 지켜줘야 나도 네 이야기를 들어줄 수 있을 거 아냐."

한규의 말에 유이는 입술을 잘근 깨물었다.

"깡패는… 정말 싫어."

"사정이 있나 본데, 그건 접어두고 일단 이야기나 해봐. 무슨 일로 도와달라는 거야? 그보다 내가 여기 있는 건 어떻게 알았고?"

유이는 한규의 말에 대답을 않고 가방에서 타블렛 PC를 꺼내 내려놓았다. 7인치가량의 타블렛이었는데, 요즘 유행과는 다르게 거친 부품들이 꽤 붙어 있었다.

갑자기 명철이가 의자를 당겨 앉는다.

"어, 이거 뭐야! 혹시 이거 어스7(Earth7) 개조품인 거야?"

"응, 맞아요."

유이는 고개를 끄덕였고, 명철이 반짝이는 눈으로 왼쪽, 오른쪽으로 고개까지 기울여 가며 타블렛을 살펴보았다.

"자세히 봐도 괜찮아?"

망설이던 유이가 간신히 대답했다.

"조금만."

"조심히 볼게."

말이 끝나기도 전에 명철이가 타블렛을 들어 옆과 뒤를 살폈다.

"이건 뭐지? 전혀 본 적 없는데… 랄까……. 이 구멍, 네가 직접 뚫은 거야?"

"기존 안테나로는 범위가 부족하니까요. 나는 기본적으로 데이터 전송량이 많아요."

"데이터 웨이를 다중으로 개조했구나? 멀티 IP로 돌리는 거지?"

"맞아요."

이번에는 문기의 경우와는 다른 이유로 한규가 제지하고 나섰다.

"스톱, 스톱. 알아들을 수 있는 대화를 해주지 않을래? 그리고 유이 너도. 아까 한 말에 대한 대답은?"

유이보다 한발 앞서 명철이가 입을 열었다.

"아마 핸드폰 해킹일 거야."

"핸드폰 해킹?"

"응. 한규 너, 평소에 핸드폰에 암호 같은 거 안 걸어두지?"

"어, 뭐 하러 귀찮게. 전화 걸 때마다 암호 쳐야 하고 그러잖아."

명철이가 손가락을 흔들며 혀를 찼다.

"쯧쯧, 그런 핸드폰을 해킹하는 건 식은 죽 먹기지. 옵션 같은 것도 거의 안 건드렸을 테고. 무선인터넷 되는 장소로 가면 자동으로 인터넷과 접속될 텐데……. 보안 프로그램 없는 PC랑 마찬가지로 무방비야, 네 핸드폰은."

유이가 명철의 말에 덧붙인다.

"3초 걸렸어요. 무장 해제시키는 데."

"뭐가?"

한규는 여전히 알쏭달쏭한 모양이었다. 명철이 설명을 잇는다.

"핸드폰 업체가 제공하는 기본 파이어 월을 해제하는 데 3초 걸렸다고. 요즘 핸드폰에는 GPS 기능이 기본으로 있어서 위치 정보를 빼내는 것 정도는 일도 아니야. 그걸 보고 우리를 찾아왔나 봐."

"아아, 그 얘기였냐? 잠깐, 그게 쉬운 거야?"

명철은 한규의 말에 대답을 하는 대신에 손에 들고 있던 타블렛에 손가락질을 한번 하고는 주인 앞에 그 물건을 다시 내려놓았다.

"이 주변에 붙어 있는 장치들, 전부 자작품이야. 그리고 해킹용 보조 도구 같은 것들이고. 겉멋으로 달려 있는 게 아니라면 여기 눈앞에 있는 분은 해커란 얘기지. 핸드폰 해킹을 할 수 있는 상당한 실력의."

한규는 고개를 갸웃했다. 명철이가 답답하다는 듯 다시 말을 꺼냈다.

"쉽지는 않지만, 할 수 있는 사람이라고."

"아니, 그게 아니라……."

유이를 보며 한규가 다시 묻는다.

"그런 대단한 해커가 나한테 뭘 도와달라는 거야? 주먹 쓰는 거라면 거절할게."

유이는 대번에 고개를 저었다.

"그런 거 아니에요."

팔짱 끼고 소파에 기대 있던 문기가 툭 던진다.

"아버지 일이야?"

유이의 아버지 유일평에 대한 일이냐는 물음이다. 유이의
한국인 어머니와 결혼 후 프로그래머 일을 하다 작년에 의문
의 죽음을 당한.

유이가 문기를 흘긴다. 하지만 금세 눈 끝이 무겁게 가라앉
고 눈물까지 어린다. 문기는 혀를 쯧쯧 찼다. 경솔한 물음이
었다는 자책을 담아.

"맞아요."

유이의 대답에 한규는 한층 더 미궁 속 깊이 발을 들여놓았
다. 일면식도 없는 사람의 죽음에 무슨 도움을 줄 수 있을까?
한 가지 연결점이라고는 문기를 통해 들었던 풍문, 유일평의
죽음에 엘아힘 엔터테인먼트가 관여됐을지도 모른다던 그 이
야기뿐이다.

하지만 그것도 얼른 수긍되는 바는 아니었다. 한규 자신이
엘아힘 엔터테인먼트와 연관되어 있다는 것을 유이가 알고
있다는 것 자체가.

고민해 봐야 답은 나오지 않았다. 한규가 유이에게 질문을
던진다.

"뜸만 들이지 말고 말을 해줘."

유이가 머리를 주억이며 말문을 열었다.

"한큐… 맞지요?"

"전에도 물어봤잖아? 맞아."

"100레벨에 이스루트 성을 점령한."

"그걸 어떻게……. 해킹한 거야? 잠깐, 샹그릴라가 너한테 해킹을 당했다고? 그럴 리가……."

한규는 자신의 가정을 곧바로 부정했다. 형이 만든 프로그램이 저런 어린 여자아이한테…….

유이는 한규의 말에 잠시 뜸을 들였다.

"해킹… 이랑은 조금 달라요. 아무튼 아는 방법이 있어요."

"어떻게?"

"그게……."

"말해줘."

"그게 뭐가 중요해요?"

한규는 하지만 유이의 말에 굳은 표정으로 고개를 저었다. 대답해 주지 않으면 더 이상은 없다는 의지를 담아.

"이야기할 수 없어요."

"나는 알아야겠는데? 샹그릴라를 만든 건 우리 형이야. 형이 만든……."

"성한상?"

유이가 한규의 말을 끊었다. 한규가 묵직하게 머리를 위아래로 흔든다.

"그⋯ 그게⋯⋯."

유이는 잠시 말을 더듬었다. 그리고는 짧게 한숨을 내쉰다.

"정말 알아야겠어요?"

"응."

"어쩌면 당신의 일상을 완전히 무너뜨릴 만큼 위험한 일에 연관될 수도 있는데 듣겠다고요?"

뭔가 거창하게 나온다. 한규는 애가 왜 이러나 싶었다. 고작 열 몇 살짜리 여자애가 위험하니 어쩌니 겁을 주는 게 영 비현실적으로만 느껴졌다.

하긴, 외국 거대 자본에 뿌리를 둔 대형 게임 회사와 곧 일전을 벌일 고등학생들도 여기 있는데.

"얘기해 봐."

한규의 말에 유이는 머뭇거리다 입을 열었다.

"그럼 자리를 옮겨요. 여기는 사람이 너무 많아요."

고개를 끄덕이고 한규는 유이를 따라 플레이센터를 떠났다.


"또 빌딩이야?"

한규는 얼마 전 문기를 따라 벽방을 찾을 때가 떠올랐다.

유이가 눈을 동그랗게 뜨며 되물었다.

"네? 그게 무슨 말이에요?"

"아냐. 해본 말이야."

유이가 한규 일행을 데려간 곳은 종로 2가의 낡은 빌딩이었다. 30년쯤 전에는 최신식의 고층 빌딩으로서 위용을 뽐냈을지 모르겠지만, 이제는 외벽에 잔금이 간 낡은 콘크리트 덩어리에 불과했다.

엘리베이터가 쩡쩡, 하는 괴성을 내지르며 한 뼘 한 뼘 힘들게 기어오른다. 17층에 도착해 문이 열리고, 복도를 따라 걷던 유이가 비상계단의 문을 열었다.

"몸에 무기 같은 거 없죠?"

유이의 물음에 한규는 자신도 모르게 허, 하고 웃었다. 장풍 쏘는 세계에서 첩보영화로 넘어온 건가 하는 생각을 하며.

"없어."

"안에 계신 분들께는 공손하게 구세요."

"응? 어, 알았어."

뭐가 뭔지 모르겠다고 체념한 한규는 고개를 끄덕였다.

유이와 함께 비상계단을 따라 한 층 오른 곳에 있는 것은 중국요리 집과 같은 분위기의 공간이었다. 이 빌딩의 한 층 전체를 쓰고 있었는데, 입구부터 여기는 중국이라는 느낌을 한껏 뽐내고 있었다.

거꾸로 쓰인 복(福) 자부터 고리눈의 장비, 홍안의 관우 상이 좌우에 무기를 꼬나 쥐고, 아직 터지지 않은 연주탄이 줄지어 늘어서 있는 온통 붉은 인테리어의 연속이었다.

건물 안이라기보다는 어느 골목 어귀쯤 들어선 느낌이다. 테마파크 같은 곳처럼 18층이라는 빌딩 안에 작은 건물들이 아기자기하게 배치되어 있다. 만두집도 있고 탕면집도 있는.

"리틀 차이나타운이에요."

"맞아. 그 느낌이야."

한규는 분위기에 흠뻑 빠져 있다가 유이의 말에 자신도 모르게 맞장구를 쳤다.

"원래 중국인이나 그 피를 이은 사람만 발을 들여놓을 수 있고, 또 사람을 초대해 올 수 있는 곳이에요."

한규와 두 친구는 고개를 끄덕끄덕했다. 거리를 지나며 유이는 그곳 주민들에게 공손하게 인사를 건넸다. 한규와 다른 두 사람도 엉겁결에 인사를 하며 몇 개의 집을 지나쳤다.

유이가 그렇게 도착한 곳은 웬 한약방이었다. 얼굴이 붉은 40대의 퉁퉁한 남자가 전대를 차고 앉아서 약봉지를 주섬주섬하고 있었다. 유이가 인사를 하니 그제야 눈을 흘끔 돌려 한규 등을 돌아보았다.

그리고 유이에게 뭐라 중국말로 타박하는 말을 했다. 유이가 고개를 젓고 손을 휘휘 흔든다. 하지만 여전히 그 중년의 남자는 못마땅한 얼굴을 했다.

한규에게 그 남자가 툭 뱉는다. 한국말이다.

"어디 소속이냐?"

"예, 예?"

"어느 도방이냐고. 네놈 둘."

한규는 곧이곧대로 대답을 해야 하나 잠시 망설였다. 벽방의 규율 같은 것에 익숙하지 않아서였다. 문기를 쳐다보며 도움을 청한다.

문기가 한 걸음 나서서 포권을 하고 고개를 숙였다.

"벽방 17대 제자 석문기라고 합니다."

한규도 문기를 따라 고개를 숙였다.

"벽방 17대 제자 성한규라고 합니다."

한규의 이름을 듣자 그 남자의 표정이 움찔거린다. 하지만 티는 내지 않고 고개를 돌린다.

"벽방인가. 이곳은 한국이지만 한국이 아니다. 아무리 벽방의 사람들이라 해도 제멋대로 드나드는 것은 허락할 수 없다."

유이가 다시 입을 연다.

"무슨 말씀이세요? 벽방이니 뭐니 이해할 수 없는 얘기만 하시고. 그거랑 관계없이 제 친구들이라니까요."

유이를 보며 그 남자는 짧게 한숨을 쉰다.

"휴, 네 아비 닮아서 너도 하여간……."

유이가 입을 다문다. 그가 다시 말을 한다. 이번에는 중국어로 뭐라 뭐라 떠들었고, 유이는 고개를 끄덕이며 한규에게 따라오라는 눈짓을 했다.

유이가 한규 등을 안내한 곳은 그곳에서도 한 층 올라간 곳이었다. 엘리베이터가 닿지 않는 18층 위에 있는 또 한 층으로.

그곳은 거의 판잣집의 탑과도 같은 곳이었다. 대충 지어 올린 옥상가옥들이 십수 채 늘어서 있다. 푸른 하늘을 배경으로 주변 건물들의 사각지대에 있는 중국인들만의 무허가 마을. 그런 곳에 유이의 방인 듯한 장소가 있었다.


16세 소녀의 방.

두근거리는 마음으로 내디딘 첫발에 한규가 밟은 것은 하늘로 발 세운 IC칩이었다.

"아야!"

"발조심해요. 그게 얼마짜린데."

"내 발도 좀 걱정해 주지?"

유이가 대답을 하는 대신 빗자루로 바닥을 좌우로 쓸어 길을 터준다. 온갖 전자부품이 굴러다니는 그곳에 지팡이 든 모세 앞 홍해처럼 자그마한 길이 열렸다.

벽에도 알 수 없는 기계들이 가득했다. 오실로스코프에서 무전기니 낡은 컴퓨터까지 붉은 LED램프, 수천 개의 눈이 껌뻑이고 있었다.

침대 같은 이불 덮인 상자더미가 하나에, 소파인 듯한 상자더미가 또 하나 있었다. 침대와 소파의 차이는 유이가 앉은 곳이 침대고 다른 세 사람이 앉은 곳이 소파라고 추리해 봄 직했다. 16세 소녀가 침대에 남자 셋을 앉히지는 않을 테니까.

방에 대해서는 다들 함구했다. 뭐를 어떻게 지적해야 할지 감도 잡히지 않았으니까.

"아빠가 결혼 전에 쓰던 방이라 들었어요. 유명한 해커였으니까. 그만큼 이 방은 보안이 확실해요."

세 사람이 맹렬한 동감의 고갯짓을 했다.

"아빠를 죽인 건 엘아힘 엔터테인먼트예요."

갑자기 본론, 그것도 지나칠 정도의 본론을 툭 던졌다. 마음의 준비가 안 되어 있던 세 사람은 어, 하는 표정을 지었다.

"아빠는 겉으로는 보안 프로그램 업체의 일을 하는… 아니, 뭐 사실 그 일을 하는 게 사실이었지만 취미로는 해킹을 계속하고 있었어요. 그러다 재미있는 정보라도 얻게 되면 팔기도 하고 했죠. 그러다가 기묘한 정보를 하나 손에 넣었어요."

그게 뭐냐는 눈빛 질문에 유이는 잠시 망설이다가 한규를 곧바로 쳐다보며 말을 이었다.

"신도림역 스크린도어 제어 장치 해킹 프로그램."

이 말을 듣는 순간 한규가 받은 충격은 굳이 말로 표현할 것도 없었다.

"성한상 씨와 꼭 관련이 없을 수도 있으니까 넘겨짚지……."

"형을 다치게 한 것도 엘아힘 엔터테인먼트야!"

한규의 포효에 유이가 움찔했다.

"실제로 그랬군요."

그때 문기가 두 사람의 대화에 끼어들었다.

"그건 좀 말이 안 되는데?"

유이가 흰 눈을 뜨고 입을 열려는 순간 문기가 말을 이었다.

"유일평 씨가 실종된 건 한상 형이 사고를 당하기 몇 달 전이잖아. 그때는 아직 엘아힘 엔터테인먼트가 샹그릴라를 접수하기 전……."

"맞아요. 아빠가 그 프로그램을 발견한 곳도 사실 JK 소프트웨어에서였어요. 아마 그 프로그램을 만든 사람은 엘아힘 엔터테인먼트와 미리 접촉을 해 JK 소프트웨어를 배신한 장본인이라 할 수 있겠죠."

"강백천……."

한규가 이름을 중얼거렸다. JK소프트웨어의 배신자이자 성철 형까지 다치게 만든 장본인.

문기가 유이에게 묻는다.

"그럼 그것 때문에 아버지가 그런 일을 당한 거야?"

유이는 대답하는 게 내키지 않는다는 얼굴로 입을 열었다.

"그건 시작일 뿐이에요. 게임 회사에서 왜 지하철 설비 해킹 프로그램이 있는지 이상하게 느낀 아빠는 그쪽 네트워크 망을 좀 더 탐색하기 시작했어요. 그때 엘아힘 엔터테인먼트와 JK소프트웨어의 인수합병설을 알게 된 거예요."

문기가 고개를 끄덕거린다.

"M&A 건이 사전 유출됐으니 그쪽 기업에서는 난리가 났었겠구먼."

"그래서 깡패를 동원해 아빠를 쫓기 시작한 거예요."

유이의 아버지 유일평은 그전에도 몇 번이나 위험한 줄을 탔고, 그때마다 유이도 같이 시달려 왔다. 그녀의 뿌리 깊은 주먹들에 대한 혐오감도 거기서 기인했다.

"아빠는 그때 개발 중이었던 샹그릴라와 엘아힘 엔터테인먼트, 그리고 JK소프트웨어 등등 관련된 장소에 수많은 구멍을 뚫어놓았어요. 물론 그중 대부분은 곧바로 발견되고 막혔지만, 몇 개는 지금까지 열려 있어요. 인수합병이 되면서 내부적으로 무슨 문제가 있었던 모양이에요. 어쩌면 아버지의 위장이 그만큼 완벽하게 먹혀들어 간지도 모르겠지만."

이야기를 들으며 한규와 일행은 엘베로사를 떠올렸다. 이전 이제동에게 들었던 블랙박스의 존재와 엘베로사, 그런 미스터리한 부분들이 시스템에 허점을 만든 것이다.

"아빠가 남긴 것들을 통해 나는 계속 내부를 탐사했어요. 샹그릴라 게임의 경우에는 워낙 복잡한 터라 그 시스템을 이해하기 위해서 내가 직접 게임을 하기도 했고요. 파면 팔수록 이상한 게임이었어요. 그리고 그 회사 내부에 돌아다니는 문서나 그 분위기도."

유이는 자신의 타블렛 PC를 방 안에 있는 모니터에 연결했다. 모두가 보기에는 7인치 화면이 아무래도 비좁았다.

"아빠를 그렇게 만든 게 엘아힘이라는 심증은 있지만… 아직까지 확신할 수는 없어요. 처음에는 엘아힘 엔터테인먼트의 사무용 컴퓨터들을 해킹해 보았지만, 심지어는 사장의 컴퓨터에도 아무런 단서가 없었어요. 그러다 요즘 샹그릴라 그 자체를 파헤치기 시작했는데, 한 가지 문제에 봉착했어요."

그녀는 모니터에 몇 가지 도표와 문자들, 그리고 기계어들을 잔뜩 나열했다. IT 쪽에 마니악한 취미가 있는 명철도 전혀 이해할 수 없는 그림들이라는 사소한 문제가 있었지만.

"그러니까 내가 알아듣게 해달라고."

"잠깐 있어봐요."

유이는 타블렛 위에 손을 얹어 흡사 춤추듯 손가락을 움직였다.

"커스터마이즈 속기 타자……."

명철이가 타블렛의 화면을 훔쳐보며 이렇게 중얼거렸다.

뒤이어 문기와 한규의 '설명해 봐' 라는 시선을 받고 해설을 시작했다.

"간단히 말해서 자판을 완전히 내 맘대로 만드는 거예요. 지금처럼 ASDF 순서가 아니라. 거기다가 단축키와 키 조합을 이용해서 훨씬 많은 단어들을 자판에 미리 입력해 두는 거죠. 지금도 컨트롤키랑 S키를 같이 누르면 세이브되는 프로그램이 꽤 많잖아요? 그런 식으로 서너 개의 키를 동시에 누르면 어떤 명령을 시행하는데, 그 하나하나를 다 외우고 있는 거예요. 머릿속에."

여전히 이해가 가지 않는다는 한규와 문기에게 명철이가 다시 말을 잇는다.

"간단히 말해서, 키가 수백 개쯤 되는 키보드를 압축해 놓은 거예요."

유이가 손가락을 날리며 한마디 툭 던진다.

"1만 732개야."

명철이가 입을 쩍 벌리고, 한규와 문기는 대단한 건가 하며 머리를 굴리는 중이다.

"이거야."

떠오른 것은 3D로 구성된 한 장의 사진이었다. 사진의 중앙 위쪽에는 지도 같은 것이 있었다. 한규와 문기, 명철도 잘 아는 지도였다. 샹그릴라 전도였으니까.

그 아래로 기둥 같은 것이 있다. 나무처럼도 보이는 그것은 여러 개의 가지를 사방으로 뻗고 있었고, 줄기 부분은 검은 안개로 뒤덮여 있었다.

마지막으로 뿌리가 또 사방으로 뻗어 있는데, 뿌리까지 와서는 나무라기보다는 거의 전선 다발처럼 느껴졌다.

유이가 손가락을 타블렛 위에서 움직이자 모니터에 띄운 화면이 같이 돌기 시작했다.

"여기가 1계, 그 아래가 지금 제작 중인 2계. 무슨 얘긴지 알죠?"

다들 이해했다는 제스처를 하자 유이가 설명을 이었다.

"여기는 블랙박스. 아직 해석 중인데… 제가 도와달라는 게 바로 이것 때문이에요."

결국은 엘베로사에 대한 것이었다. 한규는 잠시 머뭇거리다가 고개를 끄덕이며 입을 열었다. 유이도 힘들게 자신의 비밀을 털어놓고 있는데, 자신만 입을 닫고 있는 게 비겁하게 느껴져서다.

"블랙박스는 엘베로사일 거야."

무슨 소리를 하냐는 듯한 유이에게 한규는 손가락으로 나무 중간의 검은 안개를 짚었다.

"엘베로사가 살고 있는 곳이야. 유이 네가 알고 싶은 게 엘베로사에 대한 것인가 본데, 너도 비밀을 지켜줬으면 해. 엘베로사는 AI야. 밥통 같은 데 달려 있는 것보다 훨씬 정밀한, 정말 살아 있는 것 같은 프로그램."

한규의 말에 유이가 코웃음을 쳤다.

"SF소설 같은 걸 좋아하나 봐요? 그러면서 왜 내가 하는 말은 완전 이해를 못하는 거지."

그리고는 톡 쏘는 투로 말했다.

"이 내부는 나도 잘 이해 못하고 있는데 오빠들이 알 거라고는 생각하지 않아요. 내가 바라는 건 게임 안에서의 도움이에요. 샹그릴라라는 게임은 정말 우습게도 엘아힘 엔터테인먼트의 프로그램 전체와 연결되어 있어요. 심지어는 서버 프로그램 같은 게임을 보조하기 위한 프로그램에까지. 회사 안에 있는 랜선 하나하나까지 샹그릴라가 관여하지 않고 있는 곳을 찾기 어려울 정도니까요. 그래서 더 깊은 곳의 정보를 캐기 위해서는 먼저 샹그릴라라는 게임을 제압할 필요가 있어요. 그래서 내가 생각한 게, 지금 강제로 제2계를 열어버리는 거예요. 순간적이기는 해도 큰 혼란이……."

그녀의 말에 한규 등은 빙그레 웃음을 지었다. 세 사람이 동시에 갑자기 웃자 유이는 당황한 표정을 지었다. 억지로 자신의 말을 이어간다.

"그, 그, 그래서… 지금 서버에서 비정상적으로 레벨이 높은……. 뭐예요? 왜 웃는 건데요?"

"그게 지금 우리가 하려는 거야."

한규가 운을 뗐다.

"네?"

"그럼 이제 내가 얘기 좀 해볼까?"

유이는 한규의 말에 잠자코 고개를 끄덕였다.

"너 혼자 힘으로 여기까지 알아낸 게 신기할 정도야. 네 예상대로 우리 형 성한상은 엘아힘 엔터테인먼트에 의해 제거되었어. 아직 죽지는 않았지만 육체는 죽은 거나 매한가지야. 그건 너도 알고 있지?"

"네, 지하철 사고 기사는 저도 봤어요. 불행한 일이죠."

"그래. 그래서 나는 친구들과 힘을 합쳐 샹그릴라 게임을 엉망으로 만들어 버리려는 계획을 세웠어. 엘베로사 덕분에 지금 한큐 캐릭터는 샹그릴라 안에서 적이 거의 없거든. 몇몇의 도움을 받으면 2계의 열쇠 에르그닐을 사냥하는 것도 불가능하지 않을 거야."

"아!"

유이는 그제야 왜 저 세 남자가 그런 웃음을 띠었는지 이해했다.

"하지만 지금은 엘베로사를 구해야 해."

엘베로사. 유이는 그게 조금 전 한규가 말한 AI라는 걸 기억했다.

"AI라는 건 무슨 말이에요? 전혀 이해가 가지 않는데……."

한규가 막 대답을 하려는데 유이가 그를 막는다. 그리고는 명철을 보며 다시 물었다.

"오빠가 설명해 봐요. 저 사람들 말은 알아듣기가 힘들어서……."

돌아보던 유이와 마침 눈이 마주친 문기가 혀를 내민다. 네 말도 못 알아먹겠다는 얼굴로.

같이 메롱으로 응수하며 유이가 다시 명철을 봤다.

"아, 그러니까 말 그대로 AI야."

"밥통에 달린?"

"아니, 정말 AI. 살아 있어."

"터무니없는!"

"한상 형이 그랬어. 진정한 의미의 첫 번째 AI라고."

성한상이라는 프로그래머는 유이도 인정하고 있었다. 명철이 단정 짓듯 이야기하자 유이는 한참이나 고개를 갸웃거리다가 다시 타블렛으로 손가락을 가져갔다.

"AI가 있는 곳?"

유이에게 한규가 말한다.

"언젠가 제동 형이 그랬는데, 블랙박스는 엘베로사의 집 같은 곳이랬어. 복도, 방, 화장실……."

유이가 미간을 찡그렸다. 손끝으로 안경을 추어올린다. 다른 손으로는 뒷덜미를 어루만지다 긴 머리칼을 쓸어 올렸다.

일순 다시 두 손이 타블렛 위에서 춤추기 시작했다. 뭔가 자그마한 창이 떠오르고 다시 사라지고, 그사이 그 창은 수천, 수만의 문자들로 채워졌다. 그럴 때마다 커다란 나무 등치의 안개 덮인 곳이 점점 또렷해져 갔다.

"살아… 있다고?"

유이의 손가락이 잠시 멈춘다. 그리고 중얼거린다. 다시 손가락이 움직였다.

"살아… 살아가기 위해서는… 먹고, 자고, 싸고, 쉬고… 그리고 놀고……. 고등한 생명체라면 배우고, 즐기고……."

유이가 멈춘다. 손가락뿐 아니라 눈동자까지 멎었다. 그녀의 시선이 닿은 곳에는 조금 전 그렸던 나무가 그대로 있을 뿐이었다.

한참이나 정지했던 유이는 간신히 입을 열었다.

"그거였구나. 이미 이 회사의 모든 전산 시스템은… 엘베로사 거야. 그러니까 찾을 수 없었던 거야."

그녀의 손가락이 다시 천천히 움직이기 시작했다. 점차 속력을 더해간다. 마지막으로 엔터를 눌렀을 때, 화면이 바뀌었다.

그건 이미 나무가 아니었다. 뿌리가 가장 높은 곳에 있는, 종(種)의 나무와도 같은 가지가 수천, 수만으로 갈라진…….

"그녀는 그곳의 신이었어."

"맞아. 엘베로사는 샹그릴라의 신이야."

유이가 한규의 말에 고개를 젓는다.

"아니, 그 건물 안 모든 전산 시스템의 신."

그리고 한규에게 눈을 돌려 말했다.

"어떻게 하면 그녀와 이야기할 수 있어요? 그녀의 도움이 필요해. 그녀를 구해야 한다고요. 도와줄게요. 뭐든 내가 할 수 있는 걸 말해줘요."

"잘됐다. 서버를 만들거나 하는 거 할 줄 알지?"

유이가 대답을 하기도 전에 명철이가 대신 말했다.

"우리나라에서 나은 사람이 몇이나 될까?"

"그럼 명철이 너와 함께 엘베로사의 집을 만드는 일을 하면 되겠다. 어때, 도와줄 거지?"

한규의 물음에 유이는 고개를 끄덕였다.

"엘베로사와 만나게 해준다면."

"알았어."

대답을 하고 유이는 후, 하고 한숨을 내쉰다.

"뭐야, 위험한 일에 얽혀 있는 건 나뿐만이 아니었구나."

그 한숨은 어딘지 안도감이 어려 있었고, 한규와 문기, 명철 모두 엷은 미소로 대꾸해 주었다. 피차 강력한 동맹을 얻은 셈이었으니.

유이와 연락처를 교환하고 한규와 일행은 어느덧 벽방에 가야 할 시간이 가까워졌기에 그곳으로 걸음을 옮겼다.

명철의 경우에는 벽방 내부의 인물이 아니었기에 일단 근처 샹그릴라 PC방에서 시간을 보내기로 했다. 그와 헤어진 후 한규와 문기는 벽방의 문을 두들겼다.

낮의 유치원 같은 분위기는 사라진 지 오래였다. 수염 허연 노인에서 스물 안팎의 청년들까지 다양한 모습의 남녀노소가 이미 도장 안에 삼삼오오 모여 담소를 나누고 있었다.

그들은 어떤 사람은 도인 같았고 어떤 사람은 장사꾼 같았다. 넥타이 차림의 회사원도 있었다. 그저 평범한 사람의 모임일 뿐이었고, 한규는 그 점이 의외라 느껴졌다.

하긴, 자신이 이미 알고 있던 고수들, 석대기, 석문기 형제는 물론 한헌평, 그리고 자신의 사부 장사건까지 다들 평범한 사람들 속에서 살아가고 있었다.

한규가 안에 들어서자마자 사람들의 시선이 모였다. 문기가 그들에게 인사를 하고, 한규도 어설프게 문기를 따라 고개를 숙였다.

그때, 저쪽에서 한 명이 손을 번쩍 들며 소리를 지른다.

"왔구나! 한판 붙자!"

한규는 그 목소리에 자신도 모르게 눈살을 찌푸렸다. 누구 겠는가? 한미나의 오빠 한헌평이 그 목소리의 주인공이었다.

몇몇이 수군거린다. 저 녀석, 또 시작이네. 노사님도 저런 정신 나간… 이라는, 주로 부정적인 유의 대화다.

한규는 어색하니 헌평의 인사(?)를 받았다. 그리고 한걸음에 다가와 정말로 한판 붙기라도 하려는 듯한 헌평의 손아귀를 벗어나느라 진땀을 뺐다.

문기의 형 석대기도 이미 이곳에 와 있었다.

"유 사부님은 이미 만나보았다지?"

대기가 헌평의 어깨를 밀치며 한규에게 말을 걸고, 헌평은 도끼눈으로 대기를 노려보았다.

"아, 예."

"좋은 분이시지?"

한규의 대답 전에 헌평이 말한다.

"사부님은 당연히 좋은 분이시지. 시시한 질문 치우고 한판 붙자니까. 듣자니 대기 너는 며칠 전에 한판 했다며? 너는 되고 나는 안 되냐?"

"야야, 좀 때와 장소를 가려라."

"때야 아직 집회까지 10분 남았고, 장소는 여기 도장 아냐? 여기보다 좋은 데가 어딨어? 아스팔트 바닥에 얼굴 갈리면 얼마나 아픈데."

예전부터 느낀 점인데, 한헌평의 억지는 미묘한 부분에서 논리 정연했다. 한규는 그의 말에 자신도 모르게 수긍할 뻔했다.

"적당히들 하게나. 오늘은 신입을 환영해 주어야 할 것 아닌가."

수염 허연 노인 하나가 점잖게 끼어들자 헌평이 살짝 꼬리를 내린다.

"사숙도……. 우리 같은 무인들 사이에 대련보다 더한 환영이 어디 있습니까?"

사숙이라는 걸 보니 유 사부의 도가 동기인 모양이었다.

몇몇 사람이 한규에게 더 다가왔다. 새로운 형제가 생긴 것에 축하하는 사람이 있었고, 혹은 한상의 일과 나찰대주에 대해 이야기하는 사람도 있었다. 특히 나찰대주의 일은 벽방의 큰 근심이었기에 모두들 관심이 지대했다.

그러는 사이 한헌평이 이야기한 10분이 금세 지나고, 유 사부가 의관을 갖추고 모습을 드러냈다.

"벽방 제16대 제자이자 현 벽방의 방주를 맡고 있는 유림강입니다. 사해에서 바쁘신 와중에 이렇게 모여주신 것에 심심한 감사를 표합니다."

유 사부는 소매가 긴 흰옷을 입고 모두에게 깊이 허리를 굽혔다. 앉고 또는 서 있던 사람들이 일제히 시립해 유 사부의 인사에 맞절을 했다. 연배가 비슷하면 허리를 굽히고, 나이가 어리면 숫제 큰절로 맞았다.

거창한 개회사도, 이거다 할 의식도 없이 벽방의 총회의가 시작되었다.

"모두들 자리에 앉으시지요."

유 사부가 앉으며 청하자, 나이 어린 사람들은 두 번 사양하는 시늉을 하고야 자리에 앉았다. 그들은 유림강이나 동 항렬의 사부들에게 배운 17대 제자들이었다.

"오늘 이렇게 모인 것은 우리 도방 사람들이 건강한지 그 안부를 묻는 것이 첫 번째 이유입니다. 그리고 몇 가지 새로운 일이 그사이 있었음을 여러분께 알리는 게 둘째 목적입니다. 아시는 분들은 이미 아시는 것 같은데, 여기 17대 제자가 오늘 한 명 더 도문을 두들겼습니다."

대기가 옆구리를 쿡 찌르자 한규는 자신의 이야기를 한다는 생각에 자리에서 일어나 모두에게 허리를 굽혔다.

"이 건장한 청년이 바로 성한규로, 여기 있는 대기, 문기 형제들과는 친구 사이라고 합니다. 얼마 전 도방 사이에 큰 사건이었던 성한상 군의 사건을 기억하실 겁니다. 나찰대와 연관된 사건이라 모두들 긴장을 하셨을 텐데… 한규는 그 성한상 군의 친동생이기도 합니다."

몇몇이 웅성웅성 지방방송을 시작한다. 한 마흔 남짓으로 보이는 사람이 손을 들었다. 반대쪽 팔에는 빈소매만 있는 외팔이에 밤송이수염을 제멋대로 기른 험한 인상의 남자였다.

"나찰대주가 무슨 일을 꾸미고 있는지 새로 알려진 게 있으면 가르쳐 주십시오. 이 팔의 원한, 꼭 풀고 싶습니다."

"거한은 잠시 참으시게. 방주님의 말씀이 아직 끝나지 않지 않았나?"

곁에 있던 몇 살이나마 더 먹은 남자가 인상 험한 사내를 말렸다. 외팔이는 분하다는 듯 이를 바득 갈았지만 더 이상은 말을 잇지 않았다.

"거한의 마음도 모르는 건 아니네만, 주에스 크로스라는 다국적 기업과 무슨 일을 꾸민다는 것 말고는 아는 게 없네."

주에스 크로스는 바로 엘아힘의 모기업이었다. 한규는 대화 한 줄 한 줄이 머릿속에 새겨지는 듯 느껴졌다. 형, 그리고 지금 자신이 하는 일과 직접적으로 연관된 주제였으니까.

"지금 이 자리에서는 우선 한규의 도방 가입을 축하해 주는 게 우선이라 생각하지 않으십니까?"

유 사부의 이 말에 도방 사람들이 일제히 박수를 쳤고, 한규는 일어선 채 어색한 표정으로 허리를 꾸벅꾸벅 굽혔다.

그 뒤로 회의장에서는 나찰대주 고필안에 대한 이야기가 몇 마디 더 오가고, 최근 그의 활동이 활발해졌느니 하는 얘기들을 나누었다. 벽방의 회비나 회계상의 일 같은 단체라면 으레 있을 법한 주제도 등장했다.

한규는 호흡 공부를 하는 고인들의 모임이라고 해서 뭔가 좀 더 고답적인 모습을 상상했지만, 의외로 사람 냄새가 짙어 재미있다는 생각이 들었다.


한 시간 남짓 그렇게 회의가 끝난 후, 평소 친분이 있는 사람들끼리 삼삼오오 모였다. 한규의 근처에는 자연스레 문기와 대기, 그리고 헌평이 자리를 잡았다.

그곳에서 문기는 형에게 자신들이 하려는 일을 털어놓았다. 한규도 한 명이라도 더 조력자가 있었으면 했던 터라 문기의 행동을 말리지 않았다.

"이제 곧 엘아힘 엔터테인먼트에 잠입할 생각이야."

"너희 둘이?"

대기의 되묻는 말에 문기가 고개를 저었다.

"그럴 리가. 아마 성철 형의 도움을 받게 될 거야. 아직 이야기는 꺼내지 않았지만."

"아, 조성철 씨 말이지? 그러고 보니 내일모레쯤 퇴원할 모양이던데."

"벌써?"

"의사가 그러는데 차도가 비정상적으로 빠르다더라."

한규가 대기의 말에 대꾸했다.

"장 사부님이 기로 치료를 해주셨거든요. 아마 그것 때문일 거예요."

"아아, 그러면 말이 되지. 이기치상이라……. 그분도 공부가 상당히 깊으시긴 하구나."

　문기가 대기에게 말한다.

　"아무튼 도와줄 거지?"

　"응? 아아, 그야 당연하지. 네 부탁이 아니더라도 한규의
얼굴을 봐서 해야지."

　"뭔지 몰라도 나도 껴줘."

　한헌평이 한마디 한다.

　"그……."

　"싸우는 거지?"

　"어쩌면요."

　"그럼 나는 콜."

　정말 단순한 사람이었다. 한규는 그의 무식할 정도의 올곧
은(?) 마음이 싫지 않았다.

　한규는 엘아힘 엔터테인먼트와 일전이 그리 머지 않았음을
새삼 피부로 느끼고 있었다. 처음 형의 사고를 듣고 그 이면
의 이야기를 들었을 때 느꼈던 답답하던 감정이 떠올랐다.

　이제는 길이 있으니까.

　한규는 남몰래 주먹을 꾹 움켜쥐었다.

# CHAPTER 32

폭풍 속으로

1

아침 열 시.

한규는 지금 한 사무실의 소파에 앉아 있었다. 성철 형이 오후 두 시에 퇴원한다고 했으니 일이 빨리 끝나면 맞춰 갈 수 있을 것 같았다.

소파에 앉아 있는 고3 학생.

로비 카운터 뒤에 리시버를 한 여직원이 한규를 힐끔거린다.

그녀는 도대체 뭐가 어떻게 돌아가는지 이해할 수가 없었다. 열 몇 살 먹은 남자아이가 와서 대뜸 사장님을 만나고 싶다고 하는 것부터가.

무슨 동네 철공소 사장님도 아니고, 세계적인 대기업 펜트라 전기의 사장을 말이다.

더 이해하기 힘든 건, 사장실에서 대답이 돌아왔다는 거다. 사람을 보내겠다고.

혹시 무슨 TV 연속극 같은 데서 나오는 재벌 3세쯤 되는 건가? 가서 한 대 때리면 날 때린 사람이 처음이야 하면서…….

실없는 상상에 빠져 있던 그녀의 상념을 깬 것은 사장 비서실의 부실장이었다. 부실장은 30대 후반의 날카로운 인상의 남자였다.

"한규님이 어느 분이시지?"

"예, 예, 저기에……."

"안내가 정신을 놓으면 고객이 누구에게 말을 걸겠나?"

"죄송합니다."

비서실 부실장은 혀를 차고 한규에게 다가왔다.

"성한규님이십니까?"

"아, 네."

한규는 훑어보던 잡지책을 책꽂이에 넣고 자리에서 일어났다.

"사장님께서 기다리고 계십니다. 저를 따라오십시오."

"예."

한 시간쯤 전에 한규는 혜나 누나의 아버지인 이태준 씨에게 전화를 했다. 마침 오전에 회사에 일이 있던 그는 한규에게 회사로 직접 찾아올 것을 부탁했고, 한규는 강남 한복판에 있는 펜트라 전자센터라는 곳을 찾아왔다.

지하에는 펜트라 전자의 최신 제품들이 박물관이라도 되는 양 고급스럽게 장식되어 있었고, 로비는 호텔보다 화려했다.

부실장을 따라 직통 엘리베이터를 타고 한규는 22층 사장실 플로어에 도착했다. 깊은 감색의 무게있는 인테리어에 조금 주눅이 드는 듯 느껴지자 한규는 숨을 깊게 들이쉬었다.

비서실 부실장은 결례되지 않는 눈으로 한규를 살피며 그를 사장실 응접실까지 안내했다.

"한규 군."

검은 가죽 소파에 앉아 서류와 씨름을 하던 이태준이 한규의 발걸음 소리에 벌떡 일어났다. 부실장은 허리 굽혀 인사하고 응접실에서 빠져나갔다. 성한규라는 남자의 정체를 궁금해하며.

"태준 아저씨, 오래간만에 찾아뵙습니다."

혜나 누나의 병실에서 마지막으로 만난 후 한규는 이런저런 일들이 겹쳐 이태준에게 아무런 연락도 하지 못하고 있었다.

"오래간만이군그래. 별고는 없었나? 그보다 자네에게서 연락이 와서 깜짝 놀랐네. 혹시나 하는 생각 때문에. 일이 이만큼이나 밀렸는데도 영 집중하기가 힘들었네."

이태준의 표정이 상기되어 있다. 한규는 그 심정을 익히 이해하고도 남을 것 같았다. 형을 보지 못했던 시간들, 그리고 형이 무명일지도 모른다는 말을 듣고 형을 만날 때까지 그 두근거리던 한때.

한규는 태준에게 미소를 지었다. 그 웃음에 이태준은 두 손을 깍지 끼며 자리에 주저앉았다.

"…님, 감사합니다."

나이 든 그의 눈가에 눈물까지 어리는 통에 한규는 이야기를 이을 타이밍을 찾지 못했다.

"아 참, 내 정신 좀 보게. 일단 여기 앉게나. 이야기를 들려주게. 우리 혜나는 건강히 잘 있나?"

한규는 이태준의 건너편에 앉으며 고개를 끄덕했다.

"네. 혜나 누나는 건강하게 잘 있어요. 건강한 정도가 아니라 그곳 생활에 흠뻑 빠져 있달까? 다시 잠에서 깨어난 것이 너무 즐겁다던데요?"

이태준이 웃으며 몇 번이나 머리를 주억거렸다.

"암, 그래야지. 그래야지. 아 참, 나만 알 때가 아니구먼그래. 에반젤에게 이야기해 주어야지. 아침에 한규 군의 전화를 받고 에반젤에게 바로 연락을 하려다가 혹시 별 소식 아니면 어쩌나 싶어서…… 아무튼 미안한데 잠시만 기다려 주게. 전화 좀 연결해야겠네."

"예, 편하실 대로 하세요."

수만 명을 고용하고 있는 거대한 기업의 사장이 횡설수설하는 모습을 보는 게 쉬운 일은 아닐 거다. 한규는 그런 생각을 하며 자신도 모르게 미소를 지었다. 스피커폰으로 연결된 에반젤의 목소리가 들렸다.

"여보세요?"

"에반젤, 기쁜 소식을 들었소!"

"갑자기 그게 무슨 말씀이세요? 바쁘다고 아침 일찍 출근한 양반이."

"아주머니, 저 한규예요. 혜나 누나를 만나러 갈 준비를 하셔야 할 것 같아요."

챙그랑, 챙챙 하는 요란스런 소리가 스피커폰 저편에서 들린다.

"그, 그럼……."

"한규가 해낸 모양이오. 프로게이머를 고용한다고 적지 않은 돈을 썼는데, 그들이 한규 한 명만 못했던 모양이오. 하하하!"

한규가 이태준을 만난 지가 벌써 여덟 해가 넘어갔다. 이

나이 든 신사의 얼굴이 이토록 환한 적이 있었나? 한규는 흐뭇한 기분에 폭 잠기었다.

"언제? 지금 당장은 안 되니?!"

"진정해요, 에반젤. 일단 이곳으로 오시오. 그사이 내가 샹그릴라 접속 콘솔을 구해두겠소. 아니, 차라리 내가 집으로 가는 게 빠를 것 같네. 일이고 뭐고 지금 그런 걸 할 때가 아니지."

서류를 집어 던지며 이태준이 일어선다. 한규는 졸지에 그의 차를 얻어 타고 과천에 있는 이태준의 저택으로 향했다.

두 부부가 샹그릴라 콘솔에 나란히 눕는 모습을 보고 한규는 그의 저택에서 빠져나왔다. 나중에야 어떻게 될지 모르겠지만, 오늘만큼은 가족끼리 오붓하게 만나는 게 더 좋을 듯했다.

게임 안에서는 형이 알아서 자리를 주선할 테다. 엘베로사의 방해가 없으니 일도 수월할 것이고.

샹그릴라에 접속하는 것보다 급한 일이 있었기에 한규는 곧바로 성철이가 입원해 있는 병원으로 향했다.

과천에서 평촌으로 향하는 버스 안에서 한규는 잠시 먼산바라기를 했다. 지금쯤이면 만났으려나? 만약 현실에서 일이 복잡하게 꼬이지 않았더라면 혜나 누나와 시간을 보내고 있는 건 형이 아니라 자신이었을 테다. 8년이나 지켜봐 온 인형 같은 누나와.

하지만 지금 한규가 느끼고 있는 건 아쉬움보다는 안도감이었다. 형과 누나가 자연스럽게 함께 지내고 있는 지금의 모습은 오래전부터 바라기라도 한 듯 편안하게 다가왔다.

빌딩 숲이 끝이 나고 한적한 시골길 같은 곳이 눈앞에 펼쳐진다. 과천 외곽 그린벨트 지역이다. 한규는 다시 앞쪽으로 눈을 옮겼다. 지금은 눈앞의 일을 처리하는 게 우선이었다.

형의 계획은 얼핏 들어도 그럴듯했다. 무엇보다 공권력을 등에 업고 있으니 경비들을 제치는 것은 가능할 것 같았다.

그리고 한규에게는 보통 사람과는 비교도 할 수 없는 예민한 감각과 운동능력이 있었다. 기를 다룰 수 있게 되면서 얻은 힘이.

계획대로 된다면……. 한규는 상상하는 것만으로도 맥박이 빨라졌다. 살짝 긴장까지 된다.

─다음 정차할 곳은 평촌역.

한규는 깜짝 놀라 자리에서 일어났다. 버스카드를 단말기에 접속한다. 삐빅, 하는 기계음이 연달아 울렸다.


성철은 벌써부터 침대에서 일어나 허리를 돌리고 있었다. 아직 상처 부위는 따끔거려 자꾸 얼굴이 일그러졌지만 움직

일 수 없을 정도는 아니었다.

"장 사부님, 정말 용하시네."

중얼거리는 성철을 매영은 걱정스러운 표정으로 보고 있었다.

"좀 더 병원에 있어야 하는 거 아니야?"

"괜찮다니까. 여기서 계속 이러고 있으니까 오히려 좀이 더 쑤신다. 호열이 녀석한테도 연락해 봐야 하고, 강백천 체포 건도 아직 마무리 짓지 못했……."

매영이 성철의 앞으로 다가가 입술로 말을 끊는다. 그녀의 갑작스러운 키스에 성철은 깜짝 놀라는 표정을 했다. 그가 좀 더 더듬(?)으려 하자 매영은 뒤로 한 걸음 물러섰다.

"정말 괜찮겠어?"

"응? 나 지금 팔팔해. 키스 정도야……."

"바보 같은 소리 말고, 퇴원해도 괜찮겠냐고."

"아아, 괜찮다니까. 아까 의사 선생님이 하는 말씀 못 들었어? 괜찮다잖아."

"그렇지만 칼에 맞았는데 어떻게 일주일도 안 돼서 자리에서 일어날 수 있어?"

"동양의 신비?"

매영은 성철이 괜찮다는 말을 도무지 믿을 수 없었다. 하지만 저렇게 서서 걷고 또 움직이는 사람을 두고 환자 취급하는 것도 무리였다. 의사도 괜찮다고 하고.

"애초에 너무 위험한 일에 머리를 들이미니까⋯⋯."

"한상이한테 일어난 사고에 대해 먼저 의심한 건 너 아니었던가?"

"그야 그렇지만⋯⋯."

"걱정하지 마. 전에는 혼자 움직이다 그렇게 된 거고, 이제는 제대로 사람들 끌고 다닐 생각이야. 상부에서도 내가 당한 걸 알고 심각하게 생각하기 시작한 것 같고."

여전히 퍼지지 않는 매영의 미간에 성철이 검지를 가져다 댄다.

"다 잘될 거야. 한상이를 그렇게 만든 놈은 꼭 잡아 처넣어야 해. 그러지 않고서는 나 조성철이 조가가 아니지."

"나도, 나도 한상이의 원한은 풀어주고 싶어. 그렇지만 그 때문에 너도 한상이처럼⋯⋯."

"그럴 일 없어."

말이 맴돌 것 같다는 생각에 성철은 화제를 돌렸다.

"너야말로 어떤 거야? 엘아힘 엔터테인먼트에 대한 조사를 한다고 하더니 별다른 소득은 없어?"

"글쎄, 겉으로는 여전히 깨끗한 척 구니까. 그러고 보니 오늘 아침에 우리 쪽 정보통에 접수된 얘긴데, 샹그릴라에서 어떤 대규모 이벤트를 할 예정이라더라. 구체적인 내용은 아직

나오지 않았지만."

"그래?"

"응, 일종의 토벌대 같은 퀘스트 같던데…… 그것 때문에 바쁜데도 네가 퇴원한다고 해서 월차 내고 온 거야."

"어이구, 큰일 하셨네."

비꼬는 말투에 기분이 상한 매영이 한마디 쏘아주려는 찰나, 누군가 병실 문을 살짝 열었다.

성철과 매영이 동시에 문 쪽으로 눈을 돌렸다. 그곳에 서 있는 것은 다름 아닌 한규였다.

"어, 누나도 왔네? 형은 몸 좀 어때?"

대답을 하는 대신 성철은 천천히 허리를 한 바퀴 돌렸다.

"진짜 멀쩡하네. 대기 형한테 처음 얘기를 들었을 때는 믿기지 않았다니까."

"내 몸 낫는 걸 내가 믿기 힘들었으니 그럴 만도 하다. 그래, 마음은 좀 추스렸고?"

성철은 아직까지도 한상에게 일어났던 일을 한규에게 설명한 것이 후회스러웠다. 이야기하지 않았더라면 한규는 그저 지금까지처럼 고교 생활을 해나갈 수 있었을 텐데…….

하지만 한가하게(?) 성철이가 병원에서 시간을 보내는 동안 한규에게는 정말 많은 일이 있었다. 주화입마에 빠진 것에서, 게임 안으로 이식된 한상을 만나고 엘베로사의 납치까지 어느 하나 한규의 정신을 빼놓지 않는 일이 없었다.

게다가 아직 일은 진행 중이다.

한규는 주위를 흘끗 둘러보았다. 병실에는 지금 성철과 매영 두 사람만 있었다. 성철이 경찰이라는 얘기를 듣고 다른 사람들이 모두 병실을 옮긴 탓이었다. 아무래도 뒤가 구린 사람들이 모이는 병원이었으니.

따로 또 장소를 찾으니 여기가 더 나을 것 같았다. 한규는 성철의 말에 대답하는 대신 다른 이야기를 꺼냈다.

"그보다 형, 혹시 지금 놀라거나 하면 위험해?"

"응? 생뚱맞게 뭐냐?"

"잠깐 앉아봐. 매영이 누나도. 같이 들어줬으면 하는 얘기가 있어."

진지한 투에 두 사람은 고개를 갸웃하면서도 잠자코 한규가 하라는 대로 했다. 침대에 적당히 걸터앉은 두 사람을 마주하고 한규는 병원 창문 아래 라디에이터에 엉덩이를 걸쳤다.

"어디서부터 얘기해야 하나."

머릿속을 정리하던 한규는 일단 한상의 얘기가 우선일 듯싶어 그 이야기를 꺼냈다.

"형을 만났어."

"형? 누구 말이야?"

"당연히 우리 형이지."

성철과 매영은 한규의 말에 별 반응 없이 고개를 끄덕거렸다.

"그렇겠지. 지금 집에 같이 살고 있잖아. 한상은 건강해?"

매영이 다정스럽게 묻는다. 한규의 마음에 난 상처를 건드리지 않으려는 듯.

그도 그럴 게, 아직 살아 있다고, 죽었다는 식으로 이야기를 할 때마다 발작적으로 외치던 한규의 모습을 본 것이 불과 몇 달 전이었으니까.

한규는 매영의 말에 곧바로 도리질을 쳤다.

"그게 아니라 정말 만났어."

"어디서? 닮은 사람이라도 만난 것 아냐?"

성철의 되묻는 말에 한규가 짤막하게 대꾸했다.

"샹그릴라에서."

"게임 속에서?"

"맞아."

성철은 오리무중이란 표정이다. 매영도 한규의 말이 얼른 이해가 가지 않는다는 듯 되물었다.

"그러니까, 샹그릴라 안에서 한상이를 만났다는 말이야? 네가 직접?"

"응."

"이야기도 해봤고?"

"응."

"정말 한상이야?"

매영의 물음에는 불신이 가득했다. 두 사람이 믿지 않아하는 것이 당연했다. 한규도 형이 게임 안에 살아 있다는 것을 인정할 때까지 엘베로사를 무던히 거짓말쟁이 취급해 왔다.

"일단 내 이야기를 믿어봐. 퇴원하고 바로 게임방에 가면 알 수 있는 일이니까."

성철이 웃는다.

"야야, 믿으라고 해도……."

매영이 성철의 옆구리를 툭 찌르고 말을 가로챘다.

"알았어. 하긴, 처음부터 전신불수나 몸이 불편한 사람들을 위해 설계한 부분이 있었으니 뇌사긴 해도 한상이 어쩌다 게임 안에 들어갈 수도 있는 일일 거야."

물론 말투에는 믿는 구석이라고는 전혀 없어 보였지만, 일단 매영은 한규의 말을 인정해 주었다.

한규가 두 사람의 반응을 무시한 채 말을 이었다.

"아무튼 한상 형이 아직 게임 개발 중일 때 있던 일이야. 형은 어떻게 하다가 진짜 AI를 개발하게 되었어. 그 애 이름은 엘베로사라고 하고. 그 엘베로사라는 AI는 지금 샹그릴라 게임은 물론이거니와 게임의 외부, 게임 회사 전체를 장악한 상태인데, 그걸 모르는 게임 회사 사람들이 엘베로사에게 흥미를 느끼고 가둬 버렸어."

이야기를 하던 한규는 매영과 성철의 표정이 점점 이상하게 일그러지는 것을 보고 쓴웃음을 지었다. 하긴 무슨 SF 만화 같은 이야기를 하고 있으니.

"엘베로사를 구해야 하는데, 그러려면 형의 도움이 필요해. 한상 형이 짠 계획이야."

한규는 일단 억지로 이야기를 정리했다. 저런 표정에 대고 더 이야기를 한다고 믿음이 생길 리 없다.

"웹툰 같은 거 그려보려고?"

성철의 반응은 짤막했다.

"샹그릴라 들어가서 얘기해."

너무나 당당하게 사실이라 우기는 한규를 보며 성철은 뭐라 해줄 말이 떠오르지 않았다. 형을 그리워하는 마음이 지나쳐서 어디가 어떻게 된 건 아닐까? 내가 괜한 얘기를 해서 한규가 저렇게…….

성철은 별의별 생각이 다 들었다. 하지만 그 생각은 정확히 한 시간 후에 완전히 뒤바뀌었다.

2

"거짓말!"

매영 누나는 비명을 질렀고, 성철 형의 벌어진 입은 다물어지지 않았다.

병원에서 퇴원하자마자 성철 형과 매영 누나를 잡아끌고 억지로 PC방으로 향했다. 아직 짐도 집에 풀지 않은 상태로 바득바득 우긴 통에 기분이 상한 형은 화를 내기 직전이었다.

하지만 막상 게임에 접속하고, 한상 형이 구축해 놓은 우리 집 안에 발을 들여놓자마자, 그리고 그곳에서 형을 만난 순간 두 사람의 반응은 그야말로 폭발적이었다.

"도대체 뭐가 어떻게 된 거야?!"

성철 형의 외침에 형은 뒷머리를 긁적였다.

"그러게 말이다. 내가 참 터무니없는 걸 만들었지 뭐냐."

"언제부터 게임 속에서 살아 있던 거야?"

성철 형이 묻는 말에 형은 고개를 갸웃했다.

"나도 가물가물하다. 이곳에서는 시간이 워낙 빠르게 흐르거든. 몇 년 됐는데… 현실에서는 아마 몇 달 안 됐을 거야."

"깨어났으면 얘기를 해야 할 거 아냐!"

성철 형의 버럭 지르는 소리에 형은 슬쩍 미소를 지었다.

"오죽하면 그랬겠냐. 이 안도 좀 복잡했다. 이제야 좀 정리되어 가는 느낌이야. 아무튼 한규한테 얘기는 대강 들었어?"

들긴 개뿔. 내가 했던 말은 잊어버린 지 오랠걸?

"그… 엘베로사던가? 그런 얘기는 들은 거 같은데."

그 틈을 타 내가 형에게 물었다.

"그런데 혜나 누나는? 태준 아저씨랑 만났어?"

"그래. 아직까지도 만나고 있어. 가족들끼리 할 얘기가 있을 것 같아서 나는 자리를 피했고."

역시 형도 나랑 같은 생각을 하고 있었다.

"혜나? 아, 그 병원에 잠들어 있던……."

성철 형의 말에 이어 매영 누나가 형을 다그쳐 묻는다.

"같이 지내고 있는 거야? 설마 동거?!"

"그, 야, 그런 식으로 말하니까 이상하잖아. 게임 안에서 동거는 무슨……."

당황해하는 형을 보며 매영 누나가 빙글빙글 미소를 짓는다.

"에에, 그렇구나. 그러니까 몇 달이나 우리한테 연락도 없이 게임 속에서 살고 있었지."

"하여간 친구 놈들이 연락 안 될 때 이유는 뻔하다니까."

"아니라니까! 엘베로사랑 얽힌 일 때문이었어! 지금도 엘베로사가 없으니까……."

매영 누나가 놀리듯 말한다.

"응응, 맞아. 이유가 있었을 거야. 이 누나도 이해하느니라."

"아무튼 그건 그렇다 치고, 엘베로사 때문에 상의할 일이 좀 있어."

형은 애써 대화를 정상 궤도에 올리려 했다. 하지만 매영 누나는 아직 부족한 모양이었다.

"그러고 보니 엘베로사… 아무리 봐도 여자애 이름인데. 혜나 씨 말고도 또 여자 문제가 있는 거야?"

"그런 거 아니라니까! 엘베로사는 내 딸 같은 존재야!"

"딸도 있다고?!"

"매영아!"

"하핫, 미안, 미안. 하지만 진짜 서운한 것도 사실이야. 깨어났으면 우리한테 이야기를 해줬어야지!"

매영 누나는 입가와 눈가가 전혀 다른 표정을 짓고 있었다. 입꼬리로는 미소를 그렸지만, 눈가는 그렁거리며 파르르 떨리기까지 했다. 성철 형이 누나의 어깨를 다독이고, 형도 한 걸음 다가서 매영 누나의 머리를 툭툭 만져 주었다.

"정말 미안하다. 안에서의 일 때문에 그럴 겨를이 없었어. 엘베로사라는 제어 불가능한 꼬마 악당 때문에."

매영 누나는 눈가의 눈물을 닦았다. 그리고는 주먹으로 힘껏 형의 명치를 후려 쳐올렸다.

현실이라면 데미지가 적지 않았을 테지만, 형 무명은 이 세계에서는 무적이다. 매영 누나의 캐릭터는 고작해야 10렙도 안 될 테니 1데미지나 들어갔으려나?

하지만 형은 지금 매영 누나의 주먹질에 얼굴을 찡그리고 있었다. 혼(!)을 실은 펀치란 건가!

"그럼 얘기해 봐. 내가 구체적으로 뭘 하면 되는 거냐?"

성철 형이 팔짱을 낀다. 우리 형은 전에 같이 이야기했던 계획을 성철 형에게 풀어놓았다.

"우리가 해야 하는 일은 엘베로사를 탈취해 오는 거야. 그녀는 지금 물리적으로 게임과 접속이 중단됐어. 간단히 말해, '엘베로사'라는 프로그램이 담긴 저장 장치가 서버와 분리된 거야. 하지만 게임 안에서 엘베로사의 역할은 단순한 NPC가 아니야. 그녀는 샹그릴라라는 세계의 거대한 기둥과 같은 존재야."

형의 말을 듣자니 새삼 유이의 이야기가 떠올랐다. 그녀도 엘베로사를 거의 비슷한 것으로 표현했었다.

"아무튼 그 아이가 없으면 적어도 한국의 샹그릴라 서버는 무너지게 될 거야. 게임 안으로 인격 자체가 옮겨진 나도 같이 죽게 되겠지? 그걸 막기 위해서라도 엘베로사를 구출해 내야 해. 지금쯤 그녀를 납치한 사람들은 그녀를 조사해 보려 하고 있을 거야."

"그러니까 AI가 있는데, 그게 들어 있는 하드디스크를 훔쳐 내와야 한다 그런 얘기지?"

성철 형은 현 상황을 아주 간단히 정리해 냈다.

"맞아. 그래서 네 도움이 필요한 거고. 이건 회사 안에 들어가서 직접 물건을 가져와야 하는 건데, 전문적인 털이범이라 해도 쉽지 않은 일이야. 워낙 첨단 보안 장치의 덩어리 같은 곳이니까."

"그야 그렇겠지. IT 업계야 보안이 생명이니까."

"하지만 경찰이라면 좀 더 간단히 들어갈 수 있겠지?"

"글쎄… 과연 그럴까나?"

"안에서 경찰서에 신고 전화를 걸 거야."

"너, 전화도 할 수 있냐?"

"설마. 나는 지금 완전한 게임 안의 존재라서 전화를 걸어 말을 한다거나 하는 건 불가능해. 왜냐면 이곳과 현실은 시간의 흐름이 다르거든. 하는 건 내가 아니라 내 옛날 동료들이야. 한규가 그러는데 제동이랑 채림 씨를 이미 포섭해 놨다고 하더라고."

성철 형이 나를 쳐다본다. 손가락으로 브이 자를 그려 보였다.

형이 다시 말을 잇는다.

"그사이 나는 게임 안에서 좀 크게 일을 터뜨릴 거야. 전 직원이 달려들어야 할 수밖에 없는. 이를테면 대륙을 반으로 쪼개놓는다거나? 그쯤?"

역시 세계의 지배자 급 NPC. 나는 지금까지 죽어라 날뛰어서 간신히 성 하나 차지했는데 대륙을 찢어놓겠단다.

"혼란스러운 틈을 타서 어영부영 슬쩍해 오겠다고? 그런데 그 하드디스크는 어디에 있는데?"

"그게 조금 불분명한데… 일단 내가 게임 안에서 얻을 수 있는 정보라는 게 한정적이라. 그것도 제동이의 도움을 받아야 할 것 같은데? 어쩌면 처음 있던 장소에 그대로 있을 수도 있어. 크기가 손바닥만 한 것도 아니고 거의 컴퓨터 한 대만한데, 대낮에 별 이유 없이 옮길 만한 물건은 아니야. 샹그릴라 메인 서버실에 있을 테니까. 거기서 순수한 엘베로사의 데이터와 다른 것을 구분해 내는 데만도 며칠은 걸릴 테고."

성철이 고개를 젓는다.

"야야, 그런 애매모호한 말로는 힘들어. 정확하게 그게 어디 있는지 알아야 해."

"알 수 있는 방법이 있어."

"웅?"

"CCTV. 그래서 경찰인 네가 더 필요하다는 거야. 서버실 앞에는 분명히 CCTV가 있을 거야. 다른 이유를 대면서 며칠분을 훑어보면 샹그릴라 데이터가 옮겨졌는지, 어디로 옮겨졌는지 알 수 있을 거 아냐."

"하긴 CCTV 열람은 가능하겠지. 그것도 복도 정도야. 개발실 내부의 CCTV 기록이야 정식 영장 없이는 힘들겠지만."

성철 형은 팔짱 낀 손의 손가락을 톡톡 두들기더니 고개를 몇 번 끄덕끄덕했다.

"대강 뭘 하고 싶은 건지 알 것 같다. 그런데 아까 네 말마따나 보통 컴퓨터만 한 크기의 하드디스크를 어떻게 빼내올 생각이냐?"

"하드가 아니라 정확히는 HSSD지만. 빼내올 필요까지는 없고 30분 정도만 인터넷에 연결해서 몇 가지 키워드만 입력하면 돼. 그다음은 엘베로사가 알아서 몸을 복사해 올 거야. 스마트폰을 USB로 연결하는 정도면 충분해."

"기술적인 건 네가 알아서 하겠지. 그럼 내가 CCTV실을 뒤지고 난리를 피우는 역일 테고. 설마 한규한테 서버실에 숨어들라는 얘기냐?"

한상 형은 성철 형의 말에 그렇다는 고갯짓을 했다.

"에휴, 할 수 없구만. 호열이 녀석은 몸 쓰는 건 영 꽝이고, 장풍한규쯤은 되어야⋯⋯."

장풍한규. 그러고 보니 이제는 경찰서에서 사람들이 그 별명으로 놀릴 때 뭐라 반항도 못하겠다. 진짜로 쏠 수 있으니.


그때, 거실에 연결된 내 방―이곳에서는 혜나 누나의―문이 열렸다. 그곳에서 나타난 것은 현실 모습 그대로의 태준 아저

씨와 에반젤 아주머니, 그리고 혜나 누나였다.

얼마나 울었는지 다들 눈이 퉁퉁 부어 있었다. 하지만 표정은 한시름, 아니, 두세 시름 놓아 맑게 개었다. 에반젤 아주머니는 혜나 누나의 손을 꼭 쥔 채 곁에서 한 발짝도 떨어지지 않았다.

태준 아저씨가 먼저 앞으로 나서 형과 나에게 꾸뻑 고개를 숙였다.

"너희 형제에게는… 정말이지, 뭐라 할 말이 없구나."

"무슨 말씀이세요. 고개 드세요."

형이 당황해하며 손사래를 쳤지만 태준 아저씨는 한참이나 머리를 숙였다가 몸을 일으켰다.

다시 고개를 들었을 때 태준 아저씨의 표정은 조금 전과는 완전히 달랐다. 사랑하는 딸과 15년 만에 재회한 아버지에서 펜트라 전자의 사장 이태준으로 다시 돌아왔다.

"그럼 이야기를 들어볼까? 내가 뭘 어떻게 해주면 되는 건가?"

혜나 누나가 서버실 이야기 같은 것을 한 모양이었다. 한상이 형도 덩달아 얼굴을 굳히며 태준 아저씨에게 말을 꺼냈다.

"마침 그 이야기를 하는 중이었습니다. 제 친구들을 소개시켜 드리겠습니다."

사람이 모여든다.

제동이 형과 채림 누나에게 연락을 할 차례였다. 나는 자신
도 모르게 손에 고인 땀을 닦아냈다.

형을 그렇게 만든 자들을 나는 절대로 용서하지 않을 거다.

3

이 세상 모든 일이 돈으로 해결되는 건 아니다. 하지만 돈
이 있을 때 일이 수월하게 진행된다는 것만큼은 의심할 여지
가 없다.

매해 가지고 있는 주식의 배당금만으로도 강남에 아파트
몇 채는 사고 남을 이태준의 도움은 불가능을 가능케 만드는
데 꼭 3일이 필요했다.

명학역 인근 오래된 공장 건물을 매입하고, 그곳에 1.5톤
트럭 한 대 분량의 HSSD 서버가 들어섰다. 10테라짜리
HSSD가 5만 유닛 정도 분량으로, 500개의 HSSD가 꽂히는 데
이터 센터 캐비닛 두 개에 해당했다.

크기도 크기지만 1테라 바이트에 1만 원 정도이니 100페타
바이트쯤 되면 10억 원어치다. 한규와 두 친구는 어마어마한
돈이 순식간에 휙휙 날아가는 모습을 보며 현기증이 날 지경
이었다.

그 엄청난 시스템을 진두지휘해 정리한 것은 유이라는 열

여섯 살의 소녀였다. 그녀가 천재라는 사실은 새삼 이야기할 것도 없을 듯했다. 타블렛과 키보드, 그리고 문외한에 가까운 세 명의 고등학생—한규, 문기, 명철—만으로 건물 한 동 가득 찬 서버를 가동시키는 데 성공했으니까.

샹그릴라 접속 콘솔까지 모두 연결이 끝나고, 엘베로사의 집과 그녀가 오갈 길이 완성되자마자 한규는 이제동과 유채림 두 사람에게 연락을 시도했다.

먼저 제동의 핸드폰에 전화를 넣었다. 하지만 오랫동안 신호음이 울렸음에도 제동은 받을 생각을 하지 않았다.

한규는 전화를 끊고 채림에게 다시 전화를 했다. 세 번쯤 울리자 그녀가 한규의 전화를 받는다.

"한규야."

"채림 누나, 잘 지냈어요?"

"그다지. 너 때문이야. 그런 어려운 과제만 던져 주고. 어떻게 해야 할지를 고민하느라 며칠 못 잤어. 너는 어떠니?"

"안부보다 전화를 한 것도 그 때문이에요. 예전에 했던 이야기 아직도 기억하고 있죠?"

"물론이야. 하지만 한규 네가 이용할 만한 버그나 그런 건 딱히……."

"그건 이제 됐어요. 그보다 한 가지 해주셨으면 하는 일이 있어요."

"뭔데?"

"별거는 아니고요… 혹시 회사 전체가 좀 복잡해지는 날 있어요? 바쁘다거나 어수선한 그런 날."

"응? 글쎄. 아, 아무래도 서버 점검일이 바빠. 샹그릴라는 사람들이 게임에 접속한 상태에서 서버 점검을 하니까 다른 게임에 비해서 두 배는 고생하는 편이야. 워낙 프로그램 자체가 안정적이라 자주 할 필요는 없지만, 그래도 보름에 한 번 정도는 하고 있어."

"그게 언제예요?"

"이번 주 목요일."

"그럼 그날 아침 열 시쯤에 누나가 게임 서버실 근처에서 회사 전화로 경찰서에 전화를 해주세요. 전화번호는 제가 쪽 지로 보내 드릴게요."

수화기 너머에서 채림이 이해할 수 없단 듯한 목소리로 되 묻는다.

"전화는 왜? 전화해서 무슨 얘기를 하라는 건데?"

"그건 크게 상관없고요. 아니, 오히려 누나 목소리를 남기 지 않는 게 더 좋을 것 같아요. 누나가 걸었다는 사실을 들키 지 않게."

"흐음… 이해할 수 없는 얘기구나. 아무튼 알았어. 그 정도 일이라면 얼마든지. 근데 설마 장난을 치려는 건 아니지? 이

게 한상 팀장님이랑 관련있는 일이 확실해?"

"맞아요. 그럼 부탁 좀 드릴게요."

채림은 전화를 끊고 핸드폰을 잠시 바라보았다. 너무 뜬금없는 부탁이었다. 어차피 전 팀장에 관한 일이다. 제동과 상의하기 위해 채림은 자리를 떴다.


"전화 안 받아도 됩니까?"

묻는 말에 제동은 핸드폰을 슬쩍 쳐다보았다.

"뭐……."

말끝을 흐린다. 전화를 받지도 않았다.

"이제 어떻게 하죠?"

"어떻게고 뭐고, 두 손 두 발 다 들지 않았나?"

이제동은 키보드에서 손을 완전히 떼었다. 함께 일을 하던 남자는 그와 같은 프로그램 팀에서 일하고 있는 후배였다. 이름은 데니스 테올 박. 엘아힘 합병 후 들어온 남자로, 원래는 미국 엘아힘 엔터테인먼트에서 간부 수업을 받던 엘리트였다.

샹그릴라 한국 서버의 해석이 난항을 겪자 긴급히 미국에서 한국으로 발령을 내 왔지만, 그 역시 실패에 실패를 거듭한 통에 지금은 상부의 눈 밖에 나 있는 상태였다.

"그렇다고 잡은 물고기를 다시 강에 풀어줄 수도 없지 않습니까? 제어할 수 없다면 결국 없는 거나 마찬가지입니다. 아니, 차라리 없는 게 낫죠. 지금 미국에서 하고 있는 실험은 거의 완벽하게 성공하고 있습니다. 이제 곧 가상 국가가 서버에 생기려 하는……."

말을 하던 데니스는 손으로 입을 가렸다.

"듣지 않은 것으로 해주십시오."

"미국의 일 따위는 관심도 없어. 나는 공돌이니까 눈앞의 일밖에는 몰라."

제동은 다시 키보드에 지문을 살짝 묻혔다. 이 어마어마한 녀석을 어디서 시작해 어디까지 다뤄야 할지……. 상부가 자신을 높게 쳐주는 건 고맙지만 이건 말 그대로…….

"괴물 같은 놈."

누구를 지칭하는지 확실하지 않은 대명사를 입 밖에 냈다. 데니스도 동감이라는 듯 고개를 끄덕끄덕한다.

그때 다시 제동의 핸드폰이 울렸다.

"받으시지 그래요? 아까도 끈질기게 울리던데."

제동이 흘끗 핸드폰을 본다.

"그럼 실례 좀 하지."

자리에서 일어나 서버실 밖으로 나서는 제동. 그의 뒷모습을 흘끗 보더니 데니스가 다시 모니터로 눈을 돌렸다.

이걸 해낸다면, 누구든 이 프로젝트를 성공시킨다면 단번에 이 거대한 기업의 핵심으로 올라서게 된다.

침을 꿀꺽 삼키며 그는 다시 한 번 키보드를 두들겼다.


제동은 채림의 전화를 끊으며 복도를 따라 빌딩 외부 베란다로 향했다. 담배라도 서너 대 태워 없애기 전에는 이 답답한 마음이 가라앉지 않을 것 같았다.

베란다 난간에 두 팔을 기대어 불을 붙였다. 일에 집중하느라 한참 동안 피우지 않아서일까? 담배 연기에 잔기침이 서너 번 나온다.

IT 업체들이 제법 모인 벤처타운의 풍경이 눈에 들어왔다. 오래된 도심의 획일적인 풍경과는 다르게 이곳의 빌딩들은 제법 예술적인 가치를 포함하고 있었다.

하나같이 높고 육중하다. 제동은 그것들을 바라보다가 자신의 손으로 눈을 돌렸다.

그곳에는 담배 한 개비만 재로 변하고 있을 뿐 아무것도 없다.

컴퓨터를 다루는 건 제법 자신있었다. 아니, 저 강대국 미국에서 태어나 자란 한국계의 데니스만 봐도 천재니 뭐니 소리를 들으며 10대 중반에 MIT를 졸업한 인재지만, 지금은 자신의 말대로 움직이는 졸에 불과하다.

회사의 직위 때문이 아니다. 실력 차다.

작은 중소 게임 회사의 부책임자였지만, 지금은 세계적인 게임 회사의 사장까지 의지를 해온다. 지금 맡고 있는 이 프로젝트는······.

"이 빈손을··· 채워줄까?"

제동이 비어 있는 손을 살짝 움켜쥐었다. 담배 쥔 다른 손으로 입가를 감싸 쥐며 필터를 깊게 빨아들인다.

"뭐가 천재야? 자기도 우연이었던 주제에······."

얼마 전 발견한 메모지의 뭉치들이 떠올랐다. 그건 지금은 사라지고 없는 한 프로그래머가 AI를 개발할 때 끼적여 두었던 아이디어의 집합 같은 것이었다.

아무것도 아니다. 그는 그곳에서 콜럼버스의 달걀을 언급했다. 혁신은, 이룬 후 되돌아볼 때 하찮을 정도로 작은 발상의 차이만 있을 뿐이라는······.

정말 그렇다. 그가 해낸 것을 내가 하지 못할 리 없다. 그가 얻었던 모든 것들을.

입을 감싸고 있던 손이 가볍게 떨린다. 한참 만의 담배 독이 몸 안을 헤집어놔서일까?

"그녀도··· 곧 나를 인정해 주겠지."

알 수 없는 말을 중얼거리며 제동은 다시 전화를 걸었다. 음울했던 느낌은 온데간데 없이 목소리 톤이 밝다.

"요, 채림 씨. 미안, 사무실 안이라 전화 받기가 힘들었어.

미안하다니까. 조용한데 나오다 보니……. 아? 어디에 있냐
고? 내 자리에 가봤더니 없더라고? 그야 요즘 나 그 이벤트 준
비 중이잖아. 이번에 회사에서 기획하고 있는 토벌대 그거.
응, 맞아. 응? 만나자고? 알았어. 할 얘기? 뭔데? 누구 얘기라
고? 아… 그…….”

　제동의 표정이 다시 일그러진다.


　준비가 모두 끝이 났다는 생각에 한규는 한잠도 이룰 수 없
었다. 요 며칠간 일 때문에 샹그릴라에 접속하지 않았다는 생
각이 들었다.

　집에 있는 콘솔은 고장 나 있는 상태였다.

　“서버실로 가볼까?”

　그곳에는 어쨌거나 수백 대나 되는 샹그릴라 콘솔이 놓여
있었다. 엘베로사 용으로 개조를 해둔 상태라 될지 어떨지는
모르겠지만, 시도도 한번 하지 않을 이유는 없었다.

　문제는 시간이 늦어 명학역에 가는 버스가 없다는 것 정도.

　“에이, 뛰어가면 되지. 4킬로미터밖에 안 되는데.”

　아직은 추운 계절이다. 2월까지는 겨울이었으니까. 한규는
무릎에 무리를 주지 않기 위해 엘리베이터 앞에서 가볍게 스
트레칭을 해주었다.

　안양천변 산책로에는 사람의 그림자라고는 찾아볼 수 없

었다. 새벽 한 시에 산책을 하는 사람이 있을 리 없지만.

조용한 길을 홀로 달리다 보니 갑자기 경공 연습을 하고 싶어졌다. 게임 속에서 십이성 대성에 이른 질뢰답무영지만, 현실에서는 겨우 삼사성이나 되려나? 그래도 그동안 무수히 딩굴며 제법 몸에 익은 상태였다.

단전의 기를 하반신으로 돌리며 다리를 뻗었다. 다리에 힘을 주는 대신, 저 먼 곳의 땅을 내 앞으로 끌어오는 듯한 감각으로 달려나간다. 그래서 우리나라에서는 경공을 축지술(縮地術)이라 한 모양이다.

고막이 어지러울 정도로 바람 소리가 들렸다. 주위의 풍경이 흐르듯 스쳐 갔다. 단순한 달리기로는 결코 느낄 수 없는 스피드 감에 전율까지 느껴졌다.

시야가 좁아진다. 너무 빨라서였다. 한규는 될 수 있는 한 먼 곳을 보았다. 자칫하다가는 또 뭔가와 원치 않는 랑데부를 하게 된다.

그렇게 달리는 둥 마는 둥 잠시 발을 떼니 어느덧 명학역 인근까지 왔다. 한규는 시계를 보았다. 5분 걸렸다.

아무런 방해물도 없는 평지를 달렸다지만 4킬로미터 거리를 5분 만에 주파했다. 시속 50킬로미터로 달려온 셈이다. 경주마랑 비슷한 속도다.

게다가 이게 겨우 걸음마를 뗀 정도의 수준이다. 익숙해지면 더 빨라질 것이다. 한규는 사부님이 지금까지 이 좋은 걸 가르쳐 주지 않은 게 조금 야속하게 느껴졌다.

내친김에 한규는 좁은 골목 위도 경공으로 달려보았다. 짤막한 거리를 좌로, 우로 뛰는 거라 난이도가 더 높았다.

갑자기 꺾어진 골목 저편에서 환한 불빛이 비춘다. 자동차의 헤드라이트다. 한규는 깜짝 놀라 몸을 공중으로 솟구쳐 올렸다. 순식간에 3층 높이까지 몸이 날아오른다.

차 지붕을 훌쩍 뛰어넘어 한규는 다시 바닥에 떨어져 내렸다. 그 순간, 아랫배 언저리가 칼로 에듯 아팠다.

한규의 경우에는 아직 기를 운용하는 것이 매끄럽지 못했다. 본격적으로 호흡공부를 한 게 불과 보름도 안 된 일이었으니 말이다. 그런 주제에 샹그릴라라는 기연 덕에 몸 안에 쌓여 있는 기의 양은 수십 년 동안 수련을 한 사람과 비슷할 지경이니 이런 식으로 문제를 일으키는 경우가 잦았다.

지난번 대기와 대련을 했을 때도 비슷한 경우였다.

아랫배를 감싸 안고 한규는 기를 서서히 진정시켰다. 심각할 정도로 엉킨 것은 아니다. 금세 통증이 가라앉고 사지가 자연스럽게 움직였다.

"휴우, 또 주화입마에 빠지는 줄 알았네."

이제 서버실까지는 금방이었다. 한규는 무리해 내공을 쓰지 않고 한 발 한 발 걸음을 옮겨 가칭 엘베로사 서버실에 도착했다.

　게임에 접속한 한규를 맞은 것은 한 통의 편지였다. 편지함
을 열어 편지를 보았다. 그곳에는 동글동글한 여자아이의 글
자체로 짧은 글이 적혀 있었다.

　—정말 이제 연락도 안 할 거야?! 바보!

　한규는 그 편지를 보며 빙그레 미소를 지었다. 뭐라 답장을
써야 하나. 그녀도 그녀지만 내일 만날 그 오빠도 걱정스럽
다.

　내일 드디어 엘아힘 엔터테인먼트에 잠입한다.

　한규는 편지의 주인 넬티아에게 역시 짤막하게 답장을 했
다.

　—행운을 빌어줘.

4

　일산, 엘아힘 엔터테인먼트 한국 지사 본사 건물에서 두 블
록쯤 떨어진 곳에 검은 승합차 한 대가 멈춰 섰다. 선팅이 짙
어 내부가 보이지 않는 12인승의 승합차 안에는 지금 모두 다

섯 명의 남자가 타고 있었다.

"그럼 대기 씨와 헌평 씨는 보이지 않는 곳에서 백업을 맡아주세요. 사실 두 분이 한규나 문기 대신에 함께 가는 게 더 좋을 것 같은데……."

성철의 말에 문기의 형 대기가 고개를 젓는다.

"이번 일에는 나찰대가 연관되어 있습니다. 성철 씨도 한규에게 무술을 가르쳐 준 분을 통해 도방의 일을 잠시나마 접하지 않으셨습니까? 저희 둘은 그들을 제압하기 위한 돌입니다. 그게 아니고 다른 일이라면 문기나 한규의 힘으로도 충분합니다. 둘 다 운동신경이 일반인들과는 비교도 되지 않으니까요."

성철은 알겠다는 뜻의 고갯짓을 했다.

"그렇게까지 말씀하시니 더는 이야기하지 않겠습니다."

이어 성철이 문기와 한규를 보았다. 두 사람은 지금 이파리 두 개짜리 순경의 복장을 하고 있었다. 성철이 경찰서에서 잠시 빌려온(?) 진짜 경찰이 입는 옷이었다.

"한규와 문기는 할 일 잘 기억하고 있지?"

"응. 아니, 예."

한규와 문기가 고개를 끄덕인다.

"청사진도 잘 숙지했고? 들어가서 길 잊고 어리바리하게 굴다 잡히면 경찰 사칭으로 큰일 터진다. 나도 모가지고."

다시 알겠다며 고갯짓하는 한규와 문기를 보며 성철은 걱정이 한층 앞섰다. 어쩌다 병원에서 퇴원하자마자 신세 진 선후배 경찰들을 만나기도 전에 이런 말도 안 되는 짓을 벌이게 된 건지……

그런 생각들을 훌훌 털어버리며 성철은 승합차 문을 열어 젖혔다.

"그럼 가볼까?"


같은 시각, 제동과 채림이 한 작은 사무실에 있다. 채림은 수화기를 들어 한규가 부탁한 번호로 막 전화를 마쳤다. 그리고 제동은 테이블 건너편에 앉아 채림의 하는 양을 지켜보고 있었다.

"이렇게 하면 되는 건가?"

채림은 제동을 보며 물어보았다.

"한규가 부탁하기로는 아무 말 없이 그냥 전화를 걸기만 하면 된다고 했는데, 그래서 뭐가 된다는 건지……"

제동이 채림의 말을 받았다.

"전화를 걸었다는 기록만 남으면 되는 건가 보지. 조성철 씨인가 하는 경찰을 끼고 하는 일이니까, 아마도 경찰과 함께 이 건물 안으로 들어올 생각인 듯해."

"들어와? 왜? 설마 그 짧은 시간 안에 회사의 내부 데이터를 살펴볼 수 있다고 생각하는 건 아니겠지?"

한규가 형 한상의 사고에 관여하려는 것은 채림과 제동도 이미 알고 있었다. 억울한 사고에 엘아힘 엔터테인먼트가 연관되어 있다는, 그래서 복수를 준비하고 있다는 것을.

채림이 알고 있기로 한규는 샹그릴라 게임 안에서 무슨 일을 진행 중이다. 그게 왜 게임 밖으로까지 연장되었는지 그간의 사정은 듣지 못했다.

제동은 채림의 고민을 밖에서 바라보기만 하고 있었다. 채림도 제동의 머릿속을 눈치챘다.

"무슨 생각을 그렇게 하는 거야? 제동 씨는 궁금하지 않아? 한규가 뭘 꾸미고 있는 건지, 한상 팀장님의 억울한 사고를 어떤 식으로 폭로하겠다는 건지. 경찰들조차 사고로 단정 짓고 수사를 종결했는데……."

"한규가 여기 뭐 하러 오는 거냐고?"

"그래. 혹시 짚이는 거 있어?"

채림의 말에 제동이 픗, 하고 웃는다. 입술이 일그러진 비웃음 같은 웃음을.

한 번도 자신 앞에서 저런 얼굴을 한 적이 없는데……. 채림은 제동의 얼굴을 보며 어딘가 불편한 느낌이 들었다.

"아마 엘베로사를 찾으러 오는 게 아닐까?"

제동의 말에 채림은 얼른 이해가 가지 않는다는 얼굴이다.

"엘베로사? 그 AI 말이야? 게임 안에 살고 있다며?"

"맞아. 그 아이. 얼마 전에 게임에서 빼냈거든."

채림은 점점 이상한 느낌에 사로잡혔다. 눈앞에 있는 이 남자, 정말 몇 년이나 가족처럼 붙어 지낸 제동이 맞나?

"어떻게 빼냈다는 거야?"

"아, 그냥 케이블만 뽑으면 돼. 간단하더라고. 진작 이렇게 하면 됐는데 괜히 그레이 크라운즈까지 동원해서 그 난리를 피우고 있었으니."

"그레이 크라운즈? 아직 정식 서버에 투입 안 됐을 텐데?"

"벌써 두 번이나 큰 전투가 벌어졌어. 한규도 그 자리에 있었고. 한규 캐릭터, 그냥 더 말할 것도 없는 버그 캐릭터던데? 그레이 크라운즈 1개 제대를 가지고 놀더라, 아주."

"지금 무슨 말을 하고 있는 거야? 제동 씨가 어떻게 그레이 크라운즈가 한 일을 그렇게 상세히 알고 있는 거야?"

"내가 지휘했으니까."

"왜? 운영팀 소속의 그레이 크라운즈를 개발팀에 속한 제동 씨가……."

"사장님이 특별히 부탁하셨거든. 엘베로사를 제압해 달라고."

"사… 장? 어떻게 사장님이 엘베로사를……."

그때, 덜컥 문이 열리며 양복 차림의 남자 둘이 안으로 들어왔다. 결코 회사 안에서는 본 적 없는 남자들이었다. IT 업계 쪽보다는 체육계에 가까운.

"조성철이가 또 일을 꾸미고 있는 게 확실한 겁니까?"

양복들을 병풍 삼아 한 젊은 남자가 사무실 안으로 들어왔다. 30이 됐을까 말까 한 그는 두 덩치에 비해서는 선이 가늘었다. 잘 가꾼 몸매 정도의 느낌이었지만, 눈빛만큼은 그들을 압도하는 바가 있었다.

"아, 종호 씨."

그는 다름 아닌 최종호였다. 한규와 한바탕 싸움을 벌인 후 여일홍업에 돌아간 그는 스승이자 사장에게 한바탕 얻어터졌다. 싸움에 지고 꼬리를 밟혔다는 이유 때문이었다.

덕분에 요즘 일이란 일은 전부 그가 도맡아 처리하고 있었다. 엘아힘 엔터테인먼트에 오게 된 것도 그 때문이었다.

"오래간만입니다."

제동의 인사에 최종호는 고개를 끄덕했다.

"예, 상부에서 워낙 큰일이 계속 터지고 있는지라……. 그러고 보니 몸담고 계신 회사 이름이 바뀌었습니다."

"그 회사가 이곳과 합병됐습니다. 다 종호 씨가 빈틈없이 일을 처리해 주신 덕분입니다."

채림은 두 사람의 대화에 자신도 모르게 오한을 느꼈다. 제동에게 날카롭게 소리쳤다.

"당신, 설마 팀장님을 배신했던 게 당신이었던 거야?!"

"배신… 인가? 꼭 그렇진 않아. 회사 밖에 큰 흐름이 보이기에 그걸 탔을 뿐이야."

"그게 배신 아니야?! 샹그릴라를 만든 게 누군데……."

"누구? 우리 아냐? 성한상이라는 실력있는 프로그래머의 역할을 무시하는 건 아니지만, 샹그릴라는 그가 아닌 우리가 만든 물건이야."

종호는 두 사람이 다투는 모습에 어깨를 으쓱하고는 한 걸음 물러났다. 채림은 전혀 예상치 못한 일에 놀라 손끝이 파르르 떨릴 지경이었다. 그러다 문득 한규 일행에 생각이 미쳤다.

전화기를 꺼내 한규의 이름을 찾으려 했다. 그 순간, 두 명의 어깨가 그녀의 손에서 핸드폰을 빼앗았다.

그들을 매섭게 쏘아보는 채림에게 종호가 입을 연다.

"금방 끝납니다. 그때까지는 조용히 있어주십시오."

채림은 그와 눈을 맞출 자신이 없어 다시 제동을 쳐다보았다. 하지만 지금의 제동은 보고 싶지 않았다. 눈을 떨어뜨려 자신의 무릎을 보며 채림이 중얼거린다.

"설마 한상 팀장님을 그렇게 만든 게… 제동 씨는 아니겠지? 어떻게 그런 무서운 일을 꾸밀 수 있는 거야? 아니, 아닐 거야. 평소 두 사람이 얼마나 친했는데……."

"그건 강백천이 한 일이야."

제동은 채림의 말에 짤막하게 답했다.

"그럼 당신은 도대체 뭘 꾸미는 거야?"

"나는 그저 기술자잖아? 엘베로사를 해석하려는 거야."

"어째서……"

"본사의 생각이야 나도 모르지. 얼핏 듣기로는 엘베로사가 빠진 미국 쪽 샹그릴라는 윗분들이 영 마뜩찮아 하시는 모양이야. 세계가 살아 있는 것 같지 않다나 뭐라나? 그래서 엘베로사를 해석해 제어 가능한 제2, 제3의 엘베로사를 만들어 주입할 생각이야. 아, 이건 본사가 아니라 내 생각. 성공한다면 회사 내에서 지위가 제법 오를 거야."

채림은 저런 말을 하는 제동의 모습이 영 보고 싶지 않았다. 하지만 호기심 때문에 결국 고개를 들고야 말았다.

그때 제동이 채림에게 손을 내밀었다.

"그러고 보니 올해는 아직 프러포즈를 하지 않았네. 채림, 나와 결혼해 주지 않겠어? 함께 샹그릴라를 완전한 형태로 만들자. 지금의 샹그릴라는 엘베로사라는 특이점 때문에 불안정하잖아. 그것만 성공한다면 한국, 아니, 세계에서 손꼽히는 인사가 될 수 있어. 사장이 약속했어, 동아시아 기술부 총책 자리가 지금 비어 있다고. 그게 내 시작점이 될 거라고."

엘아힘 엔터테인먼트의 동아시아 기술부 총책. 세계 최고 게임 회사, 그곳에서 프로그램 같은 기술 관련 부서 중 2인자 쯤 되는 자리다. 30대 중반에 그 자리에 앉는다는 것만으로도 굉장한 뉴스거리다.

채림은 지금까지 살아오면서 이렇게까지 패기 넘치는 제동의 모습을 본 적이 없었다. 일개 프로그래머가 아닌, 정치가와도 비슷한 모습의 그가…….

"이런 녀석이었구나."

채림이 툭 한마디 뱉는다.

"응?"

"내가 왜 네 프러포즈를 번번이 거절했는지… 사실은 나 자신도 잘 모르고 있었는데 이제야 확실히 알 것 같아."

채림의 말에 제동이 다시 얼굴을 일그러뜨렸다. 코웃음을 친다.

"흥, 성한상 때문 아니야? 너에게는 관심조차 없는 그 남자에게 푹 빠져서."

"한때 팀장님을 좋아했던 건 사실이야."

"한때라…….."

"다시 한 번 확실히 말할게. 싫어. 거절하겠어. 평생 너와 그런 관계가 되는 일은 없을 거야. 아니, 이제 너와는 절교야."

제동은 무덤덤한 얼굴로 채림을 바라봤다.

"뭐, 그럴 거라 생각했어. 너는 나한테 어울리지 않는 여자 니까."

채림은 그의 말에 가슴 한구석이 지끈했다. 어쩌면 올해, 아니면 내년쯤 변하지 않고 제동이 꼭 같은 모습으로 프러포 즈를 해왔더라면…….

"마지막으로 한 가지만 묻겠어."

제동에게 거는 채림의 말소리는 차갑기 그지없었다.

"왜… 야? 왜 배신한 거야?"

"아까 이미 대답한 것 같은데? 나는 배신 같은 걸 생각도 한 적도 없어. 단지 내가 좀 더 대단한 사람이 아닐까, 나는 여기서 썩고 있는 게 아닌가 하는 생각을 하고 있었는데 정말 그렇다는 걸 증명했을 뿐이야. 아직 증명 중이고."

채림은 더 이상 할 말이 없었다. 완전히 동상이몽이었던 거 다. 팀워크 세계 최고라 자부했던 성한상 팀은 오래전부터 깨 져 있던 거다.

그 점이 속상해설까.

채림의 눈가가 촉촉이 젖어들고야 말았다.


그런 일이 있는지 꿈에도 알지 못한 성철과 한규, 문기 세 사람은 엘아힘 본사 건물 1층에 위치한 경비사무실에서 꽤 오랜 시간을 보내고 있었다.

건물의 경비와 실랑이를 벌이다 경찰 배지에 협박을 섞자 드디어 CCTV 자료 기록실로 향하는 문이 열렸다. 두툼한 철문 너머에 수십 개의 하드디스크가 녹색 불을 반짝이며 화면 기록을 저장 중이었다.

"아, 이거 진짜… 그냥 막 보여주면 안 되는 건데……."

이제 갓 쉰이 되었을까 싶은 남자는 열쇠 꾸러미를 허리에 걸며 투덜거렸다.

"누가 중요한 곳을 보잡니까? 복도면 충분하다니까요. 장난 전화였으면 누가 장난 전화를 했는지 찾아야 하고, 정말 중요한 일이면 제대로 조사를 해야 할 것 아닙니까? 프로그램 서버 앞 복도에서 폭행을 당했다고 신고가 들어왔다니까요."

경비는 머리를 긁적이며 여러 대 놓여 있는 컴퓨터 중 하나에 자리를 잡고 앉았다.

경비에게 성철이가 말한다.

"신고 내용으로는 정확하게 날짜는 말 않고 이번 주에 있었던 일이라고만 말했어요. 한 주간 기록을 다 살펴보고 싶은데……."

"그게 말이 됩니까? 닷새치 기록이라니……."

"사람이 등장할 때만 잠깐잠깐 멈추면 되잖아요. 프로그램 만질 줄 몰라요?"

성철의 말에 경비는 모자를 만지작거리다가 투덜거리며

마우스를 움직여 옵션을 클릭했다.

"하여간… 영장도 없이 들이닥치는 건 30년 전이나 지금이나 똑같다니까."

"단순 폭행 사건에 일일이 무슨 영장까지 발부합니까? 그냥 좋은 게 좋은 거라고 적당히 합시다."

한규와 문기는 성철 옆에서 조용히 CCTV 화면을 지켜보았다. 아무도 비추지 않을 때는 고속으로, 그리고 사람이든 뭐든 움직이는 뭔가가 나타날 때는 4배속 정도로 화면이 지나갔다. 순식간에 하루치가 지나간다. 아무것도 특이한 건 비추지 않았다.

"그나저나 무슨 확인되지도 않은 사건에 셋이나 왔답니까?"

경비의 묻는 말에 성철 형은 능청스레 변명을 했다.

"이거 아마 거짓 신고일 겁니다."

"예?"

"요 한 달간 비슷한 신고가 몇 건 들어왔거든요. 여기뿐 아니라 저쪽 건물에서도 똑같이 신고가 들어왔는데, CCTV에는 아무것도 안 나왔어요."

경비의 목소리가 또 투덜거리는 조로 바뀐다.

"거봐요, 그런 일 없었다니까. 내가 경비 자리 고스톱 쳐서 따낸 줄 아나? 그런 일이 있으면 다 내 귀에 들어오게 되어 있다고요. 나름 경비실 주간조 주임인데."

"하하, 아무튼 우리가 찾는 건 범인이에요. 여러 건물을 돌아가면서 신고를 하고 있는 걸 보면 무슨 택배 직원이나 음식 배달부 그런 사람일 것 같은데……."

"에이, 서버실 근처는 그런 사람들 못 들어가요. 택배는 대부분 총무부가 받고 있고. 얼마 전까지 테러니 뭐니 시끄러웠잖소."

엘베로사가 납치되고 이틀째가 되도록 HSSD를 밖으로 가지고 나간 흔적은 잡히지 않았다. 한규는 유난히 화면에 제동형이 많이 찍혀 있구나 하는 생각을 하면서 계속해 집중해서 장면 장면을 살펴보았다.

"그럼 누굴까요?"

"글쎄, 혹시 해킹 이런 거 아니에요? 엊그저께 TV를 봤는데, 거기서 해커들이 나오는데 무시무시하더라고요. 요만한 컴퓨터 한 대면 남의 핸드폰 속에도 막 들어갔다 나왔다 할 수 있다면서요?"

경비원의 물음에 성철은 고개를 저었다.

"에이, 이런 컴퓨터 관련 회사가 쉽게 해킹 같은 걸 당하겠어요?"

"그것도 그러네요."

사흘을 넘어 닷새째의 기록까지 지났다. 지금은 불과 두 시간 전의 영상이 흘러나오고 있었다. 경비는 성철에게 그것 보라는 듯 다시 말했다.

"봐요. 없죠?"

"그러네요. 거참……."

성철이 머리를 긁적인다. 의뭉스레 연기를 했지만, 눈빛은 날카롭기가 그지없었다. CCTV 기록에는 서버실에서 어떠한 물건도 반출된 것이 없었다. 가끔 서류를 가지고 왔다 갔다 하는 사람 정도가 다였다.

엘베로사는 아직 서버실 안에 있는 것이 틀림없다. 눈짓으로 한규와 문기에게 다음 계획을 시행하라고 하며 성철은 경비에게 다시 말했다.

"아무튼, 그래도 여기는 사람이 찍히니, 혹시 용의자 같은 게 있는지 봐야겠네요."

"예에?!"

경비가 난처해하며 소리를 냈다.

"아저씨는 여기 나온 사람들 누군지 다 알고 있죠?"

"그야… 얼굴 정도는 대부분 익혔죠. 우리 회사 직원들이니."

"그럼 외부인이 있는지 한번 봐줘요."

"아, 이 많은 걸 언제 다 봅니까?!"

"부탁 좀 해요. 잘해서 검거라도 하면 제가 서장님한테 강력 건의해서 상패라도 하나 보내 드릴게요. 경찰서장 표창만 해도 제법 승진에 도움이 될 걸요? 연봉 협상 같은 걸 할 때도 유리할 거고."

성철의 회유에 경비는 잠시 머뭇거리다가 할 수 없다는 듯 짤막히 한숨을 쉬었다.

"알았어요. 대신 말한 건 지켜요."

성철은 경비에게 알겠다고 굳게 약속을 하며 옆에 있는 의자에 털썩 주저앉았다. 그리고는 한규와 문기에게 이렇게 말했다.

"너희 둘은 그럼 차 안에서 대기하도록 해. 어째 길어지겠다."

한규와 문기가 경례를 하며 성철의 말을 받았다.

"그럼 저희는 나가서 기다리겠습니다."


CCTV실은 바로 경비사무소와 연결되어 있었다. 그곳에는 모두 네 명이 소파에 앉아 TV를 보며 휴식을 취하는 중이었다. 시간마다 돌아가면서 경비를 도는 모양으로, 이곳은 휴게실의 역할이 가장 큰 듯했다.

두 순경이 CCTV실에서 나오자 경비들은 다 끝났나 싶어 쳐다봤다가 아직 두 사람이 나오지 않은 걸 확인하고는 다시 TV로 눈을 돌렸다.

한규와 문기는 자연스럽게 경비실에서 나왔다. 그리고 아무도 없는 걸 확인하고는 곧바로 화장실 안으로 달려들어 갔다. 지금 CCTV실은 성철이 담당자의 정신을 쏙 빼놓고 있는 중이었고, 한규와 문기가 화장실로 숨어들어 간 모습은 비록 기록은 남을지언정 지금 이 순간 건물 안 어느 누구도 보지 못했다.

　두 사람은 영화에서 제법 본 장면을 흉내 내기 시작했다. 천장의 환기구를 뜯어내고 그 안에 고개를 들이밀었다. 공기의 통로가 그대로 눈에 들어온다. 이것까지 영화 속 장면과 똑같이 양철 재질의 좁은 미로 같은 형태를 띠고 있었다.

　두 사람은 조용히 그 안으로 숨어들어 갔다. 통로 안 한쪽에 경찰 점퍼를 벗어두고 기기 시작했다. 이미 지도를 입력해 둔 핸드폰을 손에 쥔 채였다.

　수직으로 뻗어 있는 곳을 기어오르기도 하고, 몸을 접어야 간신히 지날 법한 곳을 통과하기도 했다. 하지만 시스템 에어컨디셔너답게 건물 전체 어느 곳이든 이 환기구가 닿지 않은 곳은 없었다.

　20여 분이나 흘렀을까? 두 사람은 목표한 곳에 결국 도착했다. 바로 샹그릴라 게임 데이터 서버가 있는 서버실에.

　두 사람은 환기구에 난 좁은 틈으로 서버실 안을 살펴보았다. 캐비닛처럼 생긴 데이터 스토리지가 도서관을 이루고 있었다. 교실 네 개를 합쳐 놓은 듯한 넓은 공간은 그럼에도 인기척이 느껴지지 않았다.

주로 사람들이 있는 곳은 서버실 바로 옆에 있는 컨트롤 룸이다. 서버실이란 따지고 보면 컴퓨터의 내부 같은 곳으로, 특별한 고장이 있기 전에는 사람이 들어갈 일이 거의 없었다.

그런 사실을 들어서 이미 알고 있는 한규와 문기는 잠시 더 아래 상황을 살피다가 환기구를 뜯어내고 그 아래로 몸을 던졌다.

두 사람은 서로 한마디도 하지 않고 있었다. 이미 몇 번이나 오늘 작전을 시뮬레이션 해왔다. 한 명이 먼저 서버실에 내려서 주변을 살피고 수신호를 한다. 두 사람은 도서관 안 장서실처럼 메모리 캐비닛이 늘어선 서버실 안을 거의 기다시피 한 낮은 자세로 헤집었다.

서버실의 구조는 한상 형이 말한 그대로였다. 이 작전 마지막 난관은 엘베로사가 있는 HSSD 캐비닛을 찾는 일이었다. 한상도 그것만큼은 조금 자신없는 투로 이야기했다.

하지만 한상의 걱정은 기우였다. 한규와 문기는 오래잖아 형이 이야기한 케이스를 찾아냈다.


IF-QR-3-2-72:EL

프린트된 앞의 일련번호와 한상이 손으로 직접 적은 듯한 약자. 한상이 만든 AI, 엘베로사의 몸이 바로 이것이다.

한규는 품 안에서 개조품 핸드폰을 꺼내 들었다. 케이블을 전면부에 연결하고 핸드폰의 전원을 켰다. 이제 할 일이 절반쯤 끝났다.

한규와 문기는 서로 눈짓을 했다, 이대로 무사히 진행됐으면 하는 바람을 담아.

그때, 두 사람의 귓전에 사람의 목소리가 들렸다.

"아그야, 또 너냐."

# CHAPTER 33

마녀, 부활

1

문기는 믿을 수 없었다.

제법 기를 다루는 데 자신이 붙은 터였다. 지금처럼 온몸의 신경을 곤두세워 주변을 살피고 있는 이때에 기척 하나 없이 지근거리로 사람이 들어오다니…….

"하여간 느들도 어린노무 시키들이 으른들 일에 그렇게 끼어들구 그르는 거 아니다."

지독한 사투리는 쉰이나 됐을까 싶은 남자의 입에서 흘러나오고 있었다. 문기가 한 걸음 나서며 준비 자세를 취했다. 하지만 한규는 그런 문기의 소매를 살짝 뒤로 당겼다.

"저 사람이 나찰대주야."

짧막한 한규의 말에 문기의 몸이 살짝 굳었다. 나찰대주에 대한 이야기는 선배들을 통해 수없이 들어왔다.

"어머, 이제 내 이름도 들었구마이. 그래, 그런데두 자꾸 덤벼들구 그럴 거냐?"

실실 웃으며 대주는 한규와 문기 쪽으로 접근해 왔다.

"큰성두 자꾸 나를 구찮게 하구 그러네. 이런 일에 내가 나서는 게 말이나 되냐? 같은 배서 나온 성만 아니었음 나두 가만 안 있었을 텐데. 안 그러냐?"

그렇게 물어봤자 한규도 문기도 답해줄 말은 없었다.

"그나저나 내 제자 셋이 아직두 여기 안 온 걸 보니 벽방에서도 제법 사람을 보내둔 모양이여? 누가 왔냐?"

문기는 그 말에 침을 꿀꺽 삼켰다.

대기와 헌평 두 사람이 지금 나찰대주의 제자들과 싸우고 있다는 얘기다. 둘 다 벽방 안에서는 알아주는 무술가에 고수들이었지만, 금방 자신들을 도우러 올 수는 없을 듯 보였다.

"그때두 그러더니만, 벽방 아그들은 우짜 그러코롬 싸가지가 읎냐? 으른이 이러구 물으시면 대답이 있어야지. 쯧, 유림강이두 이제 다 된 모양이야?"

"스승님을 그런 식으로 말하지 마십시오!"

문기가 나찰대주 고필안에게 낮게 으르렁거렸다. 고필안

은 문기를 실실거리며 쳐다보았다.

"흐흐, 그래, 아그는 이름이 어찌 되나?"

문기는 마음에 안 든다는 표정이었지만 어쨌든 방의 규율
이 있었으니 포권을 하며 고필안에게 인사를 했다.

"벽방 17대 제자 석문기라고 합니다."

"석문기? 어라? 태평기업 아그들이 벽방에 있다고 하더니
만 그쪽인갑네. 벽방쌍수(僻房雙秀)라는 쌈꾼 하나가 니 형이
지?"

"맞습니다."

"그럼 그 아그가 이곳에 와 있겠구먼."

고필안은 이렇게 말하고는 혀를 찼다.

"내 제자들, 우짜 오늘 경 좀 치겠구먼. 설마 한가 놈도 온
건 아니지?"

"헌평 사형도 와 계십니다."

"벽방쌍수가 다 왔어? 유림강이 나 고씨 백정 놈 잡으려고
아주 단단히 별렀구만."

"스승님과는 상관없습니다."

문기가 다시 단호한 말투로 고필안의 말에 대꾸했다.

"아따, 근데 너는 우짜 그리 꼬박꼬박 으른 말씀에 토를 달
구 그르냐?"

문기는 그의 말에 또 뭐라 대꾸하려 했다. 그 순간, 한규와

문기의 눈앞에 뭔가가 희끗 움직였다. 짝 소리가 나고, 문기의 고개가 완전히 돌아갔다. 입가에 피가 주르륵 흐르고, 입안의 이물감에 침을 뱉어보니 어금니 한 개가 툭, 하고 바닥에 떨어졌다.

문기는 입가를 쓱 닦으며 뒤로 한 걸음 더 물러났다. 제법 거리를 두고 있다고 생각했는데 안전거리가 아닌 모양이었다.

한규는 속으로 혀를 내둘렀다. 설마 보이지도 않을 줄이야.

아직도 엘베로사를 모두 전송하려면 10분 이상 필요할 터였다. 그동안 어떻게든 눈앞에 있는 이 남자를 붙잡아둬야 할텐데…….

쌈이 붙어서야 몇 분이나 버티려나? 한규는 차라리 그에게 말을 걸었다.

"그런데 전에는 엘아힘 엔터테인먼트를 모른다고 하지 않으셨습니까? 거짓말이었던 모양입니다?"

한규의 말에 고필안의 눈가가 초승달처럼 휜다. 교활하다 못해 음흉해 보이는 미소였다.

"그때는 몰랐당게. 아해가 아즈씨를 또 그짓부렁쟁이라 그르네. 그른 게 아니라 나는 증말 몰랐어. 요즘은 나두 뒷방늙은이라 집안 젊은것들이 일 처리를 해부리거든."

"그런 것치고는 자주 나오시네요. 지난번도 그렇고."

"그르게. 하여간 느그들도 그렇구 우리 집안도 그렇구, 젊은것들이 야심만 높아서 우짜 그리 일을 저지루구 다니는지. 우리 집 애들은 죄다 저그 태평양 너머 나성에 가서는 돌아올 생각을 않는다. 일만 터지면 내가 꼬맹이들만 데리고 여기저기로 뛰어다녀야 해서 아주 귀찮아 죽겠다. 무슨 주에스 크로스라는 회사랑 큰일을 꾸미고 있다나 뭐라나."

말을 하던 고필안은 씁쓰레하게 웃었다.

"우리 나찰대두 내 대에서 끝인가 벼. 인재가 읍써, 인재가."

"도대체……."

한규가 다시 말을 꺼냈다. 필사적으로 시간을 끌기 위해 있는 말 없는 말 다 만들 생각이었다. 하지만 고필안이 그런 수작에 넘어올 리 없었다.

"아그가 오늘은 말이 기네? 잔말 말구 덤비그라. 너그들에다가 벽방의 쌍수까지 와서 댐비들고 그르믄 이 노인네 뼈다구가 피곤해진다. 안 댐비믄 그냥 내가 간다."

한규는 그의 말에 정신이 번쩍 들었다. 아까의 스피드. 고필안이 마음먹으면 문기고 자신이고 한 방에 나가떨어질 것만 같았다.

왼발을 반보 앞으로 밀며 자세를 낮춘다. 양손을 음양으로 나누어 허리와 가슴 앞에 두었다. 사륙보 기수식이다.

문기도 양손을 가슴께로 모았다. 피커브 스타일의 복싱 준비 자세다.

정과 동의 스텝을 두 사람이 각기 밟기 시작하고, 재미있다는 듯 고필안은 그 모습을 미소 띠고 지켜보았다.

"권투랑 의권인겨? 재미있는 조합이구먼그려."

한규는 문득 눈앞의 이 사람이 어떤 식으로 싸움을 풀어갈지 호기심이 생겼다. 지금까지 자신이 만나본 사람들 중 가장 싸움을 잘하는 것은 석대기였다. 스승인 장사건도 상당한 고수긴 한데, 지금까지 전력을 내보이는 모습을 보지 못해 확인할 방법이 없었다.

그 대기 형이 속해 있는 벽방 전체가 상대하는 데 애를 먹는 나찰대주라니. 말하는 걸 봐서는 대기 형에 헌평 형까지 한꺼번에 상대할 수 있다는 듯한데…….

그 순간, 문기가 좌우로 발을 넓히며 흔들거리는 듯싶더니 중앙으로 쏜살같이 달려나갔다.

한규는 질보를 깊게 밟아 고필안의 왼쪽을 노렸다. 문기의 몸이 잔상이라도 남기는 듯 위빙하며 오른쪽을 노린 게 바로 그때였다.

파바박ㅡ!

잔영조차 남기지 않으며 두 사람의 주먹이 고필안의 턱과 옆구리를 동시에 노렸다. 일품이라 할 만한 연계 공격이었다. 한규도 문기도 서로에 대해 잘 아는 만큼 협공도 수월하게 첫 단추를 끼운 것이다.

뒷짐 지고 있던 고필안은 호오, 하고 짤막하게 탄성을 냈다.

"호흡 공부는 좀 부족한디 몸 쓰는 건 지대로구먼."

뒷걸음치며 고필안이 손바닥을 흔들었다. 한규와 문기의 공격을 손바닥으로 막은 모양이었다.

쉴 틈 없이 문기의 잽이 고필안의 상체를 노렸다. 문기는 집요할 정도로 턱과 그 주변만을 공격했고, 한규가 고필안의 몸통을 맡았다.

날카롭고 날렵한 문기의 공격이 현란하다면, 한규의 공격은 한 방 한 방이 묵직했다. 형의권의 기본인 오행권 중에서도 붕권과 찬권, 벽권 셋을 묵묵히 질렀다. 다만 한 방 한 방에 기를 잔뜩 쏟아 넣었고, 스치는 것만으로도 펑 하며 공기가 떨릴 지경이었다.

고필안은 그 두 사람 사이에서 그야말로 미꾸라지처럼 움직였다. 사지에 뼈마디가 없는 것 같은 착시까지 불러일으키며 두 사람의 권세를 요리조리 잘도 빠져나갔다. 가끔 힘들다 싶은 공격은 장으로 막았는데, 그럴 때마다 부딪친 상대가 오히려 반보씩 뒷걸음질을 쳐야 했다.

한규는 고필안을 보며 이상하다는 생각이 들었다. 시간을 끌어야 할 건 오히려 자신들인데 그는 뭘 관찰이라도 하려는 건지 두 사람의 공격을 찬찬히 지켜만 보는 듯했다.

한규의 생각은 옳기도 그르기도 했다. 원래 나찰대주는 껄 렁거리는 말투나 싼티 나는 행동거지에 비해 굉장히 신중한 사람이었다. 그런 신중함이 지금까지 그를 살아남게 해준 것 이고, 비록 자신보다 훨씬 처지는 하수들을 상대하고 있지만 이길 수 있다는 확신과 그 방법이 떠오를 때까지 상태를 지켜 보고 있는 것이었다.

고필안의 공격이 생각보다 거세지 않아서일까?

한규는 잠시 방심하고 말았다. 지금 이 순간, 온 정신을 쏟 아 싸움에 집중해야 했음에도 엘베로사의 전송이 몇 퍼센트 나 됐나 하는 궁금함을 참지 못하고 곁눈질을 했다.

82퍼센트. 시간으로 치면 이제 3분 내외다.

그 순간 퍼억, 소리와 함께 옆에 있던 사람 하나가 저편으 로 날아가는 것을 느꼈다. 누구라고 할 것도 없이 문기다.

한규는 저편에 처박힌 문기를 쳐다보지도 않았다. 쳐다보 지 못했다는 표현이 옳을 것이다. 고필안의 장이 정수리를 후 려쳐 오고 있었으니까.

양손을 교차해 막아냈다. 쇠망치로 후려치기라도 한 건가? 척추까지 휘청하고, 충격이 무릎까지 닿아 엉거주춤 자세가

꺾이고 말았다. 고작 한 수에 지금까지 유지하고 있던 한규의 자세가 완전히 무너져 버린 것이다.

한규는 황급히 단전 안의 기를 상단전으로 끌어올렸다. 찍어 내려오는 고필안의 장권이 정수리에까지 닿으려 했다. 살짝이라도 부딪친다면 백회혈이 파열될 것이다.

기운을 짜내보지만 몸은 점차 땅으로 가라앉았다. 나찰대주 고필안은 한규가 짜부라지는 모습을 보며 예의 비열한 미소를 지었다.

"아해는 아해구만그려. 싸움질하다 말구 딴짓거리나 하구."

그의 말은 이미 한규의 귓전에는 들리지 않았다. 한규는 지금 한 방울이라도 더 기를 모으는 것에 집중하고 있었다.

단전에 쌓여 있던 얼마 되지 않는 기를 바닥까지 긁어 상단전으로 올린다. 그럼에도 양팔에까지 이르는 기의 흐름이 원활하지 못했다.

고필안은 한규가 제법 버텨내는 게 재미있다는 듯 다른 손을 비워둔 채 오른팔을 계속 찍어 눌렀다. 1미리 1미리씩 장심이 정수리에 가까워져 갔다.

"아야, 그냥 지대로 얻어맞는 게 나을 거다. 아에 대굴빡이 뽀사져 부리면 깨끗하게 죽구설랑 끝나부는데 잘못 얻으맞으면 평생 바부된다. 침 질질 흘리믄서 백 원만, 백 원만 이러구

댕긴다구."

고필안의 조롱에는 아랑곳하지 않았다. 한규는 지금 이 순간 몸 안에 느껴지는 이상한 감각에 집중하는 중이었다.

한규는 이런 느낌에 대해 알고 있었다. 어느 날 문득 머릿속을 스치는, 아, 나 이거 언젠가 경험한 적 있는데 하는 데자부—기시감.

지금 한규는 너무나도 강렬한 기시감을 느끼고 있었다. 고필안의 공격을 막아내는 것? 그건 아니었다. 이런 걸 전에 경험했을 리 없다. 누군가가 정수리를 깨뜨리려 드는 거? 뭐, 야구방망이로 머리를 내려치는 놈들은 가끔 있었지만.

한규가 지금 느끼고 있는 것은 그런 것이 아니라 좀 더 내면의 일이었다. 감각이라고 해도 좋았고, 기억이라고도 말할 수 있었다.

이제 더 이상 단전 안에는 기가 남아 있지 않았다.

상단전에 모인 들끓는 기가 최후의 한 방울까지 고필안의 압력을 막아냈다. 머리에 몰렸던 피까지 쏠리는지 한규는 정신마저 혼미할 지경이었다.

뼈마디, 근육 어느 하나 비명을 지르지 않는 게 없다.

죽는다.

이러다 죽는다는 공포감에 뒷덜미가 뻣뻣이 굳었다. 고필안의 비열한 미소가 시야 가득 파고들었다.

내 몸 안에,

카르마가 좀 더 있었더라면…….

현실이지만 한규는 갑자기 카르마라는 말을 떠올렸다. 기시감―그것은 샹그릴라 세계에서 느꼈던 감각이다. 마르지 않던 한큐 안의 기―카르마. 그 원천이 된 것은 다름 아닌 삼라일규(森羅一刲), 회음과 백회에서 비롯되어 천지를 어우르는.

한규는 스킬창을 더듬었다. 떠오를 리 없는 메뉴들을 눈으로 보고 삼라일규를 활성화시켰다.

본래 한규의 모든 능력은 샹그릴라를 통해 각성해 왔다. 엘베로사의 능력으로 현실을 지나칠 만큼 완벽하게 이식한 가상세계 샹그릴라, 그곳에서 익혔던 기술들을 현실에까지 옮겨온 것이 한규가 가진 내공의 정체였다.

거기에 장 사부가 닦아준 기틀과 얼마 전 대기의 도움을 받아 열었던 소주천까지.

한규의 내적인 변화를 아는지 모르는지 고필안은 지금 한규를 사지로 몰고 있었다. 이제 고필안의 손바닥은 한규의 백회혈에서 고작 2, 3센티미터 떨어져 있을 뿐이었다. 그는 장심에 모인 기가 정수리를 산산조각 내는 모습을 상상해 보았다.

그때 저 멀리 너부러져 있던 문기가 간신히 몸을 수습했다.

고필안이 한규의 머리를 찍어 누르는 모습을 발견하고는 으르렁거리는 듯한 기합을 내질렀다. 이곳에 몰래 접근했느니 그런 건 이미 잊은 지 오래였다.

아니, 애초에 고필안과 나찰대들이 기다리기라도 한 듯 게임 회사 직원들은 서버실의 일에 신경조차 쓰지 않고 있었다.

문기는 함정이라는 단어가 떠올랐다. 이렇게 공교로울 리 없다. 나찰대주 같은 사람이 게임 회사 안에서 기다리는 것 자체가 비상식이다

생각은 짧았고, 행동은 재빨랐다. 문기는 일단 한규의 몸을 고필안에게서 빼내는 것만을 생각했다. 기합을 내지르며 고필안에게 달려들었다.

그런 문기를 막은 것은 고필안이 아니었다.

"종호냐?"

문기의 정면을 막아서 그의 공격을 수도로 막아낸 남자에게 고필안은 짤막한 한마디를 했다.

"정리하그라."

"예, 대주님."

몸 상태가 정상이었다면 종호와 문기는 좋은 맞상대가 됐을 테지만 아쉽게도 문기는 지금 간신히 서 있는 정도였다. 최종호의 발길질에 문기가 다시 한 번 바닥을 나뒹굴었다.

"그나저나 대주님, 사형들은 지금 고전 중인 모양입니다."

"그르냐? 하긴, 벽방의 쌍수가 나섰다구 하더라. 쓸 만한 놈들은 미국들 가 있구, 갸들만으로는 무리일 그다. 얼릉 치우고 거기루 가부자."

"예, 대주님."

그 순간, 나찰대주 고필안은 눈살을 찌푸렸다. 자신이 찍어 누르고 있던 애송이가 갑자기 눈을 벌겋게 치켜뜨며 소리를 내지른다.

"으아아아아아아!"

한규는 삼라일규 스킬을 활성화시키며 그 감각을 몸 안에 불러일으켰다. 현실이고 게임이고 하는 구분 같은 건 이미 무너졌다. 회음혈에서 백회열까지 조그마한 구멍이 뚫린다. 그곳으로 벼락같은 것이 우렛소리를 울리며 내달린다.

한규의 몸은 한쪽은 붉고 반대쪽은 푸르게 되어 맥박에 따라 서로 뒤바뀌었다. 얼굴까지 좌우로 딱 나뉘어 신호등처럼 번쩍거렸다. 고필안이 그 꼴에 눈살을 찌푸렸다.

"어멈, 이 녀석, 주화입마네."

말을 하며 누르던 손에 힘을 살짝 뺐다. 주화입마면 죽음에의 첩경이다. 죽어가는 놈 한 대 더 때려봤자 기분 좋을 게 없다.

하지만 그 순간 나찰대주는 거센 힘에 밀려 몸이 흔들렸다. 손에서 약간 힘을 뺐을 뿐이데, 오히려 이 한규라는 꼬마 놈의 기에 자신이 밀려난 것이다. 다시 손에 힘을 주자 팽팽한 기운이 맞서오기 시작했다.

문기도 한규의 상태를 알아보고는 놀라 외쳤다.

"한규야! 정신 차려!"

하지만 한규는 핏발 선 눈으로 고필안만을 노려보고 있었다. 한규에게 달려가려는 문기를 최종호가 막아섰다.

"니 상대는 나야."

문기는 어쩔 수 없이 다시 종호를 향해 주먹을 내밀었다.

밖의 상황을 아는지 모르는지 반쯤 기절한 한규는 지금 자신의 몸이 부풀어 오르는 듯한 착각에 빠졌다. 열풍선이 몸 안에 들어왔는지, 누가 그 풍선에 자꾸 바람을 불어넣는지 팽팽하다 못해 빵빵해지고, 이제는 터질 것만 같다. 단전도, 상단전도, 인중도, 미간도, 몸 안의 대혈이란 대혈은 전부 타들어갈 듯 뜨겁게 팽창한다.

한규는 이 감각을 이미 알고 있었다. 샹그릴라에서 경험해 봤다. 하지만 손가락 하나 꿈쩍하지 않았다. 저 눈앞에 있는 고필안이라는 사람과 대치하고 있는 기들을 빼낼 수만 있다면 어떻게든 될 텐데…….

멍멍—

언젠가 보았던 허스키 한 마리가 옆에서 소매를 당긴다. 무언가 하며 그 아이를 쳐다보니 그 눈 안에 그림 한 장이 떠올랐다.

눈앞에 흰빛이 폭발하고, 시야가 상실됐다. 보이는 건 오직
흰빛뿐.

한규의 몸에서 힘이라는 게 한 방울도 남지 않게 되고, 고
필안의 손아귀에서 벗어난 한규는 그대로 바닥에 고꾸라져
버렸다.

"죽었나 부네?"

하는 고필안의 말이 사실인 양 충혈된 눈을 까뒤집고 한규
는 바닥에 죽은 듯 엎어졌다.


그때,

한규의 핸드폰이 울렸다. 걸 그룹 라비린스 로즈의 최신곡
샹그릴─에이(Shangril─A) 착신음이 들렸다.

죽은 것만 같았던 한규의 손가락이 꿈틀거리고, 핸드폰이
있는 안주머니로 파르르 떨리며 기어들어 갔다.

통화 버튼을 누른다.

수신자 이름은 떠오르지 않았다. 그것을 한규가 귓전으로
가져간다.

세상이 멈춘 것만 같았다. 얼마나 오래전일까. 욜 숲의 신
전에서 처음 그 아이를 만났을 때처럼.

그리고 그 아이는 그때와 똑같은 목소리로 휴대폰 안에서

말을 걸어왔다.

"안녕?"

엘베로사다.

"이제 내 차례야."

한규가 간신히 고개를 돌려 엘베로사의 데이터를 옮기던 핸드폰을 바라보았다. 100%라는 숫자가 그곳에 적혀 있는 모습이 보였다.

여신이 풀려났다.

한규는 안도감에 눈을 감았다. 기절하듯, 아니, 정말로 기절해 잠이 들었다.

2

요즘 들어 새로 지어지는 대부분의 건물들은 스마트하다. 형광등 하나까지도 중앙의 컴퓨터가 제어하고 있다. 효율성이니 지구를 사랑하느니 하는 핑계를 붙여 어떻게든 기능을 붙인다.

과거에는 SF만화 따위에서 건물들의 반란을 다루곤 했다. 건물이 깨어나 그 안에 있는 사람들을 죽이느니 하며 건물의 온도를 높이고 산소를 빼기도 하고.

바로 지금처럼 엄청난 뇌전을 서버실 안에 날뛰게 만들기도 하며.

"뭐, 뭐! 으악!"

최종호가 가장 먼저 번개 같은 것에 맞아 기절했다. 서버실, 수많은 회로를 승압기 삼아 엘베로사는 600볼트가량의 산업용 전기를 2만 볼트가량의 초고압 전기로 바꾸었다.

전류량이 적어 결과적으로는 같은 전기지만, 사람을 한순간에 기절시키는 역할은 충분하다. 장거리 전기 충격기라고나 할까.

뭐가 어떻게 됐는지도 모르게 기절해 버린 제자를 보며 나찰대주는 눈살을 찌푸렸다.

"뭐여? 무슨 일이 일어났길래 이러코롬 방 안에 음산한 기운이 도는 거여?"

파지직, 하고 파란 불꽃이 서버실의 전자제품 틈새에서 번쩍였다. 전자들이 공기를 디딤돌 삼아 도체들을 뛰어넘는다. 자그마한 푸른 용들이 전자구름 사이에서 용트림을 한다.

파지지지직—

갑자기 번개들이 사방으로 몰아쳤다. 천장과 벽 어디 할 것 없이 막무가내로 푸른 뇌전이 사방을 훑친다. 이미 기절한 한규의 몸에도 한바탕 전기가 쏟아지고, 문기도 무사하지는 않았다. 스턴 건에라도 얻어맞은 양 문기와 한규 둘 다 바닥에 너부러져 바들바들 떨었다.

만약 한규가 정신이 들어 있었다면 엘베로사에게 한바탕 쓴소리를 퍼부었을 테지만.

딱히 전기가 한규와 문기를 공격한 것은 아니었다. 지금 이 방 안은 어느 누구도 무사하지 못했다. 나찰대주는 기의 막을 두텁게 하여 뇌우를 피해내는 중이었다. 하지만 그것도 잠시, 도저히 견딜 수 없어 나찰대주는 서버실 안에서 모습을 감추고 말았다.

"귀신이라도 나온 건지 원. 쯧."

혀를 차며 막 서버실 밖을 나서는데, 이번에는 건물 전체가 정전이 됐다. 창문의 암막까지 제멋대로 쳐지며 정말 자신의 손끝마저 볼 수 없을 만큼 어둠이 엘아힘 엔터테인먼트 본사 전체에 깔렸다.

온통 비상사태에 직원들이 난리를 친 것도 당연한 일이었다. 설상가상이랄까? 건물의 주 전원까지 끊기고…….

나찰대주는 옷깃을 세우며 고개를 흔들었다. 더 이상 이곳에 있기가 힘들었다. 일이 흘러가는 그림이 보이지 않는데 어영부영 엉덩이를 들이밀 수는 없다. 그럴 만큼 순탄하게 인생을 살아온 게 아니다.

"운들도 좋구먼. 아니, 운이 아닌가?"

그렇게 나찰대주 고필안은 혼란에 빠진 엘아힘 엔터테인먼트 본사를 빠져나갔다.

잠시 후, 서버실에 들이닥친 것은 문기의 형 대기와 헌평이 었다. 그 둘은 심각한 얼굴로 한규와 문기를 들쳐 업고 재빨리 건물 밖으로 달려나갔다. 정전과 어둠 덕분에 그들은 무사히 다시 승합차로 복귀할 수 있었다.

대기는 문기의, 헌평은 한규의 인중에 손끝을 가져가 가볍게 기를 밀어 넣었다. 기절한 사람을 깨우는 방법이었다. 문기가 신음을 내며 눈을 뜬다.

"깼냐?"

대기의 물음에 문기는 고개를 끄덕였다. 지금 차는 어딘가로 달리는 중이었다. 운전은 성철이, 나머지 네 사람은 뒷자리에 있었다.

"어떻게 된 거야? 성공한 거냐?"

운전을 하며 성철이 물었다. 문기는 기억을 더듬어보았다. 전송을 시작한 것까지는 확실한데 성공했는지는 확실하지 않았다.

"몰라요. 그게……."

문기는 몸을 일으켜 주변을 둘러보았다. 옷 이곳저곳이 찢어지고 얼굴에 멍까지 하나 떡하니 자리 잡은 게 제법 거친 싸움을 벌인 것 같은 대기와 헌평의 모습이 보였다. 그리고 죽은 듯 누워 있는 한규가.

"아! 한규는? 한규는 어때요?"

한규에게 기를 불어넣던 헌평이 고개를 젓는다.

"좋지 않아. 아무래도 주화입마에 빠진 거 같은데?"

대기가 투덜거린다.

"얘는 무슨 주화입마가 매주 찾아오냐?"

농담조의 얘기였지만 표정은 편치 않았다. 주화입마가 기의 통로에 입는 상처 같은 거라면, 아직 지난번 상처가 채 아물지 못한 상태로 또 한 번 부상을 입은 셈이다. 한층 더 위험할 건 불 보듯 뻔하다.

"일단 스승님께 가야겠다. 성철 씨, 종로로 가주세요."

앞에서 이야기를 듣던 성철이 고개를 끄덕거렸다.

"알았어요."

차 안에 있는 네 사람은 영 기분이 꺼림칙했다. 작전은 성공한 건지 실패한 건지 그것도 확실하지 않은 상태에서 괜히 한규만 다친 것 같고.

"왜 나찰대주가 있었던 거야?"

문기가 한규를 보며 짜증 섞인 한마디를 뱉었다.

"나찰대주?"

금시초문이라는 듯 되묻는 대기에게 문기가 말했다.

"나찰대주 말이야. 어, 형들이 몰아낸 것 아냐?"

문기는 조금 전 상황을 떠올려 보았다. 갑자기 방 안에 전기 같은 것이 빠직거리고 기절한 것까지는 기억나는데…….
문기는 그게 나찰대주의 술법 같은 거라고만 생각하고 있었
다. 당시에는 혼란해 그랬는데 다시 한 번 기억을 더듬어보니
가장 먼저 번개를 맞고 쓰러진 건 바로 나찰대주의 제자였다.

"나찰대주 고필안 말이야? 그 사람이 여기 있었어?!"

대기의 언성이 조금 높아졌다.

"응."

"그럼 역시 그놈들 나찰대였구나. 내 말 맞지?"

헌평이 끼어들었다. 대기는 헌평의 시선을 마주 보고는 다
시 문기에게 눈을 돌렸다.

"너희 둘 그럼 나찰대주랑 붙었던 거야?"

"붙었달까……. 얻어터지고 있었지."

"허, 그러고도 살아남은 거야? 상처 하나 없이?"

헌평이 헛웃음을 내고, 문기가 고개를 젓는다.

"무슨 소리야? 한규가 저렇게 됐는데."

"주화입마야 스스로 빠진 거고. 나찰대주랑 붙어서 지금까
지 팔 하나라도 안 떨어진 건 너희가 처음일걸?"

딴엔 그랬다. 문기도 나찰대주의 악명엔 이미 익숙했기에
의외라는 생각이 들기도 했다.

헌평과 문기가 주거니 받거니 하는 사이에 대기가 성철에
게 물었다.

"그런데 성철 씨, 이 계획을 알고 있는 사람이 또 누가 있습니까?"

"일단 여기 있는 사람과 서버실에 있는 사람들. 계획이라는 걸 구체적인 계획으로 한정 지었을 때는… 게임 회사 내부의 조력자 정도가 전부입니다."

성철이 마구잡이로 끼어드는 차에 클랙슨을 울리고는 다시 말했다.

"새어나간 거 같습니까?"

"아마도요. 엘아힘 측에서 이미 사람을 불러 대기시켜 두었던 모양입니다. 나찰대의 공격에 대비해 우리가 오긴 했지만… 진짜 적은 이미 서버실 안에 있었다고 합니다. 적어도 우리가 어디를 노리고 있는지 알고 있었다는 얘긴데……."

"아 참! 핸드폰!"

갑자기 문기가 소리를 질렀다.

"응? 뭐가?"

"형들, 핸드폰 빼왔어? 그 엘베로사 전송을 위해서 개조했던 거 말이야."

어둠으로 혼란했던 데다가 문기도 한규도 상태가 좋지 않았다. 대기와 헌평은 거기에까지 생각이 미치지 못했었다. 애초에 그들이 맡은 임무가 아니었던 점도 실수를 부른 원인 중 하나였다.

"유이가 그거는 꼭 회수해 오라고 했는데. 그 안에 꼬리가 남아 있다고."

문기의 말에 대기와 헌평은 끄응, 하는 신음을 냈다. 그때, 앞자리에 있던 조성철이 오히려 밝은 목소리로 답했다.

"아니, 차라리 잘됐어. 엘베로사를 빼돌리는 데 성공했는지 실패했는지는 잘 모르겠지만, 상대는 밝은 곳에서 우리를 압박하기보다는 그 나찰대인가를 통해서 공격해 올 거야. 이번에는 우리 쪽에서 함정을 치면 되지."

"말이야 쉽지만……."

대기가 말끝을 흐렸다. 스승님께 보고해야 할 일이 늘었다. 나찰대와 얽혀 들어갔다는 얘길 들으면 역정을 내실 텐데…….

그때, 한규의 품속에서 핸드폰 벨소리가 울려 퍼졌다. 기절해 있는 그를 대신해 문기가 핸드폰을 꺼냈다. 명철이다.

"명철!"

"어, 문기 형?"

"잔말 말고, 어떻게 됐어?"

"뭐가요?"

문기가 다그친다.

"뭐긴 뭐야! 성공한 거야?!"

"그걸 왜 저한테 물어보세요?"

"엘베로사 서버실 아니야?"

"맞아요. 아니, 형들이 성공을 했으니까 엘베로사가 이곳에 온 것 아니에요? 성공했는지 실패했는지 형이 왜 저한테 묻는……."

문기가 소리를 버럭 지른다.

"엘베로사 지금 거기에 있어?!"

어슴푸레하던 승합차 안의 공기가 돌변한다.

"예, 예. 아직 부팅 중이지만… 데이터는 전부 도착했어요."

"오케이! 그럼 있다가 보자!"

"아, 아, 형. 유이가 당부했어요. 핸드폰 꼭 챙겨오라고."

"그건 나중에 다시 얘기하자."

문기는 곧바로 핸드폰을 끊었다.

"성공했나 보네?"

대기의 미소를 시작으로 헌평, 성철까지 웃음을 터뜨렸다. 웃긴 일도 없는데 승합차 밖으로 터져 나갈 정도로 웃음소리를 냈다.


3


다시 눈을 뜬 한규는 어딘가 익숙한 풍경에 고개를 갸웃했다. 어디서 본 듯한 인테리어인데…….

철제 난간 달린 싱글침대에 하얀 블라인드 창문, 그리고 옆에 서 있는 이건 링거대?

병원.

"어, 여긴 성철 형이 입원했던…….."

"맞아, 그 방이야."

자신의 말에 맞장구쳐 주는 사람이 있다. 고개를 돌려보니 성철 형이다.

"형! 어떻게 된 거예요? 엘베로사는요? 나 엘베로사랑 마지막으로 통화했는데……. 어? 근데 삼라일규를 썼던 거 같기도 하고. 그럼 샹그릴라 안이라는 얘긴가?"

기억이 혼란스러웠다. 한규는 갑작스러운 두통에 끙, 신음을 뱉었다.

"무슨 소리를 하는 거냐? 나중에 유 사부님인가 하는 분께 감사 인사나 드려라. 그분이 열 시간 넘게 네 몸 안의 상처를 치료해 줬다더라. 그분도 장 사부님처럼 기 치료 같은 걸 할 줄 아시나 보지?"

"아! 유 사부님이… 그러……. 저 얼마 동안 기절해 있던 거예요?"

"사흘 됐다."

어떻게 기절만 했다 하면 시간이 휙휙 지나가나. 성철의 말이 이어졌다.

"엘베로사는 무사히 구출했어. 그런데 인스톨에 시간이 좀 걸리는 모양이야. 워낙 크기가 크기인데다가 작업이 복잡하다더라고. 한상이랑 유이, 명철이가 샹그릴라 안에서 그녀를 깨우는 작업을 진행 중이야."

"앗싸! 역시 성공한 거죠? 꿈 아닌 거죠?"

"그렇다니까. 너는 안정이나 취해라. 지금 다들 엘베로사를 지키고 있어. 나찰대가 다시 쳐들어올지도 모른다고 하더라. 너도 몸 추스르면 바로 거기로 가자."

한규는 성철의 이야기에 고개를 끄덕였다. 그때, 한규 앞을 가로질러 누군가 성철 앞으로 다가갔다. 한규는 그의 모습을 보며 어, 하는 소리를 냈다.

"호열이 형?"

"한규, 깨어났구나. 오랜만이야."

"그러게요. 샹그릴라는 여전히 하고 있는 거예요?"

성철이 옆에서 핀잔하듯 한마디 한다.

"정신 빠진 녀석, 이미 결혼까지 했다. 게임 안에서. 그래 놓고는 구청 가서 혼인신고서 제출하니 어쩌니 난리를 피우다가 경찰서에까지 끌려왔었다."

"푸핫! 정말요?"

"아, 계장님도. 굳이 그런 얘길 뭐 하러 하세요? 모양 빠지게."

호열은 머리를 긁적이며 손에 들고 있던 서류를 성철에게
주었다.

"그겁니다."

"어, 아. 오케이."

성철은 머뭇거리다 한규를 보고는 어깨를 으쓱했다.

"어차피 너도 이제 같이 가는 입장이니… 여기서 얘기해도
괜찮겠지?"

뭐냐는 듯한 한규의 표정에 성철의 이야기가 이어졌다.

"지난번에 네가 기절했을 때 승합차 안에서 오갔던 얘긴
데, 아무래도 지난번 작전을 아는 사람 중에 정보를 흘린 사
람이 있었던 것 같아서 그 점을 파고들어 봤어. 구체적으로
엘아힘 본사에 잠입하는 날짜까지 알기 전에야 그렇게 기다
리고 있기 힘들지 않겠어?"

한규는 생각지 못했던 지적에 흠칫 떨었다. 문기나 대기,
헌평 같은 사람이 배신할 리 없다. 명철이와 유이는 더 말할
것도 없고. 그렇다면 결국 배신자는 제동과 채림 둘 중 하나
로 압축된다.

"설마 그 두 사람이?"

"네 생각대로야. 그래서 자금 흐름 중심으로 뒤지고 있는
중인데, 둘 다 아직까지는 결백해."

제동 형이나 채림 누나 둘 다 형과 10년 가까이 일을 해온 사람들이다. 한규는 그들이 자신을 배신했다는 것이 믿기지 않았다. 그것도 한상 형을 위한 일인데⋯⋯.

　"그리고 이번에 새로 알게 된 나찰대라는 곳 말인데, 일단 기록은 없어. 하지만 여일흥업이던가? 그 최종호라는 녀석이 몸담은 곳. 거기는 좀 정보가 있더라. 내 몸에 쇠붙이 선물 줬던 놈들도 여일흥업 녀석들이었던 모양이야. 그쪽 정보를 캐냈더니 의외의 얘기가 흘러나오더라고."

　호열에게 받았던 서류를 뒤적거리며 성철이 입을 열었다.

　"너희 형을 그렇게 만든 녀석, 강백천과 그 동료 정도쯤 되는 것 같은데, 아무튼 그거 엘아힘 엔터테인먼트와는 의외로 관계가 없어."

　"예?"

　"아니, 뭐 아주 관계없는 건 아니야. 지금은 엘아힘과 협력 관계 같고. 하지만 계획의 시작은 이미 JK소프트웨어가 잘 돌아가고 있는 그때였어. 어쩌면 한상이가 그렇게 된 건 합병 건과 연관이 없을지도 몰라."

　한규는 성철의 이야기를 들으며 짤막히 한숨을 내쉬었다.

　"그럼 엘아힘 엔터테인먼트가 형을 그렇게 만든 게 아닐지도 모른다는 거예요?"

　"그 점을 지금 알아보고 있어. 하지만 그건 아닐 거야. 정확한 건 모든 데이터가 모여야 알 수 있겠지만, 지금 내 추측으로는 JK소프트 내부의 어떤 인물이 한상에게 사적인 원한을 품고는 합병이라는 일대 사건을 틈타, 다시 말해 엘아힘이라는 새로운 세력의 힘을 빌려 한상에게 해를 끼친 게 아닐까 싶어. 그럼 앞뒤가 맞거든. 솔직히 엘아힘 엔터테인먼트 입장에서는 한상을 해칠 이유가 없으니까."

한규는 천천히 고개를 끄덕였다. 성철의 말에는 설득력이 있었다.

"그쪽은 아무튼 형에게 맡길게요. 형도 조심해요. 나찰대나 여일홍업 전부 만만한 상대가 아니잖아요?"

성철이 웃는다.

"대한민국 경찰은 만만하고? 대기 씨랑 헌평 씨가 뒤는 봐주기로 약속해 줬으니까 너무 걱정 마라. 나찰대와는 그쪽도 해결할 일이 많은 모양이던데."

"그럼 안심이고요."

똑똑—

그때, 누군가 한규의 병실을 찾았다. 친구들인가 하는 생각에 고개를 돌린 한규의 시야에 생각지도 못한 인물이 잡혔다.

"어어?"

"한규 오빠!"

"어라라! 당신은……?"

호열이가 방 안에 들어온 여자를 알아보고 입을 쩍 벌렸다.

"한미나!"

성철이 고개를 갸웃한다. 호열이 저런 반응을 보이는 걸 보면 분명 게임 관련의 사람인 것 같은데, 한편 어디선가 본 적이 있는 얼굴이다.

"계장님, 한미나예요."

"그게 누군데?"

"라비린스 로즈 몰라요? 게임 샹그릴라의 메인 테마곡 샹그릴─에이를 부른 걸 그룹."

한편 당사자는 호열의 호들갑에 얼굴이 빨개졌다.

"호열 형, 사람 무안하게 그만해요."

보다 못한 한규가 한마디 하고, 그제야 호열은 진정을 하며 미나에게 고개를 꾸벅 숙였다.

"미안합니다. 깜짝 놀라서 그만. 그보다 한규가 이런 분과 알고 계시다니……."

미나는 호열의 인사를 받으며 밝게 웃었다.

"괜찮아요. 한규 오빠하고는 게임에서 만나 친구가 됐어요."

한규가 성철과 호열에게 설명의 말을 붙였다.

"헌평 형의 친동생이에요."

"어, 그러냐? 전혀 느낌이 다른데……."

성철은 몇 번 보지 않았지만 벌써부터 헌평의 독특한 캐릭터에 고개를 젓는 중이었다.

"그럼 우리가 있으면 불편할 테니… 눈을 뜨면 퇴원해도 된다고 했으니까 저녁은 나가서 사먹자."

"옙."

성철과 호열을 내보내고 한규는 그제야 차분한 분위기에서 미나를 맞이할 수 있었다.

"오랜만이네."

"응, 맞아."

잠시 서먹서먹한 분위기에 미나는 손에 들고 있던 꽃다발을 한규의 침대 곁 캐비닛에 올려두었다.

"어떻게 된 거야? 오빠한테 듣고 깜짝 놀랐어. 크게 다쳤다던데…….."

"헌평 형이 이야기했구나? 크게 다쳤다고 할 정도는 아니고, 그냥 좀…….."

어색하게 서 있는 미나를 잠시 올려다보다가 한규가 아, 하고 탄성을 냈다.

"거기 좀 앉아. 마실 거라도… 있나?"

주변을 둘러봤지만 음료수 캔 하나 보이지 않았다. 캐비닛 아래 있는 소형 냉장고를 열었다. 하지만 거기도 텅 비어 있었다.

"미안, 아무것도 없나 보다. 다들 병문안도 안 온 건가?"

한규가 당황하며 투덜거리는 소리에 미나는 미소를 지었다.

"괜찮아. 그보다 몸은 괜찮은 거야?"

"응."

"전에 보냈던 쪽지, 행운을 빌어달라고 했잖아. 그러고 다음날 다쳤다는 얘기를 듣고는 깜짝 놀랐어."

"아, 샹그릴라에서 쓴 편지 말이지? 다음날 좀 일이 있……."

"일, 일 하지 마!"

"응?"

갑자기 언성을 높이는 미나를 보며 한규는 잠시 당황했다.

"뭐야, 나는 오빠한테 내 이야기를 다 해줬는데. 내가 라비린스 로즈의 멤버라는 것도 밝히고. 그게 얼마나 힘든 결정이었는지 알아?"

"아……."

"지난번에 사무실에서 그렇게 간 것도 그렇고, 하나같이 말을 돌리는 거야? 내가 그렇게 미덥지 않아? 우리 오빠랑 얽혀서 다친 걸 보면 절대로 보통 일은 아니잖아."

미나의 말에 한규는 뭐라 답해줘야 할지 얼른 떠올리지 못했다.

"알았어. 화내지 마. 그게 기분 나빠서 쪽지에 답장도 하지 않은 거야?"

"당연하지!"

미나의 얼굴이 퉁퉁 부었다. 한규는 그 순간 갑자기 엉뚱한 생각이 떠올랐다. 바람이 들어 동그랗게 부푼 그녀의 뺨을 콕 한번 찔러보고 싶다는. 그런 생각을 하자 갑자기 웃음이 쿡 터졌다.

"뭐, 뭐야! 뭐가 웃긴 거야?"

"아, 아니야."

"뭐가 아닌데?"

"아니……."

"또 비밀이야?"

한규는 대답을 하는 대신 손을 내밀어 미나의 뺨을 쿡 찍었다. 갑작스런 행동에 미나는 멍한 표정을 지었다가 얼굴을 붉혔다.

"이러고 싶다는 생각이 갑자기 들어서 웃은 거야."

한규는 이렇게 말하고는 곧바로 이야기를 이었다.

"딱히 감추거나 비밀로 하려던 건 아니야. 아니, 비밀로 하려던 건 맞지만, 그건 이야기하기 어려운 것들이라 그랬어. 먼저 주절주절 이야기할 만한 종류의 것들이 아니었으니까. 내가 그때 사무실에서 갑자기 나온 건 그곳이 엘아힘 엔터테인먼트의 사무실이었기 때문이야. 우리 형은 엘아힘 엔터테인먼트에게 해를 입고 지금 뇌사에 빠져 있어."

한규의 이야기에 미나가 아, 하고 탄성을 냈다.

"형이… 그럼 그분은 아직도……."

"응. 아, 그런데 그런 표정은 짓지 마. 뇌사 상태이기는 하지만 지금도 만나고 있으니까."

"응? 어떻게?"

"게임 속에서."

"샹그릴라에서?"

한규가 고개를 끄덕이자 미나는 믿기 힘들다는 표정을 했다.

"정말이야. 나도 어떻게 그런 일이 일어났는지는 잘 몰라. 아무튼 내가 증오하는 엘아힘 엔터테인먼트 사무실에 있다는 사실 자체가 기분 나빠서 그랬던 거야. 미나와는 관계없는 일이었어."

그제야 미나는 오해가 풀렸다는 듯 고개를 끄덕였다.

"그럼 사흘 전에 다친 것도 그것 때문이야?"

"응, 본사에 쳐들어갔었거든."

"거짓말!"

"하하, 외부에는 비밀이야."

한규는 그동안 있었던 일을 미나에게 하나둘 이야기해 주었다. 처음 게임에서 만났을 때부터 그랬지만 그녀와 있으면 편안한 기분이 들었다. 그랬기에 복수라는 험한 길을 걸으면서도 그녀와의 연락만큼은 유지했다.

"그, 그런 엄청난……. 거짓말 같아."

"그렇지? 나도 그렇게 생각해. 작년 이맘때만 해도 그냥 보호자가 형인 조금 특이한 고등학생일 뿐이었는데……."

미나는 초점 잃은 눈으로 한규를 쳐다보고 있었다. 뭔가 골똘히 생각하나 보다 싶어 한규는 그녀를 방해하지 않았다.

미나가 다시 입을 열었다.

"뭔가… 도울 거 없을까?"

"응? 아, 글쎄……."

"아! 그거 어때?"

"뭐?"

"오빠들은 앞으로 엘아힘 내부에 남아 있는 부정의 증거 같은 걸 찾을 생각이잖아?"

"응, 맞아. 엘베로사만 있으면 유이가 엘아힘 본사 전체를 해킹할 수 있을 거라고 했어."

"그걸 가지고 어쩔 생각이야? 경찰서로 가져가게?"

"음, 아마 그렇게 되겠지? 성철 형이 그건 알아서 처리할 거야."

미나가 고개를 끄덕이며 말했다.

"그것도 좋아. 하지만 경찰 못지않게 효율적인 곳이 있어. 바로 언론 말이야."

"언론… 아!"

"그건 내가 맡을게."

"안 돼, 그건."

한규는 단번에 미나의 결정에 반대를 표했다.

"왜?"

"위험하니까! 상대는 사람까지 죽이는 집단이야. 조직폭력 배들도 연관되어 있고. 만약 미나 네가 그런 걸 언론에다가 발표했다가는 분명히……."

"상관없어."

"응?"

"우리 집안은 나 빼고 전부 벽방 사람들이야. 조폭 한둘이 나를 어쩌겠어? 겁 안 나. 나는 선업이 부족해서 선천적으로 내단이 잘 생기지 않는 체질이래. 전생 탓을 하고 어쩌고 하기에 안 한다고 하고 그 뒤로 호흡 공부를 집어치웠어."

한규는 미나의 이야기에 뒤통수를 맞은 듯한 느낌이었다. 그녀까지 이쪽 사람이었다니……. 하긴, 문기네 형제를 보면 가족 중 한 명이 호흡 공부에 깊이 빠지면 다른 사람도 얽혀들게 마련이었다. 헌평 형네 집안이라고 다를까.

"그러니까 그런 건 걱정 마. 아이돌? 뭐 나는 딱히 그런 거에 욕심이 나는 것도 아니고. 나는 가수가 되고 싶었어. 가수야 언더에서 해나가면 되니까."

"아니, 아무튼 그건 헌평 형하고 상의해 봐. 내 일 때문에 네가 지금 하고 있는 일까지 그만두고 그러는 건 좀 아닌 것 같아."

한규가 이렇게까지 말하자 미나도 더 이상 자신의 생각을 밀고 나가지 않았다. 하지만 한규는 어쩐지 미나를 보며 벌써 그녀의 결심이 굳어졌다는 느낌을 받았다.

"에휴."

짤막히 한숨이 나왔다, 왜인지 자신도 설명하기 힘든 한숨이.

4

엘아힘 엔터테인먼트 안에서 가장 높은 층에는 중역들의 사무실들이 모여 있다. 그리고 그중에서도 가장 큰 방은 당연한 얘기지만 한국 지사 지사장인 하워드 콜린젝이 사용 중이었다.

그의 정확한 직책은 샹그릴라 한국 서버의 총책임자였다. 상부로부터 샹그릴라 오리지널의 해석과 블랙박스 규명을 명받고 벌써 반년 넘게 머리를 쥐어뜯는 중이었다.

그는 지금 사장실에 딸려 있는 회의실의 가장 상석에 팔짱을 끼고 앉아 있었다. 그가 먼저 왼쪽의 남자를 쳐다본다.

"미스터 리, 어떻게 된 것입니까? 엘베로사에 대해서는 당신에게 일임한다고 얘기한 지 불과 한 달도 되지 않은 것 같은데… 그녀를 탈취당하다니요?"

하워드에게 이름을 불린 남자는 다름 아닌 이제동이었다. 제동이 채 대답을 하기도 전에 하워드의 질책이 이어졌다.

"엘베로사를 게임 안에서 제압하는 게 우선이라는 얘기에 그레이 크라운즈를 쓸 수 있게 해주지 않았습니까? 하지만 그 작업도 실패했지요? 그래서 결국에는 서버에서 강제 분리라는 최후의 수단을 강구한 것으로 아는데…….."

"사장님, 그 점이 재밌다고 생각되지 않습니까?"

제동은 오히려 미소를 지었다. 그의 격없는 표정에 하워드가 오히려 주춤 말을 멈추고 말았다.

"그레이 크라운즈가 제압하지 못한 것은 한큐, 다시 말해 성한규의 캐릭터입니다. 지난번에도 그렇고 이번에도 두 번에 걸쳐 게임 속에서 그레이 크라운즈가 그에게 참패했습니다. 한 명 한 명이 네임드 드래곤에 육박하는 그들이. AI가 아닌 사람이 조종하는 캐릭터임에도."

"그게 어쨌다는 겁니까?"

"그레이 크라운즈는 엘베로사를 거의 제압했습니다. 게임 내의 여신, 사실상 그 이상의 스펙을 갖추고 있는 거의 무적에 가까운 그녀를. 그런 그들이 고작 플레이어의 손에 맥없이 당한 겁니다. 그게 정상이라고 생각하십니까?"

"정상이 아니라면 또 어떻다는 겁니까?"

"그 성한규 학생이 이번에는 서버실로 들어와 정확하게 엘베로사의 저장 매체를 찾아내고 데이터 전송을 시도했습니다. 아니, 시도가 아니라 성공했지요. 이건 어떻습니까? 엘베로사가 어느 HSSD 케이스에 들어 있었는지 그걸 아는 사람이 몇이나 될 거라 생각합니까?"

하워드가 점점 제동의 이야기에 말려들어 갔다.

"그건 그렇군요. 확실히 굉장히 빠른 시간에 정확한 서버를 찾아내 공격했다고 들었습니다."

고개를 끄덕이며 제동이 말한다.

"그걸 알고 있는 사람은 현재 저를 제외하고는 한 명뿐입니다."

"그게 누굽니까?"

"성한상."

"샹그릴라 개발팀장이었다는 그 사람 말입니까?"

제동은 하워드의 말에 그렇다는 고갯짓을 했다.

"그것참. 그럼 유령이 나타나 그들을 돕기라도 한다는 말입니까?"

"글쎄요. 유령일지… 망령일지……."

제동은 지금 머릿속에 망상에 가까운 상상을 하는 중이었다. 성한상 그 남자가 깨어난 것은 아닐까? 뇌사에서 다시 눈을 뜨는 일이 전무하지는 않다. 눈을 뜬 그가 복수를 결심하고 엘아힘 엔터테인먼트와 샹그릴라를 공격한다면 바로 지난번과 같은 결과가 나오지 않았을까 하는.

조금 으스스한 상상이다. 제동은 손으로 목덜미를 쓸고 다시 입을 열었다.

"차라리 잘됐습니다. 상대는 어수룩하게도 전송에 사용한 이 핸드폰을 놔두고 갔습니다. 엘베로사가 어느 곳으로 전송되었는지는 이미 파악이 끝났습니다. 그들의 목표가 엘베로사의 부활이라면, 트럭 몇 대 분량의 데이터 서버가 필요합니다. 지금까지 감시한 바로는 아직 어디 다른 곳으로 옮긴 흔적은 없습니다. 이 기회를 잘 이용하면 엘베로사를 재탈취하고, 동시에 우리들에게 불만을 가지고 있는 세력을 일거에 뿌리 뽑을 수 있습니다."

"그게 잘될까요?"

하워드는 이렇게 말하며 이번에는 오른편의 사람들을 쳐다보았다. 상당히 젊은 남자, 바로 최종호였다.

"걱정 마십시오."

말을 하는 그는 지금 얼굴이나 몸에 크고 작은 화상을 입어

꼴이 말이 아니었다. 머리에서 한쪽 눈에 이르는 붕대는 그의 상처가 작지 않다는 반증이었다.

"지난번의 작전은 정보가 잘못되어서 실패한 겁니다. 분명 데이터 케이스를 훔쳐 갈 거라고 하지 않았습니까? 시간을 다투는 일이었다면 대주님도 그렇게 여유를 부리시지 않으셨을 겁니다."

종호가 제동과 하워드를 번갈아 보며 말을 이었다.

"게다가 서버실 전체에 고압전류가 흐르다니……. 대주님 까지 상처를 입을 뻔했습니다. 그런 열악한 환경에서 그 정도 나마 선방한 건 그나마 그곳에 대주님이 계셨던 덕분입니다."

하워드는 종호의 이야기를 들으면서도 영 미덥지 못하다는 얼굴을 지었다. 하지만 대주라는 사람만큼은 하워드도 함부로 뭐라 할 수 없었다. 본사 주에스 크로스사의 간부들조차 그에게는 한 수 접어두고 있었으니 말이다.

"우리가 방심한 건 사실입니다. 그들이 그렇게 많은 고수를 동원할 거라고는 생각도 못했으니까요. 하지만 이제 저들도 전력이 모두 노출됐고. 다음에는 꼭 성공할 겁니다."

종호의 말에 하워드는 고개를 끄덕였다.

"알겠습니다. 저희는 게임 회사라… 그쪽은 미스터 최에게 맡기겠습니다."

하워드가 다시 제동을 보았다.

"그럼 직접 쳐들어가서 서버를 탈취해 오는 것으로 하고, 미스터 리는 이곳에 남아 엘베로사를 해석할 준비를 해주십시오."

제동이 하워드의 말에 답했다.

"그것도 그렇지만, 게임 안에서 엘베로사를 제압해야 한다는 점은 변하지 않았습니다. 깨어 있지 않은 그녀는 사람으로 치자면 수십 개의 원소로 이루어진 단백질이라는 성분표 정도에 지나지 않습니다."

"엘베로사를 다시 깨울 거란 말입니까?"

"예, 정확히는 그들이 깨울 때까지 기다릴 생각입니다."

"음……."

"그들 사이에 엘베로사에 대한 지식을 가지고 있는 브레인이 있습니다. 그가 어떻게 엘베로사를 다루는지 한번 확인해 보고 싶습니다. 그런 다음 엘베로사를 완전히 제압해 낸다면… 그녀에 대한 좀 더 자세한 데이터를 얻어낼 수 있을 겁니다."

"깨어 있는 엘베로사를 조사해야 한다는 말이군요. 하지만 가능합니까? 그 한큐라는……."

"그래 봤자 일개 캐릭터입니다. 마침 이번에 기획하고 있는 이벤트에 그를 슬쩍 끼워 넣을까 합니다."

"아, 그 토벌대. 하긴 그를 토벌하라고 하면 되겠군요. 자세한 건 미스터 리가 알아서 하십시오."

"예."


회의가 끝나고, 제동은 다시 자신의 사무실로 돌아왔다. 아직까지 그는 엘아힘 엔터테인먼트에서 일개 프로그래머에 불과했다. 이웃한 자리에 있던 동료가 말을 건다.

"또 담배야?"

"아니, 잠깐. 위에서 불러서."

"응? 무슨 일 있어? 혹시 며칠 전 서버실에 있던 의문의 폭발 사건 때문이야? 그거 근데 우리 부서 잘못 아니잖아. 굳이 따지자면 서버관리실이……."

"윗사람들이 뭐 잘잘못 따지고 그러는 거 좋아하냐? 그냥 연대책임이지."

"그야 그렇지."

동료는 볼펜을 입에 물며 뒷머리에 손을 올렸다.

"요즘 하여간 분위기 하고는. 아참, 그러고 보니 요새 채림 씨 안 보인다? 병가라던데… 혹시 문안 가봤어?"

"응, 아주 안 좋은 모양이던데?"

제동의 태연스런 대답에 동료가 빙그레 웃는다.

"JK멤버들 언제 한번 회식이라도 해야겠어. 너, 슬슬 프러포즈할 때 되지 않았어? 그 핑계 겸."

"하하, 그러고 보니 그것도 그러네."

그때, 근무 시간이 끝나는 종이 빌딩 전체에 울렸다. 몇몇 부서야 밤낮없이 돌아가지만, 그렇지 않은 곳도 상당수 있었기에 저녁 여섯 시에는 퇴근 종이 한차례 울렸다.

제동이 책상을 정리하기 시작했다.

"어, 가려고?"

"가야지."

"요 며칠 성실하네. 집에 꿀단지라도 감춰뒀어? 얼마 전까지만 해도 워커홀릭이라도 되는 것처럼 집에 갈 생각을 않더니만."

제동은 웃음으로 동료의 말에 답하고 해진 크로스백을 어깨에 걸쳤다.

"그럼 먼저 실례."

"알았어. 내일 보자고."

제동은 곧바로 회사 주차장에 있는 자신의 밴 차량에 올라탔다. 집까지는 여기서 자동차로 40분가량. 고양에서도 상당히 외곽에 있었다.

공간이 넓고 가격이 싸기에 마음에 들어 구입한 오래된 공장 건물. 1층에서 2층으로 넓게 터진 공간에는 컴퓨터 따위의 잡동사니가 가득 굴러다니고 있었다. 그중에는 낡은 샹그릴라 콘솔도 몇 대나 된다.

그 2층에 있는 사무실이 그의 숙소 역할을 하고 있었다. 2층으로 이어진 철제 계단을 따라 오르면 공장으로 창문이 난 컨테이너가 한 동 있다. 다섯 평 남짓의 그 방은 소파가 하나, 냉장고가 하나, 옷걸이가 셋, 컴퓨터가 일곱 대 들어찼다.

불을 켰다.

방 안 들보 역할을 하는 철제 기둥에 사슬 하나가 길게 묶여 있다.

그 끝에 한 여자가 손을 뒤로 해 결박 지어져 있다. 더럽혀진, 무릎까지 닿는 면 티 같은 원피스를 입은 채.

눈물도 마른 듯 붉게 충혈되었지만 바짝 마른 눈가가 애처로운.

유채림이다.

"회사 다녀왔어."

제동이 재킷을 벗어 소파에 던지며 말했다.

"오늘도 잘 지냈어? 나 없이 외롭지는 않았고?"

채림은 제동을 노려보았다. 하지만 그것도 잠시, 이내 제동에게 연민의 표정을 지어 보인다. 말은 하지 않았다. 삐뚤어진 사람, 불쌍한 사람. 눈빛으로 이렇게 말할 뿐.

제동은 그녀의 그런 표정에 코웃음을 쳤다.

"뭐, 그렇게 할 수 있는 것도 이제 며칠 남지 않았으니까.

너도 놀랄걸? 아, 내가 지금까지 프러포즈를 계속 거절해 온 남자가 이렇게나……. 저런 능력을 가진 사람이었구나 하고. 하지만 후회해도 늦었어. 그곳에 묶인 채 올려다보기나 해. 내가 저 멀리 앞서 가는 모습을."

채림은 제동의 말에 반응조차 하지 않았다.

"벙어리 흉내를 낼 생각인가 보네? 마음대로 해. 하지만 너무 신경 거슬리지는 말고. 잘못하면 너도 강백천이랑 같이 저곳에 들어가게 될지도 모르니까."

제동이 턱짓하는 곳은 이 방에는 어울리지 않게 커다란 냉장고가 놓여 있었다.

채림의 눈동자에 공포가 어린다.

"히히, 처음 저거 열었을 때 네 표정 진짜……."

"미쳤어, 너 진짜 미쳤어."

"벙어리 흉내는 그만두기로 한 거야?"

제동은 말하며 소파 옆 컴퓨터가 놓인 책상에 털썩 걸터앉았다.

"미쳤냐면 미쳤지. 나뿐 아니야. 이 일을 하는 사람들은 대개 그래. 네가 존경하고 사랑하던 한상 팀장은 아닐 것 같아? 나보다 더할걸?"

"비교할 사람이랑 비교하지 그래?"

채림의 말에 제동의 눈썹이 역 팔 자로 일그러졌다. 하지만 그것도 잠시.

"죽은 사람은 원래 아름다운 법이야. 더 이상 추해질 수 없으니까."

중얼거리고, 컴퓨터 화면으로 눈을 돌린다.

"그 일은 참 재미있었어. 사설 경마에 빠져서 빛에 허덕이던 강백천을 이용해서. 하하, 경찰은 아직까지도 범인을 찾지 못하고 있잖아?"

그가 켠 컴퓨터의 바탕화면에 비춘 것은,

스크린도어가 열리고, 그곳으로 한 사람이 추락하는 장면, 그 CCTV의 영상이 짤막한 애니메이션으로 반복되고 있었다.

채림은 그 장면에서 눈을 돌렸다.

"얼마 남지 않았어. 엘베로사를 되찾고 그녀를 완전히 해석해 내면… 나는 엘아힘, 아니, 주에스 크로스사의 간부가 될 수 있는 거야."

제동은 빙그레 미소를 지으며 언제까지나 모니터 안의 화면을 완상하고 있었다.


한규가 퇴원해 엘베로사 서버실로 돌아온 것은 저녁 시간쯤이었다. 배달 피자와 치킨 등으로 회식을 준비하고 있던 친구들이 폭죽까지 터뜨릴 기세로 환영을 한다.

하지만 한규가 등장했을 때는 다들 뻣뻣이 굳었다. 바로 그의 곁에 있는 한미나 때문이었다. 문기가 한규의 배에 주먹을 꽂고 명철이 사인지를 찾아 서버실을 뒤지는 동안, 유이는 관심없다는 듯 콜라에 꽂힌 빨대를 빨았다.

얼마간 정리가 되고 나서야 한규는 자리에 앉아 이 장소에 모인 사람들을 돌아볼 수 있었다.

고등학교 친구인 문기와 명철, 게임에서 만난 친구인 한미나, 그리고 거리에서 우연히 만난 유이, 비슷한 또래의 친구들 외에도 석대기와 한헌평, 조성철, 은매영 같은 보호자 같은 사람들까지.

사람들이 와글거리니 한규는 자신도 모르게 웃음이 터져 나왔다.

그 모습을 보며 문기가 한마디 한다.

"좋아 죽겠지? 아이돌이랑 만나니."

"하하, 그런 너도 이제 유이랑 나란히 앉을 정도가 됐다?"

그제야 유이와 이웃해 앉은 것을 의식한 문기가 어, 하는 표정을 짓고, 유이는 불쾌하다는 표정으로 안경을 추어올렸다.

한규가 그런 유이에게 묻는다.

"그래서, 엘베로사는 언제쯤 깨어나는 거야?"

모두들 공히 궁금해하던 일이다. 시선이 모이자 귀 끝을 붉히며 유이가 시계를 본다.

"24시간. 그리고 32분 17초 남았어."

"하루인가."

한규가 중얼거리며 모두를 돌아보았다.

"조금만 더 힘내자."

문기가 엄지손가락을 들어 올리고, 명철이 고개를 무겁게 끄덕였다.

한규는 문득 형이 예전에 해주었던 이야기가 떠올랐다, 고등학교 때 친구가 평생 친구라던. 성철과 매영 두 사람을 일컬은 이야기였을 테다.

문기와 명철을 돌아보았다. 이 녀석들과 평생? 아, 그거 정말 괜찮을 것 같다.

그런 생각에 미소를 짓다 문기와 눈이 마주쳤다. 하지만 문기는 눈을 찌푸렸다.

"뭐야, 그 눈웃음은? 나 꼬시냐?"

한규는 살포시 욕이 되는 손가락을 들어 올려주었다.

# CHAPTER 34

지키려는 것, 빼앗으려는 것

1

    피자가 담겨 있던 상자가 거의 비워갈 무렵, 사람들의 대화 주제는 임박한 싸움으로 집중되었다. 이곳에 엘베로사가 잠들어 있다는 건 적들도 주지하고 있다. 아직까지 쳐들어오지 않은 것은 단지 때가 이르기 때문.

    거기서 성철은 한 가지 가설을 세웠다.

    "엘베로사가 깨어나기 전까지는 쳐들어오지 않을 거야."

    "그 시점이 언제가 될지 알 수 있다는 겁니까? 엘베로사가 완전히 깨어나 우리가 그녀와 소통을 시작한다면 엘아힘 측에도 유리할 게 없을 텐데요. 엘베로사와 힘을 합쳐 엘아힘 엔터테인먼트를 공격한다면……."

호열이 묻자, 성철은 고개를 끄덕였다.

"그렇다고 보는 게 타당하겠지. 벽방 쪽 사람들의 말로는 이미 이곳은 감시당하고 있다잖아. 그런데도 쳐들어오지 않는 건 때를 기다리는 거야. 그 시점이 될 만한 때라면 역시 엘베로사가 눈을 뜨는 거겠지."

성철의 말은 상당한 설득력이 있었다.

"그럼 거의 동시라 보는 게 옳겠군요."

유이의 말에 몇몇이 머리를 주억거렸다. 동감이라는 듯.

"지금까지 조사한 바로 적의 세력이라 할 만한 건 크게 셋으로 나눌 수 있어."

성철은 소파에서 일어나 화이트보드 앞으로 걸음을 옮겼다. 예전에 공장으로 쓰던 건물이었고, 그들이 식사를 한 곳은 사무실이었다. 회의를 하기에 제법 분위기가 괜찮았다.

"첫째가 엘아힘 엔터테인먼트, 옛 JK소프트웨어 시절부터 상그릴라를 다루어왔던 인물, 물음표가 주축이 되어 주로 기술적인 공격을 하고 있어. 엘베로사를 납치하려 했던 자들도 같은 집단이라 봐야겠지?"

"그레이 크라운즈."

한규는 짤막하게 이름을 되뇌었다.

"맞아, 그들도. 아무튼 이번에도 해킹이나 그 비슷한 방법

으로 싸움을 걸어올 거라 생각해. 이 부분은 유이가 다시 이
야기할 것이니까 짧게 끝내고."

한규는 유이를 흘끗 쳐다보았다. 그러고 보니 이 브리핑은
거의 한규를 위한 것에 가까웠다. 그도 그럴 것이, 한규가 기
절해 있던 사흘 동안 다른 사람들은 몇 번이나 작전을 검토해
왔을 테고, 이미 숙지하다 못해 자다가도 외울 지경일 터다.

"두 번째는 여일홍업. 그냥 건달패로 처음 끼어든 건 아무
래도 JK소프트의 그 배신자를 통해서인 것 같아. 강백천을 빼
돌린 어깨들도 여일홍업이었어. 동시인지 시간 차를 둬서인
지는 잘 모르겠지만, 엘아힘 엔터테인먼트의 합병 사건에까
지 머리를 들이밀었어. 단적인 예가 JK소프트웨어 사장 딸 납
치 사건. 실행범은 여일홍업일 거야."

성철이 잠시 말을 멈추었다가 다시 입을 연다.

"이 녀석들은 나와 호열이가 맡을 거야. 중간에 기를 쓰는
초능력자 같은 놈들도 몇 있긴 한 것 같은데… 그리 많지는
않으니까 총으로 어떻게든 될 거야. 까불면 일단 쏘고 시작하
면 돼. 양아치 같은 놈들은 잘난 척 떠들다가도 총 한번 쏘면
대개는 조용해져."

성철의 말에 한규가 웃음을 터뜨렸다. 하지만 문기와 대기
는 썩 표정이 좋지 않았다. 어쨌거나 본업이 '깡패'였으니까.

성철은 웃으며 문기와 대기에게 말했다.

"협객들은 빼고 얘기하는 겁니다."

"신경 쓰지 마세요."

대기가 손바닥을 들어 보이고, 성철은 말을 이었다.

"그럼 마지막으로 세 번째 세력. 이쪽이 문제라면 문제인데… 나찰대라고 했던가요? 여일흥업의 두목이랑 친형제 간으로 보이는 나찰대주라는 사람. 듣자 하니 대기 씨와 헌평 씨 두 사람이 상대해도 어떻게 될지 잘 모른다더구나."

헌평이 퉁퉁 부은 말투로 성철의 말을 끊는다.

"꼭 진다는 게 아니라……. 게다가 그놈들은 꼭 치사하게 떼로 몰려다니니까 우리 쪽 숫자가 부족하다는 겁니다."

대기가 말을 잇는다.

"벽방 쪽 친구들에게 도움을 청한 상태고 하니 아마 막아낼 수 있을 겁니다. 다만 나찰대주를 상대하는 거다 보니 얼마간 피를 흘릴 건 각오해야 합니다. 문기나 한규가 지난번에 무사할 수 있었던 건 어디까지나 서버실의 전기 설비가 고장을 일으켜 나찰대주가 당황해 그냥 돌아갔기 때문이죠."

고장이라는 말에 한규는 그때의 일을 떠올렸다. 분명 자신의 전화기로 엘베로사가 전화를 했는데…….

하지만 아직 엘베로사는 잠들어 있는 모양이다. 단순한 착각인가 하며 한규가 입을 열었다.

"나와 문기도 같이 싸울 테니 이번에는 이길 수 있을 거예요."

성철이 한규의 말에 대꾸했다.

"그것 때문인데……. 유이 양, 뒤를 부탁해요."

유이에게 화이트보드를 맡기고 성철은 자신의 자리로 돌아왔다. 유이가 안경을 추켜올리며 화이트보드 앞에 선다.

"흠흠, 그러니까……."

그러더니 갑자기 모두에게 소리친다.

"너무 그렇게 쳐다보지 마요! 시선 부담스러우니까!"

모두들 뚫어져라 쳐다보니 부끄러웠던 모양이다. 유이의 호령에 다들 시선을 사방으로 흐트러뜨렸다.

그제야 안심이 된다는 듯 유이가 말을 시작한다.

"엘베로사는 샹그릴라와 별개의 프로그램이지만, 동시에 하나의 프로그램이기도 해요. 그녀는 입버릇처럼 샹그릴라를 자신이 만들었다고 하지만 샹그릴라에 이어진 탯줄을 아직 끊지 못한 갓난아기와도 같은 부분도 있어요."

그녀는 화이트보드에 그림을 그렸다. 언젠가 화면에 띄워 보였던 샹그릴라 세계 개념도 같은 것이다.

"샹그릴라가 존속하기 위해서는 엘베로사가 필요하고, 엘베로사가 눈을 뜨기 위해서는 샹그릴라가 필요해요. 즉, 지금 그녀를 깨우는 것은 샹그릴라 서버 안에서만 가능해요."

한규가 유이에게 묻는다.

"그럼… 이 서버실 자체가 필요없는 거야?"

"그거랑은 별개예요. 지난번에 오빠와 문기 오빠가 가져온 '엘베로사'라는 프로그램이 그녀의 육체라면, 이곳 서버실은 그녀의 정신이 될 부분이에요. 압축된 프로그램을 압축 해제한다고 생각해도 되고요. 아까 이야기했던 24시간은 엘베로사를 이곳에 풀어놓는 작업에 소요되는 시간이에요."

"그러니까, 엘베로사를 일단 이곳 서버에 풀고 나서 다시 샹그릴라 세계에서 눈을 뜨게 만들어야 한다는 거야?"

"바로 그거예요. 여기 병렬 연결해 둔 샹그릴라 접속 콘솔의 집단이 그 통로가 될 것이고요."

"아아, 하긴, 형이 아무 이유 없이 설치하라고 할 리 없지."

유이가 고개를 가볍게 끄덕이고는 말을 이었다.

"다시 샹그릴라 서버에 그녀를 깨우는 건 전부 내가 할 일이지만, 깨운 다음부터의 작업을 할 사람은 따로 있어요."

한규가 누구냐는 듯 유이를 쳐다보고, 유이는 계속 시선을 한규에게 고정해 두었다. 그러기를 잠시, 한규가 손가락을 자신의 가슴에 가리켰다.

"나?"

"그래요. 그녀와 친하고 그녀를 지켜줄 수 있는, 무명, 그러니까 한상님이 이야기해 주었어요. 한큐는 엘베로사를 제압할 수 있는 유일한 캐릭터라고."

"맞아."

"그건 동시에 엘베로사가 갖고 있지 않은 힘을 가지고 있는, 즉 그녀의 약점을 완벽하게 커버해 줄 수 있는 존재이기도 하다고."

"아! 그럴 수도 있겠구나."

한규는 말을 하며 지난번 그레이 크라운즈와의 전투를 떠올렸다. 엘베로사는 전능했지만 취약한 부분도 많았다. 여신인지는 모르겠지만 게임 룰 안의 존재였으니까.

"한규 오빠와 문기 오빠는 엘베로사가 깨어나기 전까지 다른 분들과 서버실을 지켜주세요. 그리고 엘베로사가 깨어나는 순간, 명철 오빠까지 함께 샹그릴라 안으로 들어가 한상님의 힘이 되어주어야 해요. 분명 적들은 샹그릴라 안에서 엘베로사를 제압하려 들 거예요. 그레이 크라운즈가 다시 올지도 모르고."

이어, 유이가 명철에게 눈짓을 했다. 기다리고 있던 명철이 한 장의 사진 같은 것을 유이에게 주었다. 그녀가 그 사진을 화이트보드에 붙인다.

"이건 엘베로사가 깨어날 요람이에요. 한상님이 혹시 있을지도 모르는 적의 공세를 막기 위해 설계한 일종의 요새죠."

한상은 유이가 붙인 사진을 보았다. 알과도 같은 반투명한 구체를 동심원 모양의 성벽이 둘러싸고 있었다.

"요람…… 이거 어디야?"

한규의 물음에 대한 대답은 명철이 했다.

"우리 성."

"응? 설마 이스루트?"

"맞아."

"그걸 지키면 되는 건가?"

한규의 말에 유이가 고개를 끄덕인다.

"지키고, 또 엘베로사까지 설득해야 한다고 했어요."

"그건… 어렵겠는걸."

"한상님도 같이한다고 했어요."

한규가 알겠다는 듯 고개를 끄덕끄덕했다.

"그럼 나는 내일 이 시간까지는 대기 형들과 같이 이곳을 지키면 된다는 거지?"

"맞아요. 명철 오빠는 나와 같이 엘베로사의 부활 작업을 하면 되고요."

잠자코 이야기를 듣던 매영이 입을 열었다.

"혹시 있을지도 모르는 언론플레이 같은 건 나와 여기 미나 양이 맡기로 했어. 어쨌거나 상대는 대기업이야. 대기업이 언론을 이용해 더러운 짓을 하는 건 예나 지금이나 똑같으니까."

성철이 매영의 말이 끝나자 앞으로 나섰다. 모두를 불러 모으고는 손바닥을 내밀었다.

"자자, 그럼 팀워크를 다지는 의미에서 손 한번 모아볼까?"

매영이 가장 먼저 성철의 손에 자신의 손을 얹었다. 하나둘 손바닥이 겹쳐져 갔다. 문기 위에 유이가, 그 위에 명철이, 대기, 헌평, 미나, 그 위에 한규의 손이 올라갔다.

한규는 자신의 왼손 위에 오른손을 겹쳐 올렸다.

"이건 형과 혜나 누나 몫."

모두가 한규의 행동에 빙긋 웃는다.

"구호는 뭐로 할까?"

성철이 모두를 본다. 사람들의 시선이 웅성거리다 한규에게로 모였다. 지금에 와서는 워낙 일이 커져 경찰의 일, 벽방의 일, 유이의 일 등 모든 것이 얽혀들었지만, 시작은 한상과 한규 두 형제에게서 비롯된 것이다.

한규는 머쓱해하며 사람들을 보았다. 뭐가 좋을까? 머릿속에서 수많은 단어들이 떠오르는 바람에 가벼운 패닉까지 올 지경이었다.

그런 한규의 눈에 모두의 얼굴이 들어왔다. 저 표정. 그래, 그게 좋겠다.

"내일 밤 잠들 때, 다들 웃자."

"그래, 다들 웃자!"

"그거 괜찮다!"

손들이 하나가 되어 하늘로 솟아올랐다.


2


한규는 지금 엘베로사가 잠들어 있는 공간의 옥상에 앉아 있었다. 근처 제과점에서 사온 샌드위치를 옆에 내려놓고 하늘바라기를 한다.

옥상으로 이어진 사다리를 타고 문기가 모습을 드러냈다. 몸을 옥상으로 반쯤 빼고는 담배를 입에 문 채 흰 김을 하늘로 쏟았다.

"여기도 금연이냐?"

문기가 묻는다.

"하하, 학교도 아니고."

"그렇지?"

기어오르듯 옥상으로 오른 문기가 한규의 곁에 서서 허리를 편다.

"이웃나라 속담에 이런 말이 있다지? 바보랑 연기는 높은 곳을 좋아한다고."

문기의 말에 한규가 상체를 일으켰다.

"그래서 너는 늘 이렇게 높은 곳으로 오냐, 입으로 연기 뿜으며?"

"네 얘기다."

말을 하며 문기가 자리에 털썩 주저앉았다.

"조금 있으면 개학이네."

"응? 아, 그러네. 이제 고 3인가."

"그렇지. 대학이라도 가기 전에는 올해 정도겠다, 자유로운 것도."

문기의 말에 한규는 빙긋 웃었다. 문기는 아마 학업을 마치면 가업을 잇게 될 것이다. 태평기업은 그래도 건달 중에서는 의리니 협이니 하는 것이 남아 있는 곳이라 그다지 걱정이 되지 않았다. 대기 형이 뒤에서 버티고 있는 한 더욱 그렇다.

하지만 문기는 영 내키지 않는 모양이다.

"딱히 하고 싶은 건 있고?"

묻는 말에 문기는 고개를 젓는다.

"그게 그렇게 쉽게 찾아지든? 너는 어때?"

"것도 그렇다. 하고 싶은 일이라……. 지금부터라도 프로그램을 공부해 볼까?"

"프로그램?"

한규와 지금까지 지내면서 처음 듣는 이야기였기에 문기는 조금 놀라 되물었다.

"응. 지금부터 공부해서 얼마나 할 수 있을지는 모르겠지만……."

"힘들어서 싫다며?"

"그야 형이 늘… 잔업이 없는 날이 있는 날보다 훨씬 적을 정도 아니냐. 그런 주제에 단순 노동직이라 월급도 짜고."

"그런데 왜 갑자기 심경 변화냐?"

"그냥, 그렇기는 한데… 문득 이런 생각이 들더라. 형은 평생을 바쳐 세계를 만들어낸 것 아냐. 그거 정말 멋지지 않냐?"

"세계를 만들다라……."

문기는 담배를 한껏 빨아 물고 하늘을 쳐다보았다.

"역시 무리려나? 형처럼 대단한 게임을 만들 수 있을 리도 없고. 이제 시작해 봤자 기초적인 것만 익히는 데도 몇 년은……."

한규의 말을 끊으며 문기가 툭 말을 뱉었다.

"시끄럿, 마."

"응?"

"말 꺼내고 10초 만에 꼬리 내릴 거였으면 뭐 하러 씨부렸냐?"

문기는 담배꽁초를 옥상 바닥에 비벼 껐다. 아무렇게 집어 던지려다가 손을 멈추고 호주머니에 집어넣는다.

"유이… 프로그램 잘하지 않냐?"

"어? 그야, 아마 세계에서 손꼽히는 인재일걸? 원래 그쪽도 악기랑 비슷해서 어릴 때 시작하면 할수록 유리하다더라. 유이야 아마 눈 뜨자마자 아버지가 하는 양을 보고 그걸 따라 하다가 달인이 된 경우니까."

"명철이는 어때?"

문기가 다시 묻는 말에 한규가 고개를 또 한 번 끄덕끄덕했다.

"명철이도 잘하지. 고등학생 수준은 훨씬 뛰어넘었다고 하더라. 유이 같은 사람에 비교하면 뭣하지만."

"그럼 됐잖아."

"응?"

문기가 웃으며 한규의 어깨에 손을 툭 던졌다.

"우리 넷이서 게임회사나 차리자."

"어? 어?!"

"샹그릴라 같은 거대한 게임만 있는 건 아니잖아? 돈은 이엉아가 집에서 훔쳐 올 테니까 같이 한번 해보자. 어차피 이엘베로사 서버실은 앞으로도 계속 돌릴 거 아냐? 그럼 사무실은 해결됐고, 사람도 넷이나 되고, 너랑 나는 영업이나 기획이나 이딴 거 하면 되고, 프로그램은 그 두 사람에게 맡기고. 어때?"

문기의 말에 한규가 멍한 얼굴을 한다. 한두 살 많아선지,

워낙 어렸을 때부터 스케일 큰 집에서 자라서인지 문기는 한규가 전혀 생각도 못한 일을 쉽게 떠올린다.

하지만…….

"재미있겠다!"

한규가 소리치듯 말했다.

"그렇겠지?"

"응, 우리 넷이서… 인데, 유이가 과연 하려고 할까? 명철이야 할 것도 같은데."

한규의 말에 문기가 빙긋 웃었다.

"그쪽은 나한테 맡겨."

"응? 뭐야, 그 이상 야리한 발언은?"

문기는 한규의 말에 아무런 대답도 하지 않았다. 대신 한규 곁에 있던 샌드위치 한 조각을 들어 입에 구겨 넣는다.

한규도 더 이상은 묻지 않았다. 사람과 사람의 만남이란 게 참 재미있게 느껴졌다.

"그런 너는 어떠냐?"

"뭐가?"

문기가 한규를 쳐다본다.

"어제 데려왔던 참한 아가씨 말이다."

"노인네 같은 말투도 쓴다."

한규가 핀잔을 주고는 남은 샌드위치를 입안에 털어 넣었다. 무슨 무언의 협약이라도 되는 건지 그러고는 둘 모두 입을 다물었다.

고3, 성인이라고도 아이라고도 하기 힘든 그 경계선에 선 두 남자가 어깨를 나란히 하고 옥상에 앉았다. 겨울이라고도 봄이라고도 하기 힘든 2월 말의 쌀쌀 훈훈한 바람이 거칠게 불어온다.

"날씨 좋다."

문기가 흥얼거렸다.

그 순간, 두 사람 바로 뒤편에서 쿵 하는 소리가 울렸다. 흙먼지가 피어오른다. 세 명의 그림자가 흙먼지 안에 나타났다.

"날씨 좋다, 한바탕 하기에."

한규가 자리에서 튕겨 일어나고, 문기가 그 곁에 나란히 섰다. 기다리던 객이 드디어 등장했다.


기를 다루는 전투에도 이제는 많이 익숙해졌다. 한규는 지금 두 명의 나찰대원을 상대로 제법 선전을 펼치고 있었다.

전투 경험만을 놓고 봤을 때, 나찰대원들은 한규와 비교조차 할 수 없었다. 현실과 완전히 같은 감각의 샹그릴라 세계에서 수만 시간이나 전투를 치러왔다.

물론 생사를 넘나드는 싸움을 경험한 적은 없지만, 그렇다고 해서 쌓은 경험이 무로 돌아가는 것은 아니었다.

기를 다루는 법도 마찬가지였다. 현실에서의 감각과 샹그릴라 안에서의 감각, 그 사이에 어느 정도 괴리는 있었지만 비슷한 부분이 더 많았다. 그 느낌의 차이가 몇 번의 전투로 메워지고 나니 실력에 한결 탄력이 붙었다.

나찰대원의 하단전으로 장을 내리꽂으며 자세를 낮춘다. 형의 12형권의 용형권, 복룡하잠(伏龍下潛)이다. 장권 주위로 은은한 바람 소리가 들린다. 제법 기가 서려 있는 공격이기에 나찰대원은 맞서지 않고 피했다.

모든 초식은 연계식이 있다. 복룡하잠의 연계식은 비룡승천(飛龍昇天). 오래된 대전 격투 게임의 주인공이 쓰는 승룡권이 바로 그 기술이다. 훑어 올리듯 손을 감아 권으로 턱을 노린다. 번(飜)의 술법은 재빠르기가 이를 데 없었고, 나찰대원의 회피보다 빠르게 가슴팍과 턱이 한규의 주먹 끝에 노출되었다.

뭐가 깨져도 제대로 깨지는 소리가 울렸다. 오죽했으면 문기와 싸우던 적까지도 잠깐 정신을 팔았을 정도다. 그 자리에 있던 사람들은 하나같이 머릿속에 이런 생각을 떠올렸다. 저건 죽었구나.

피분수를 입으로 뿜어내며 넘어가는 나찰대원을 내버려두고 한규는 곧바로 다른 한 명에게 다가갔다. 영민하고 교묘하다고 표현되는, 12형권 중 가장 표홀한 권법이었다.

연자취수(燕子取水)는 거의 바닥에 붙을 정도의 높이에서 운신하는 초식이었다. 호쾌한 용형권에서 연형권으로 갑자기 바뀌자 상대가 당황한 듯 보였다.

바닥을 따라 솟구쳐 오르는 한규의 장을 제대로 피해내지 못해 어깨를 강타당했다. 때마침 또 다른 구원군이 도착하지 않았더라면 조금 전 비룡승천에 얻어맞고 지금까지도 피거품을 내뱉는 동료와 같은 꼴이 될 뻔했다.

문기는 지금 쇠파이프를 손에 쥐고 있었다. 경험을 쌓기로 치자면 한규와 똑같은 일을 겪었다. 문블레이드는 서버 내 최고 레벨 검사다.

비록 날 없는 둔기라지만 맞아 아픈 건 마찬가지다. 엇맞으면 절단이 아니라 살이 뚝뚝 찢겨 나간다. 기가 실리면 둔기(鈍器)도 예기(銳器)가 된다.

찌르기 끝에 옷의 뒷덜미가 걸리고 부욱 찢긴 옷에 목이 졸린 한 나찰대원이 뒤로 벌렁 넘어간다. 검을 회수하며 뒤돌려 차기로 끝을 낸다. 문기의 손아래 쓰러져 간 나찰대원이 이로써 세 명에 달했다.

나찰대에서는 이번 전투에 벽방 측 인원이 대거 투입됐을 것을 예상해 제법 많은 숫자를 동원했다. 나찰대와 벽방 사이의 대립은 한두 해 이어져 온 것이 아니었다. 서로 떨어져 으르렁거리기만 하던 중 기회가 생긴 셈이다.

한규를 에워싼 나찰대원이 셋으로 늘었다. 하나는 거의 기진맥진해 있지만 나머지 둘은 새로 등장한 인물들이다.

복장은 그냥 편안한 옷이었다. 면바지를 입은 사람도 있고, 개량한복 같은 것을 입은 이도 있었다. 태권도나 합기도 같은 도장에서 주로 입는 펑퍼짐한 도복도 보였다.

하지만 하나같이 옷 어딘가에 도깨비 모양의 자수를 새기고 있었다. 바지의 주머니나 어떤 사람들은 어깻죽지, 살 위에 문신을 하기도 했다.

그런 모습을 보며 한규는 혀를 내두르고 있었다. 이런 괴물 같은 자들이 사람들 사이에 숨어 평범하게 살아가고 있었다니…… 사람 죽이는 것을 소일 삼는 그들이.

한규는 가감없이 마음껏 주먹을 날리고 발길질을 했다. 나찰대원이 대련이나 하자고 여기서 갈고리를 손에 들고 칼질을 하고 있는 것은 아니다. 하나같이 노리는 건 자신과 동료들의 목숨이었다.

지금쯤 성철 형과 호열 형의 지휘 아래 경찰들이 여일흥업의 건달들을 상대하고 있을 것이다. 몇몇 벽방의 고수들이 경찰들을 돕고 있지만, 그쪽도 수월한 싸움은 아닐 터다.

한시라도 빨리 이곳을 정리하고 성철 형을 도와야 한다.

한규는 이런 생각에 좀 더 몸의 기를 빠르게 돌렸다. 현실에서의 질뢰답무영도 육칠성은 된 게 아닐까 싶을 정도로 몸이 날카롭게 움직인다.

싸움이 이어지면서 점차 전투 장소가 좁혀져 갔다. 엘베로사를 담은 HSSD 캐비닛들이 들어찬 공장을 중심으로 옥상과 주차장 인근으로.

옥상은 현재 벽방의 여러 고수들과 대기, 문기 형제, 헌평과 한규가 어깨를 맞대고 나찰대원들과 엉겨 다퉜다. 그리고 주차장 쪽에는 각종 병기(?)를 꼬나 쥔 건달들과 만안, 동안경찰 소속 안양의 강력반 형사들이 혈투를 벌이는 중이었다.

비주얼만으로는 어느 쪽이 형사인지 건달인지 잘 구분이 가지 않았다. 그런 와중에 조금 어울리지 않는 인물이라면 여성 청소년계장 조성철과 수사팀의 최호열 정도였다.

나찰대에 남은 인사는 이제 20여 명가량. 벽방 측 고수도 이제는 열 명 정도밖에 남지 않았다.

벽방이든 나찰대든 사람들의 호흡이 제법 거칠어 있었다. 전투에서는 가장 발군이라는 대기와 헌평도 몸 이곳저곳에 상처를 입고 숨을 고르는 중이었다.

그들 가운데에 숨이 거칠지 않은 사람이 한 명 있었다. 처음에는 자신이 이상하다는 것을 전혀 눈치채지 못했다. 그러다 문기와 괜찮느냐는 말을 주고받는 중 숨이 끊어질 듯 헐떡이는 문기의 모습에 고개를 갸웃했다.

뭐지?

한규는 잠시 고민했다. 자신은 가벼운 조깅을 한 정도로 호흡이 편하다. 살짝 가쁜 듯도 한데 어디까지나 기분이 좋은 정도로 몸이 긴장한 탓이다. 기의 흐름도 원활했다. 코로 들어온 기는 힘차게 단전으로 고이고.

한규는 하마터면 나찰대원의 발차기에 턱이 돌아갈 뻔했다. 몸 안을 살피는 데 정신이 팔려 있어서였다.

뭐야, 이거? 한규는 위험을 간신히 넘겼지만 여전히 넋을 놓고 있었다. 그와 싸우던 나찰대원이 한규의 이상을 눈치채고는 장권을 복부에 찔러 넣었다.

한규는 막는 대신 기를 한껏 끌어올려 금강부동신공을 시전했다. 강기(剛氣)의 막이 전신을 휘감는다. 나찰대원의 주먹이 한규의 복부를 때리며 프라이팬 두들기는 듯한 소리를 낸다.

"끄악!"

비명까지 지르는 그의 모습을 멍하니 보던 한규는 마음속으로 한 가지 스킬을 그렸다.

삼라일규(森羅一刲).

백회에서 들어온 기가 온몸의 대혈을 휘돌며 상, 중, 하의 세 단전을 가득 채운다. 그리고 몸 안에 고여 썩고 있던 탁기가 회음혈을 타고 밖으로 쏟아져 나갔다.

반나절의 전투가 거짓말이라는 듯 한규의 체력이 완전하게 회복되었다.

　대주천(大周天). 호흡 공부를 하는 사람들이 꿈에 그리는 경지. 자연과 직접 기를 소통하며, 말 그대로 대자연과 하나가 되는 경지.

　한규는 지금 그 초입에 자신도 모르게 발을 들여놓고 만 것이다.

　한번 주화입마에 소주천, 또 한 번 주화입마에 대주천이다. 무슨 대입 속성 과외도 아니고……

　깊이 생각할 틈도 없었다. 한규는 기를 한껏 몸 안에 받아들였다. 이제는 몸 안에 쌓인 기를 아낄 필요가 없었다.

　단전의 기가 겨드랑이의 거포혈을 지나 팔로 이어진다. 그곳에서 기운이 둘로 나뉘어 음한 기는 척택, 공최를 지나 어제로, 양의 기운은 곡지, 수삼을 지나 합곡으로 이어졌다.

　그리고 모든 기가 도달한 곳은 손바닥의 한가운데 노궁혈.

　한규는 기를 노궁혈에 담을 수 있는 만큼 쑤셔 박았다. 보이지 않는 기의 풍선 같은 것이 손바닥 앞에서 팽창해 갔다.

　엄청난 양의 기가 쌓이고, 한규는 두 손바닥을 가슴 앞으로 모아 부딪쳤다.

　퍼어엉—!

　폭음이 터져 나온다. 가까운 곳의 사람들은 자신도 모르게 귀를 움켜쥐었고, 바로 앞에 있던 나찰대원은 아예 귀와 코에서 피를 뿜어내고 있었다.

한규의 앞, 3미터는 족히 넘을 만한 공간이 우그러들었다. 철판으로 만든 공장의 지붕이 움푹 파여 들어갔다. 그곳에 있던 나찰대원 넷이 실 끊어진 연처럼 바닥에 고꾸라졌다.

혼일무극장(混一無極掌), 그 무지막지한 장력이 현실에서 폭발한 것이다.

한규의 이 엄청난 일수는 아군에게는 희망으로, 그리고 나찰대에게는 절망으로 다가왔다. 나찰대원들이 주춤거리며 뒷걸음질을 쳤다. 한규와 눈을 마주칠 때마다 방어자세를 취하며 어쩔 줄을 몰라 한다.

한규는 갑자기 자신감이 부쩍 들었다. 현실에서 무슨 무협지의 절대고수가 된 듯하다.

팽팽하던 세력 비가 벽방에게 급속히 쏠리는 순간, 모두들 앞에 또 한 무리의 벽이 모습을 드러냈다.

"아이구야, 개판이구마."

거친 쇳소리 같은 목소리에 천박한 말투. 하지만 그의 등장은 단번에 모두의 시선을 사로잡을 만한 무게가 있었다.

"나찰대주!"

언젠가 벽방의 회의에서 나찰대주에게 뼛속 깊은 증오를 드러냈던 외팔이남자가 소리쳤다.

거한이라 불리던 그는 손도끼를 손에 들고 나찰대주에게 막무가내로 달려들었다. 동료들이 말릴 틈도 없었다. 그 순간, 나찰대주 좌우에서 두 명의 남녀가 튀어나오더니 일본도를 십자로 교차했다.

서컹, 하는 소리가 들리고, 거한이란 남자가 그 자리에 멈춰 섰다. 핏물이 바닥에 흥건히 고일 때까지 그는 미동조차 하지 않았다.

"거한!"

친하게 지내던 동료가 소리를 질렀다. 달려나가려던 그를 또 다른 벽방의 남자가 끌어안았다.

"참게나!"

"나찰대주에 그의 수제자 나찰삼사까지 왔지 않은가. 섣불리 덤볐다가는 큰일 나네."

나찰대주 고필안의 주위에는 모두 세 남녀가 양복을 입고 서 있었다. 어깨가 떡 벌어진 40대 초반으로 보이는 사내와 갓 서른쯤 되어 보이는 농염한 여자가 한 명, 그리고 우울한 인상의 30대 청년이 하나였다.

흑나찰, 홍나찰, 청나찰이라는 별명을 가진 세 사람은 두말할 나위 없는 나찰대의 최고수들이었다.

"인석들아, 나가 올림픽대로 막힌다구 했냐, 안 했냐? 외곽 타자구 하니까… 나성 물 잔뜩 처묵더니 우리나라 교통 사정다 잊어뿌렸냐?"

나찰대주가 좌우로 성질을 부린다. 첫째 제자 흑나찰이 스승의 투정에 고개를 조아렸다.

"제 불찰입니다."

홍나찰은 나찰대주의 팔에 안기듯 매달렸다. 그녀의 손에는 조금 전 거한의 심장을 벤 검이 아직도 붉은 피를 뚝뚝 흘리고 있었다.

"화내지 말아요. 늦었어도 다 죽이면 되잖아요."

"나는 얼마 전에 전기에 지짐당해 아직도 뼈마디가 쑤신다. 너그들이 알아서들 처리하그라."

나찰대주는 이렇게 말하고는 뒷짐을 지고 뒤로 빠졌다. 검을 든 홍나찰과 청나찰이 좌우로 흩어지고, 가죽장갑을 끼며 흑나찰이 중앙에 자리를 잡았다. 나찰대의 사기가 단번에 하늘 높이까지 오른다.

3

나찰삼사는 과연 고수의 반열에 올랐다. 그들과 일대일로 싸웠을 때 상대할 만한 것은 고작해야 대기나 헌평 정도일 듯했다. 그나마도 대기와 헌평 두 사람이 반나절가량 싸운 끝이라 그들을 막을 만한 인재가 없었다.

단 하나, 한규를 제외하고는.

한규는 중앙에 떡 버티고 서서 다시 한 번 혼일무극장을 쓸 준비를 했다. 상대는 무식하게 주먹을 휘두르며 덤벼오는 흑나찰이었다.

기가 손끝에 다시금 모여들었다. 한 번 경험이 있다고 이번에는 더 빠르고 많이 기가 모인다. 흑나찰은 그런 한규의 공격을 아는지 모르는지 주변의 나찰대원들을 지휘하며 뚜벅뚜벅 앞으로 걸어나왔다.

흑나찰이 2미터 거리쯤에 들었을 때, 한규는 앞으로 걸음을 내디디며 쌍수를 가슴 앞에 합장했다. 손 앞에 어려 있던 기의 풍선 둘이 합쳐지며 폭발해 앞쪽으로 터져 나간다.

그 순간, 누군가 흑나찰의 뒷덜미를 당겨 빼친다. 폭발에 휘말린 나찰대원 하나가 저 멀리 널브러져 나가떨어졌다.

흑나찰을 당긴 것은 다름 아닌 나찰대주 고필안이었다.

"이 빙신 같은 게, 눈에 뚫린 기 옹이 구멍이가? 방심하지 말랬지. 나성 물 먹으면 그리되냐?"

붙잡힌 흑나찰이 억울하단 듯 말했다.

"스승님도……. 제가 저까짓 공격에 당하기라도 할 것 같습니까? 저도 평생 반 갑자 넘는 내공을 몸에 쌓았습니다. 보십시오, 저 아이. 몸에 별로 내력이 많지도 않습니다."

나찰대주는 한규를 쳐다보았다. 조금 전 자신이 착각이라도 한 건가? 지금 한규의 몸에는 예전에 봤을 때 정도의 기의 흐름밖에는 보이지 않았다.

하지만 나찰대주는 여전히 어딘가 찜찜했다. 한규가 기절하기 직전, 자신을 압박할 만큼 큰 힘을 냈었다.

흑나찰이 목을 좌우로 꺾으며 손마디를 뒤집었다. 우드득, 하는 소리가 울린다. 나찰대주는 채신머리 빠졌다는 생각에 헛웃음을 치며 뒤로 물러났다.

흘끗 한규를 쳐다보았다. 저놈의 여유는 또 뭐지?

"아그야."

나찰대주가 한규를 불렀다. 하지만 한규는 대답하지 않았다.

"여전 으른 말을 우걱우걱 씹어 잡숫는구나. 그른데 발전은 좀 했는 모양이네? 무슨 일 있었냐?"

한규는 지금 나찰대주에게 전혀 신경 쓰지 않았다. 정확히는 쓰지 못했다는 게 맞는 말이었다. 흑나찰이라는 남자의 기도에 압박을 느낀 것이다.

삼라일규를 쓸 수 있게 되었다. 한규는 이제 몸 안에 힘을 아껴둘 필요가 없었다. 있는 대로 내쏟아 한 수 한 수를 필살기처럼 썼다.

아직 정밀하게 기를 컨트롤하는 능력은 없었다. 그 때문에 한규는 늘 주화입마에 빠지는 등 고생을 했다. 하지만 컨트롤

할 필요없이 쏟아내는 건 별로 어려울 것 없었다.

기가 순하게 유통하니 기술에도 힘이 붙었다. 붕권이 정말 산을 무너뜨릴 듯 뻗어나간다.

흑나찰이 한규의 일권을 흘리려 손을 뻗었다. 다시 나찰대주의 눈이 찌푸러든다. 조금 전 봤던 게 착시가 아니었다.

우드득, 소리가 울린다. 척골로 한규의 권을 감아 흘리려는 순간, 흑나찰의 팔뼈가 부러져 나갔다.

나찰대주가 앞으로 나서 제자를 밀치며 한규의 가슴팍을 후려쳤다. 막 기를 내쏟은 직후라 한규는 나찰대주의 공격에 정타로 얻어맞고 말았다. 갈비뼈가 부러져 나가며 한규는 그 대로 뒤로 나자빠졌다.

몸이 땅에 닿자마자 반탄력으로 일으켜 세웠다. 나찰대주의 손바닥이 다시 한규의 가슴을 내리찍어 친다.

이번에는 한규도 나름 방비하고 있었다. 금강부동신공에 오뢰홍강을 있는 힘껏 끌어올려 방패처럼 몸 앞에 둘러쳤다.

두둥, 하고 대고(大鼓) 소리가 울렸다. 한규는 거대한 힘에 떠밀려 뒷걸음질을 쳤다. 세 발을 떼고야 나서 간신히 중심을 잡았다. 역시 나찰대주의 힘은······.

하지만 놀란 것은 한규만이 아니었다. 아니, 어떤 의미에서 는 나찰대주가 훨씬 놀라는 표정을 짓고 있었다.

"아그야, 너는 뭐시냐?"

뭐시라고 해봤자……. 한규는 아까 얻어맞은 일장에 옆구리 전체가 욱신거렸다. 이기치상으로 기를 상처 부위로 보냈다. 기침이 깊게 솟구쳐 피를 한 모금이나 쏟아냈다. 하지만 통증은 조금 전보다 조금 나아진 듯했다.

"느가 설마… 아니겠지."

나찰대주가 고개를 저으며 다시 일장을 한규에게 뻗었다. 얼마 전 나찰대주와 싸울 때는 그의 동작 하나하나가 한규의 동체시력을 벗어나 있었다. 하지만 지금은 확실하게 보였다.

한규는 예전 샹그릴라 안에서 레벨 업을 통해 기본 속도가 빨라졌던 그 일이 떠올라 자신도 모르게 웃음이 나왔다.

한규의 미소에 나찰대주가 갑자기 공격을 멈춘다. 조심성 많은 그는 한규의 미소가 너무나 편안해 보여 역으로 불안해졌다. 끈적거리는, 기분 나쁜 늪에 발을 들이미는 듯한 느낌이었다.

싸우고 싶지 않았기에 나찰대주는 또 한 번 제자에게 자리를 넘겼다. 흑나찰은 뒤에서 이미 간단한 응급치료를 마친 후였다.

"애가 아니라… 나랑 싸운다구 생각하구 덤비그라. 방심하다 또 얻어맞으면 이번에는 내가 죽여뿐다. 알긋냐?"

나찰대주가 낮은 목소리로 제자에게 조언했다. 그에게 맡기면서도 어쩐지 제자를 사지로 모는 것 같은 기분 나쁜 감정이 인다.

혹나찰이 무겁게 고개를 끄덕였다. 스승의 말이 아니더라도 방심할 생각은 없었다.

한편 한규는 틈을 타 시계를 보았다. 벌써 6시를 넘겼다. 이제 곧 샹그릴라로 가야 할 시간이다.

문기를 흘끗 보았다. 벽방의 형제들과 함께 나찰대와의 전투가 한창이다. 대기 형과 헌평 형은 각기 홍나찰과 청나찰을 상대 중이었다. 나찰대주를 제외한다면 벽방의 우세, 나찰대주가 전투에 참가한다면 오히려 나찰대가 유리한 듯 보였다.

그런데다 이제 곧 문기와 자신이 빠져야 했다. 한규는 눈앞에 있는 혹나찰을 가능한 한 빨리 제압해야겠단 생각을 했다.

하지만 한규의 이런 생각은 정말이지 지나친 자만이었다. 기가 충만하다고 꼭 싸움에 이긴다? 그게 아니라는 건 한규 자신이 벌써 몇 번이나 보여주었다. 한규가 한 말이기도 하다. 태권도 학원 다니면 다 싸움 잘하냐고.

지금 한규는 마르지 않은 기의 샘을 손에 넣었다. 그렇게 되면서 오히려 자신이 싸웠던 적들과 같은 착각에 빠진 것이다. 기를 정밀하게 운용하고, 기술을 영민하게 하여 싸움을 풀어가는 게 아니라 수많은 기를 때려 부어 혹나찰을 공격했다.

일권, 일각, 장 하나, 심지어는 지법에까지 기가 가득 들어

찼다. 그러다 보니 동작 하나하나에 미미하게나마 기의 충전 시간이 필요하게 되었고, 그 틈은 흑나찰이 보기에 결코 작지 않았다.

맹호출동(猛虎出洞)의 쌍장이 석 자나 되는 기의 기둥을 뿜어냈다. 30년 묵은 나무의 둥치라도 단번에 쪼갤 만큼 강맹한 기운이었다.

흑나찰은 속으로 혀를 차며 한규의 공격을 피했다. 정말 내공만큼은 스승님과 맞먹을 듯 보였다. 하지만……

피하며 손을 슬쩍 내밀었다. 음유한 기운이 손끝을 타고 한규의 옆구리로 파고들었다. 그렇게 빠른 것도, 또 강력한 것도 아니다. 느릿한 기의 파동이 음험한 기운을 풍겼다.

한규는 허리 옆이 뜨끔해 눈을 내려 보았다. 가느다란 침 같은 것에 찔린 느낌이었다. 물론 정말 그런 건 아니고.

흑나찰은 지금 침투경으로 한규를 공격하고 있었다. 기를 가늘게 뽑아내어 실처럼 만들고, 그 끝에 바늘 같은 기를 정련하여 상대의 허점을 찌르는 것이다.

고수들의 싸움에서 침투경 한 방에 상대가 어떻게 되지는 않지만, 복싱의 바디 공격처럼 점점 데미지를 누적시키는 효과가 있었다.

한쪽으로 비켜선 흑나찰을 횡권으로 공격했다. 공기를 찢을 듯한 내공을 실었지만, 정말로 찢은 건 바람뿐이었다. 다시 한 번 허벅지 쪽에 따끔한 기운을 느꼈다. 그제야 한규는 자신이 흑나찰에게 얻어맞고 있다는 것을 알 수 있었다.

다리의 움직임이 조금이지만 둔해졌다. 기를 갈무리하며 한규는 다시 수세로 돌아섰다. 하지만 그리 좋은 선택은 아니었다. 싸움을 읽는 데 익숙한 흑나찰은 한규가 겁먹었다는 것을 깨닫고는 오히려 강맹하게 공격을 내뻗기 시작했다.

부러졌던 팔은 아무래도 힘이 떨어지기에 주로 침투경을 쓰고, 반대쪽 팔로 흑나찰이 한규의 혈도를 후벼 파기 시작했다.

손끝을 점으로 모은 구수(拘手)로 새가 모이를 쪼는 듯한 공격에 한규는 손발이 어지러워졌다. 금강부동신공과 오뢰홍강이 아니었다면 진작에 쓰러졌을 것이다.

시간이 점점 흘렀다. 유이와 약속했던 시간이 10여 분 앞으로 다가왔다. 문기는 지금 천천히 전장의 후방 구역으로 몸을 빼고 있었다. 대기가 한규에게 소리쳤다.

"흑나찰은 버리고 뒤로 빠져!"

외치느라 대기는 홍나찰의 칼에 뺨을 살짝 베였다. 한규는 그 모습에 점점 더 손발이 어지러워졌다.

자신이 빠진다면 흑나찰은 자유롭게 다른 벽방의 동료 형제들을 공격할 것이다. 지쳐 있는 그들이 흑나찰의 상대가 될까? 모르긴 해도 싸움이 훨씬 불리해질 것이다.

하지만 샹그릴라 안의 전투는 '한큐' 말고는 정말 감당해낼 수 있는 캐릭터가 없었다.

한규는 다시 막무가내로 기를 터뜨렸다. 나찰대주에게 얻어맞았던 가슴팍이 저릿저릿하다. 부러진 갈빗대가 흔들리며 참기 힘든 통증을 일으켰다.

흑나찰은 한규와 정면으로 부딪치지 않았다. 한규가 날뛸 때는 한 걸음 물러서며 틈틈이 침투경을 찔러 넣었다.

한규는 오른쪽 허벅지가 살짝 마비되는 듯한 감각을 느꼈다. 좋지 않다, 이대로는.

어떻게 해야 할까?

고민하는 그 순간, 귓전에 익숙한 목소리가 울렸다.

[멍청한 녀석. 심의(心意), 의기(意氣), 기력(氣力) 삼합이 흩어지면 만공(萬功)이 무사(無事)인 것을. 그렇게 가르쳤는데도 아직도 그 꼴이냐?]

한규는 깜짝 놀라며 주위를 둘러보았다. 이웃 건물의 옥상에 시베리안 허스키 한 마리가 자신을 쳐다보고 있다. 몇 번이나 길을 가르쳐 준 그 개. 그런데 눈을 한번 깜빡이자 개는 어느샌가 사람으로 변해 서 있었다.

"장 사부님!"

한규의 우슈 사부 장사건이 지붕을 단번에 뛰어넘더니 한규의 곁에 쿵 내려섰다.

"너 때문에 신경 쓰여서 오늘 주식 못 팔았다. 300 손해 본 거 네가 갚아라."

장사건은 한규에게 이렇게 말하고는 순식간에 흑나찰의 가슴팍으로 몸을 내던졌다. 내디딘 발이 쿵, 소리를 내며 옥상 전체를 울리고, 당긴 뒷발이 기를 끌어 모은다. 뒷등, 한 줄로 이어진 듯한 권력이 곧게 앞으로 뻗어나가며 음권이 양권으로 회오리치듯 변한다.

쿠우웅―!

둔중한 소리가 들리고, 흑나찰은 그 자리에서 피를 토하며 뒤로 자빠졌다.

붕권. 장사건의 짤막한 일권 앞에서는 흑나찰의 기교, 경험 어느 것도 통하는 바가 없었다.

한규는 온 힘을 다한 사부의 진짜 힘을 처음으로 봤다. 마음과 뜻, 힘이 합쳐진 일권은 진정 이런 모습이었나?

"가봐라. 여긴 내가 맡으마."

"사부님……."

"하여간, 제자 하나 잘못 둬가지고."

장사건이 투덜거리며 추리닝의 지퍼를 쭉 내렸다. 앙상한 듯, 가득 찬 듯한 가슴에 둔하게 나온 배가 출렁였지만 한규는 절로 마음이 편해졌다.

"감사합니다, 사부님."

"감사는, 치워라. 너는 내 아들 아니냐?"

한규는 그 한마디에 자신도 모르게 눈물이 날 것 같았다. 쑥스러운 듯 장사건이 몸을 돌린다. 그리고 버럭 소리를 쳤다.

"내 아들 때린 놈 나와!"

한규와 문기는 그 길로 옥상에서 뛰어내렸다. 여일흥업의 건달 두 놈을 걷어차 자빠뜨리고 곧바로 건물 안으로 뛰어들어 갔다. 아래쪽은 그래도 어느 정도 정리가 된 듯 보였다. 대한민국 경찰이 깡패한테 져가지고야 어디 말이나 될까.

안으로 들어오자마자 유이가 빽 소리를 친다.

"늦어!"

"미안, 미안."

하지만 유이도 더는 두 사람을 타박하지 못했다. 옷은 여기저기 찢어지고 핏자국도 한둘이 아니었다. 한규는 살짝 다리까지 절룩거렸다. 짤막하니 한숨을 쉬며 유이가 손짓을 한다.

"여기 이 두 개. 명철 오빠는 벌써 안에 들어가 있어."

한규가 먼저 콘솔에 앉아 두 발을 컨트롤러에 밀어 넣었다. 유이가 헬멧을 들어 한규의 머리에 씌우려 들었다.

"시간없어. 빨리. 이제 한 시간 후면 엘베로사의 알이 부화할 거야."

한규는 곧바로 두 손을 장갑 모양의 컨트롤러에 꽂았다.


4


샹그릴라의 세계에 어서 오십시오. 이곳은 꿈과 모험으로 가득한 새
로운 세계입니다.


내 눈앞에 공지창이 넓게 펼쳐졌다. 지금까지 이런 식으로
공지창이 떠오른 건 크리스마스 이벤트 정도였나?


[악마의 알]

샹그릴라 세계의 모든 모험가들이여, 부디 도와주세요. 세계를 파괴
하려는 무서운 악마 엘베로사가 깨어나려 하고 있습니다. 요키 성
인근 이스루트 성은 지금 악마 엘베로사의 요람이 되었습니다. 성을
점령하여 그녀의 부활을 막아주세요.


엘베로사가 악마라니······. 진짜 악마는 네놈들이다.
공지창은 다름 아닌 월드 퀘스트였다. 그 아래로 성공 보상
이 적혀 있다. 신급 아이템이 둘에 수많은 보물이 그야말로
산더미 같이 쌓여 있었다.

엘아힘 엔터테인먼트는 그것 말고도 비열한 조작을 더해 놓았다. 이스루트 성 공성 세력에 한해 레벨 차이에 따른 패널티가 없었다. 즉, 1렙 캐릭터나 100렙 캐릭터나 순수 스펙에 의한 데미지 차이는 있을망정 레벨 패널티는 없었다. 이 룰은 지금까지 PVP에서만 적용되던 것이다.

이스루트 성은 지금 100레벨의 가디언과 NPC들이 방어를 서고 있는 중이었다. 반면 플레이어 중 최고 렙은 80레벨 언저리. 대부분이 레벨 패널티를 입고 싸워야 했고, 정상적으로는 공략이 불가능할 테다. 제작진은 그 점 때문에 변칙 룰을 적용한 것이다.

이렇게까지 과감하게 나올 줄이야……. 엘베로사를 사이에 둔 엘아힘과 우리들의 싸움을 게임의 이벤트인 양 속여 보통의 플레이어들을 이용하려는 것이다.

제동 형이나 채림 누나와 연락이 된다면 어떻게 된 건지 알 수 있을 텐데 엘아힘에 잠입했던 그날 이후 둘 모두 연락 두절이다.

이런저런 생각을 하던 중 문기, 문블레이드가 게임 안에 접속해 왔다. 우리 두 사람은 곧바로 유리한에게 귓말을 던졌다.

―명철… 아니, 유리한. 어떻게 된 거야?

―말도 마. 빨리 남쪽 성문으로 와. 지금 여기 난리도 아니야!

지금 우리가 서 있는 곳은 이스루트 성 중앙, 알이 담긴 요람 아래의 성루였다. 발코니로 나서 밖의 상황을 보았다. 수십만, 아니, 수백만은 되어 보이는 플레이어들이 이스루트 성 앞쪽에 진을 치고 있었다. 일부는 군대처럼 진까지 치고 공격을 하는 중이었다.

하늘에는 드래곤들이 날갯짓을 하는 중이다. 드래곤들의 왕쯤 되는 한상 형 무명이 부른 세력 같았다.

예전 이스루트 성의 주인이었던 흑룡 이스마울도 전투를 진두지휘하고 있었다. 하지만 워낙에 적의 숫자가 숫자인지라 드래곤들의 가세에도 불구하고 그리 유리해 보이지는 않았다.

가장 외벽은 이미 적에게 넘어간 것이나 마찬가지다. 새하얗게 반짝이던 성의 외벽은 포탄인지 마법인지에 곰보처럼 구멍이 나 있다.

"하루 종일 싸우자니 정신이 하나도 없다."

문블레이드가 신검 아르문드를 꺼내 들며 중얼거렸다. 동감이다.

"한 시간만 버티면 어떻게든 되겠지."

나는 이렇게 말하며 손마디를 꺾었다. 우드득 소리가 나며 몸이 풀렸다.

"그럼 가볼까."

"오케이!"

우리 두 사람의 몸이 반공으로 날았다. 단번에 삼중의 성벽 중 중간으로 뛰어넘었다. 다시 한 번 도약해 외벽으로 날아간 나는 사람들이 잔뜩 모여 있는 곳을 노려보았다.

죄없는 플레이어들일지는 모르겠지만 지금은 엘아힘 엔터테인먼트의 조종을 받는 꼭두각시에 불과하다.

좌우일승, 그리고 카오스 브링거.

30만에 가까운 카르마가 단번에 증발하며, 그 두 배나 되는 데미지를 쏟아냈다. 빔 병기처럼 쏟아져 나가는 내 공격에 직격당한 수십 명의 플레이어가 그 자리에서 증발해 버린다. 80레벨이라고 해봤자 체력은 2만 안팎. 카오스 브링거의 수십만 공격력에 직격당했으니 산화되는 게 당연하다.

나의 등장에 갑자기 성이 환호성을 지른다. 드라코니안 NPC들, 드래곤들까지. 날 언제 봤다고 저렇게 좋아하는 거냐?

하긴 여기 있는 드라코니안들, 따지고 보면 얼마 전 내가 성을 공격했을 때 나의 공격을 몸소 맞아본 놈들이다. 위력을 알고 있으니 내가 반갑기도 할 거다.

바둑이가 달려와 반긴다. 개라고 하기에도 부담스러운 거대한 늑대가 와서 안기니 거의 잡혀 먹히는 듯한 비주얼이 연출된다.

"한큐!"

유리한이 내 이름을 반갑게 외쳐 불렀다.

"뭐야? 다들 나는 빼는 거야?!"

문블레이드가 뾰로통하게 말했다.

"무슨 말이에요? 문블레이드, 어서 와요!"

"이미 늦었어."

유리한에게 쏘아붙이고 문블레이드는 괜히 바둑이의 머리를 툭 때렸다. 바둑이는 억울하다는 듯한 얼굴로 나를 올려다보았다. 이르기라도 하는 양.

정말 표정이 다양한 걸 보니 바둑이도 AI가 틀림없다. 아무튼 그건 그거고…….

"형은, 무명은 지금 어디 있어?"

유리한이 내 말에 손가락질로 저 먼 곳을 가리켰다. 이스루트 성에서 1, 2킬로미터쯤 떨어진 곳에 검은 구체가 있다. 검은 번개가 사방으로 번쩍거리는, 무슨 지옥도 같은 풍경이다.

"뭐야, 저건?"

"아마도 GM들? 그레이 크라운즈도 좀 껴 있는 거 같고. 가장 먼저 성을 넘었는데, 무명 형님이 전부 데리고 저 검은 번개 막 안으로 들어갔어. 그들만의 전투를 할 모양이야."

알 만도 했다. GM들 입장에서도 대놓고 플레이어들과 섞여 싸우기는 무엇하니 저런 식으로 전장을 새로 연 모양이다.

"아피아린스 누나도?"

"응."

나는 고개를 끄덕여 유리한의 말에 대꾸하고 다시 성 아래 펼쳐진 풍경을 살펴보았다.

"그런데 생각보다 고전하고 있네?"

유리한이 상황을 브리핑했다.

"GM들이 머리를 잘 썼어. 따지고 보면 양쪽 세력이 비슷비슷한데, 초반에 깃발을 세 개나 뺏겼지 뭐야. 그 탓에 사기가 좀 낮아. 아군 측이 90퍼센트, 적군이 110퍼센트. 공격력부터 전부 20퍼센트나 차이 나다 보니 성을 끼고 싸우는데도 밀리고 있어."

나는 이미 공성전에 경험이 있었다. 깃발을 두고 하는 전투를 어떤 식으로 진행해야 하는지는 익숙했다.

저 멀리 푸르스름한 빛 같은 것이 적진 사이에서 하늘로 솟아오르고 있었다. 깃발이 있는 장소다. 아직 먼 곳까지 가지고 가지 않은 모양이었다.

그렇다면 할 일은 뻔했다.

"유리한, 계속 전 군을 지휘해 줘. 병사를 배치하고 하는 건 나보다 네가 훨씬 나으니까."

"알았어. 깃발 뺏으러 가게?"

"응. 문블레이드도 이곳에서 유리한과 함께 방어전을 지휘해 줘. 금강부동신공 아니면 저기서 잠깐도 못 버틸걸?"

문블레이드가 고개를 끄덕인다.

"알았어. 나는 또 다른 깃발을 뺏기지 않게 성벽 위 순찰을 돌게."

"아, 그게 딱이겠다. 적은 숫자 상대로는 나보다 데미지 훨씬 높게 뻗으니까."

카오스 브링거를 제외할 때 말이지만, 순수 공격력은 문블레이드가 한큐보다 위였다.

각자 위치에서 할 일이 정리됐다. 나는 눈을 돌려 첨탑 위에 놓인 커다란 알을 바라보았다. 알이랄까, 비단고치 같기도 한 타원형의 구체는 아롱거리는 빛을 사방으로 뿜어내고 있었다.

문득 머릿속에 떠오른 생각에 미소가 나왔다. 설마 이런 생각을 하게 될 줄이야……

내가 웃는 모습에 유리한과 문블레이드가 고개를 갸웃했다.

"왜 웃냐? 미쳤냐?"

문블레이드의 독설에 나는 머리를 털었다.

"아냐. 그게 아니라… 엘베로사가 저렇게 갇혀 있는 걸 보니 괜히 보고 싶다는 생각이 드네?"

"미친 거 맞네. 그렇게 엘베로사에게 당하고 휘둘려 놓고.

혹시 맞으면 흥분되고 그러냐? 평소에도?'

"아 님, 닥치고!"

문블레이드의 말을 끊고 나는 성벽 아래로 뛰어내렸다. 가까운 곳에 있던 플레이어 몇이 갑자기 소리를 친다.

"저, 저거 봐! 저 사람, 성주야!"

"헉! 진짜? 이 성의 성주가 나타난 거야?!"

어? 아, 그러고 보니 이스루트 성주가 나였지?

깜빡했다. 나는 그저 깃발을 되찾으러 뛰어내렸는데, 수백만이 전부 나를 주시할 거라고는 생각도 못했다.

아까 성의 NPC들이 환호하며 나를 반겼던 것도 내가 성주였기 때문일 거다.

에이, 될 대로 되라지!

질뢰답무영을 극성으로 끌어올리고 나는 사방으로 혼일무극장을 쉴 새 없이 날려 보냈다. 현실에서의 깨달음 덕분인가? 제법 경험치가 차고 십이성에 이른 스킬들이 하나둘 늘어나기 시작했다.

더 이상 익힐 것이 없다는 십이성. 스킬이 가진 데미지 양 따위가 늘어나는 것 이상으로 나는 그 기술들이 정말 내 기술처럼 느껴지기 시작했다.

한큐와 한규의 경계.

무명과 한상의 경계.

무너지지 않는다면 형은 죽은 게 된다. 엘베로사도 아피아 누나도.

　게임 안의 NPC에 불과한 거다.

　경계가 무너져 간다…….

# CHAPTER 35

엘베로사

KARMA
MASTER

1

    정말 눈코 뜰 새 없이 바쁘다. 이건 숫자가 한둘이야 말이
지.

    이스루트 성 앞에 모인 플레이어들 중 태반은 저렙이다.
50레벨이 될까 말까 한 플레이어들. 체력도 몇천 되지 않아
혼일무극장으로도 한 방에 죽일 수 있다.

    좀 레벨이 된다 싶은 플레이어도 청구연환삼식으로 잠재
울 만하다.

    문제는 숫자였다.

    수백 명이 한번에 해오는 공격도 문제였다. 10이 닳든 1이

닳든 수백쯤 되면 수백, 수천 데미지다. 십이성에 이른 금강부동신공과 장비들이 아니었다면 벌써 죽었을 거다.

그럼에도 카오스 브링거만큼은 분명 유효했다. 전면으로 뻗어 방사시키면 일대 수백 미터가 초토화된다. 십이성까지 오른 스킬들 덕분에 조금이나마 효율이 오르고 데미지도 증가했다.

하지만 그 순간 내가 골몰해 있는 것은 카오스 브링거의 어마어마한 공격력도, 적들로 둘러싸인 내 상황도 아니었다.

경계..

한번 떠오른 이 단어가 자꾸 머릿속을 어지럽혔다. 보통 이정도로 바쁘게 공격하고 또 받고 있으면 잊을 만도 한데 오히려 선명하다.

뭘까, 이 느낌은?

샹그릴라와 현실은 너무나도 편하게 서로 이어지고 있었다. 현실에서 내가 가지고 있던 형의권의 기술이나 기본적인 호흡법 따위가 샹그릴라 세계에서 한큐의 캐릭터를 강하게 해주었다.

한큐의 캐릭터는 이제 성장해 오히려 현실의 나 성한규에게 '기'라는 새로운 힘을 안겨주었다. 내공을 익히고 장풍을 날리는, 무협지에서나 보던 세계가 현실로 돌아온 것이다.

뭐가 그 둘 사이를 경계 짓고 있는 걸까?

현실에서 할 수 있는 걸 왜 게임 안에서는 할 수 없고, 게임 안의 것이 현실에서는…….

나는 지금 왜 이런 쓸데없는 생각을 하고 있는 걸까?

이기치상으로 체력을 반쯤 채웠다. 삼라일규로 카르마를 채우고, 다시 양손으로 혼일무극장을 터뜨린다. 수십 명쯤 되는 플레이어들이 내 공격에 비명을 내지른다.

또다시 수많은 적이 나를 에워쌌다. 이 정도 숫자를 상대하려면 카오스 브링거가 제격이었다. 아직 카르마는 반 넘게 남아 있다. 카오스 브링거를 두 번 연달아 쓸 수 있다.

좌우일승대법까지 시행하지 않고 나는 내 주변에 카오스 브링거의 에너지를 폭발시켰다. 거대한 구덩이가 파이고, 셀 수 없는 플레이어가 다시 죽임을 당했다.

그때, 나는 다시 엘베로사를 떠올렸다.

아, 그거다.

왜 자꾸 경계라는 말이 떠올랐는지.

형도 나도 넘지 못하고 있는 그 경계를 자유롭게 넘나드는 아이가 하나 있었다. 게임 속 NPC 같은 AI 주제에 몇 번이나 내게 핸드폰으로 문자를 보내고, 심지어는 전화까지 걸었던.

경계를 무너뜨리는 게 정말 불가능한가?

목걸이에는 아직 스킬을 넣을 수 있는 하나의 빈 칸이 남아 있다.

나는 그 자리에 멈춰 섰다.

내가 마지막으로 떠올린 스킬은…….

나는 엘베로사처럼 경계를 허물어뜨리는 게 불가능할까?

아니, 가능하다.

눈앞에 플레이어 오리지널 스킬의 창이 떠올랐다.

# Skill

[????]                레벨 ???

플레이어 오리지널 스킬.
눈이 마주친 플레이어는 강제로 로그아웃됩니다.

이 스킬을 정식 스킬로 저장하시겠습니까?

나는 사안(邪眼)이라는 이름으로 스킬을 저장했다. 더 뛰어난 스킬을 만들 수 있을지는 잘 모르겠지만 지금으로서는 이걸로 충분하다.

경계는 한번 허물어진 이상 더 이상 절대가 될 수 없다. 그것이 게임 안, 밖이라는 지금까지 경험할 수 없었던 특이한 형태라 할지라도.

수백 년 전 인간은 마을이라는 경계조차 쉽게 넘을 수 없었다고 했다. 그렇지만 지금은 버스나 지하철을 이용해 몇천 원이면 쉽게 넘나든다.

엘베로사가 처음 넘은 그 벽을 나는 오히려 이제야 간신히 넘게 된 것이다.


가장 먼저 나와 눈이 마주친 캐릭터. 겉모습으로 봐서는 검사 클래스 같다. 키의 두 배는 될 듯한 거검을 힘차게 휘두른다.

하지만 검은 내려오지 못했다. 머리 위에서 내리꽂히던 검이 중간에 딱 멈추고, 그는 눈의 초점을 잃었다.

비정상적으로 로그아웃되면 적어도 5분은 재접을 못한다. 뇌파의 안정을 위해 필요한 시간이라 한다. 밖에서 5분이야 별것 아니지만, 이곳에서는 시간이 수배나 빨리 흐른다.

로그아웃된 플레이어는 이름이 회색으로 변했다. 비정상적인 접속 해제였기에 캐릭터는 아직 그 자리에 굳은 채 서 있다.

나는 주위의 수백은 될 듯한 플레이어의 눈을 쳐다보았다. 나를 중심으로 태엽 풀린 인형 같은 플레이어들이 수없이 늘어갔다.

말라죽은 숲, 사람이 살고 있지 않은 도시, 돌이 된 사람들의 숲, 그 을씨년스러운 풍경을 나는 지나쳐 깃발을 가진 자들 앞에 도착했다.

카오스 브링거, 다시 한 번 그 스킬이 작렬했다. 공격대를 이룬 듯 방패를 들고 있는 남자 둘, 마법사 셋, 활을 든 자가 넷에 사제가 셋이었다. 하지만 마그마처럼 날뛰는 내 카르마가 스쳐 지난 곳에 남은 것은 공중에 뜬 깃대 하나뿐이었다.

> 이스루트 성의 주인 이터니티가 깃발을 되찾았습니다!

시스템 메시지가 커다랗게 떠올랐다. 나는 깃발을 하늘로 힘껏 던져 올렸다. 드래곤 하나가 반공을 맴돌다 그것을 낚아챘다. 주저 않고 그 드래곤은 쏜살같이 성으로 돌아갔다. 깃발 하나를 되찾은 것이다.

사기치가 4포인트 올랐다. 94:106. 남은 깃발 둘을 다시 되찾는다면 전쟁을 처음으로 돌릴 수 있을 것이다.

어차피 한 시간만 버텨내면 된다. 엘베로사가 부활한다면 이런 플레이어들이야 가볍게 정리될 테니까. 그리고 남은 그레이 크라운즈나 GM 나부랭이는 우리가 처리하면 될 거다.

사안의 스킬까지 손에 넣고 나니 이 수많은 플레이어 틈을 산책이라도 하듯 거닐 수 있게 되었다. 강제로 접속 해제된 캐릭터들은 그 자체가 좋은 방패가 되어주었다.

나를 공격하려던 자세 그대로 굳어진 모습은 일면 괴기스

럽기까지 했고, 플레이어들은 나를 공격할 생각을 쉽게 하지 못했다.

그때 갑자기 플레이어들 사이의 분위기가 바뀌었다.

내 주변에 커다란 구멍이라도 뚫린 듯 플레이어들이 좌우로 흩어졌다. 도저히 나를 막아낼 자신이 없어서일까? 피하기로 한 모양이다.

깃대를 든 플레이어도 점점 나와 거리가 멀어져 갔다.

더욱 이상한 것은, 플레이어들이 내 시선을 피하기 시작했다는 점이다. 사안이라는 스킬이 생겨나고 겨우 십 몇 분이 흘렀는데 사람들은 그 스킬에 대해 속속들이 알고 있었다.

아무래도 GM이나 프로그래머 등 내 스킬을 훔쳐볼 수 있는, 혹은 분석할 수 있는 사람이 그 정보를 전체 공지 같은 것으로 뿌리는 모양이었다.

치사하다.

뭐, 그놈들에게 제대로 된 전쟁 같은 걸 바라지도 않았다.

적진을 헤매는 것은 더 이상 효과가 없을 듯하여 나는 다시 이스루트 성으로 발길을 돌렸다.


성벽을 타고 수십, 수백만의 플레이어가 기어오르고 있다. 공성전의 풍경은 정말이지 장관이었다.

유리한의 명령을 받은 드라코니안 부대들이 공중에서 돌

덩이 따위를 성벽 아래로 떨어뜨렸다. 수십 명의 플레이어가 그 자리에서 압사했다. 부활 장소는 이스루트 성 필드 밖. 걸어서 한 시간 넘는 거리일 테다. 적어도 그 정도 시간은 전투에 재참전이 불가능하다.

문블레이드는 지금 전장 전역을 오가며 검을 휘두르고 있었다. 드래곤 한 마리와 협약이라도 맺은 듯 그의 등에 올라타고는 드래곤 나이트 흉내를 낸다.

나는 지금 남문 성루 위에 서서 카르마를 모으고 있었다. 카르마의 조화 스킬 카오스 브링거는 그 무지막지한 카르마 소모량 탓에 몇 번 쓰면 금세 카르마가 바닥을 드러낸다.

이제 남은 시간은 10여 분.

저 먼 곳, 무명 형과 GM과의 전투도 막바지에 이른 모양이다. 검은 장막이 거의 걷혀 몇몇 빛과 어둠의 덩어리들이 사방으로 번쩍이며 이합집산하는 모습이 보였다. 검은 것은 형일 테고 빛은 GM의 스킬일 거다.

카오스 브링거 스킬을 쓸 만한 카르마가 모였다. 한번 쓰고 나면 또 한참 동안 카르마를 모아야겠지?

최대한 얇게 카르마를 뽑아낸다. 수백 미터는 될 듯한 카르마의 칼날이 내 손에서 길게 뻗어나갔다. 가장 적들이 많은 곳을 골라 긁듯 베어버렸다. 폭발이 연속으로 일고, 사람들의 아우성이 여기저기서 터져 올랐다.

지나던 문블레이드가 한마디 한다.

"너는 아예 우주전함이라도 되어버린 거냐?"

"히히, 뭐, 더 이상 형태에 얽매일 필요가 없어졌으니까."

"뭐냐, 그건? 도인 흉내냐, 이젠?"

문블레이드의 마지막 물음에는 그저 웃음으로만 답했다.

2

장사건은 숨을 헐떡거렸다. 오랜만이다. 이렇게까지 날뛰어본 것도.

이렇게 될 것 같아 싸구려 추리닝을 걸치고 왔는데, 그마저도 여기저기 찢어졌다. 돌아가면 마누라한테 바가지 좀 긁히겠다.

눈앞에 있는 남자를 보았다. 나찰대주라고 했던가?

서로를 노려보며 세 걸음 거리를 계속 유지했다. 쉽지 않다, 쉽지 않아.

싸움을 끝낸 것은 장사건도, 그 대단하다는 나찰대주도 아니었다.

타앙— 탕—

권총 소리가 공기를 찢는다. 사다리를 걸치고 형사들이 건물 옥상으로 뛰어올라 왔다. 가장 앞선 것은 조성철, 여성청

소년 계장이었다. 25구경 권총으로 하늘을 겨누고 위협사격을 했다.

뒤엉켜 싸우던 나찰대원들이 움찔 물러났다. 아직까지도 박빙의 승부를 펼치고 있는 홍나찰, 청나찰이 스승인 나찰대주의 눈치를 본다.

"아이고야, 또 실패해 부렸네. 이번에는 그냥 돌아가자. 더 싸웠다가는 근본까지 상하겠다."

나찰대주는 단번에 패배를 선언했다. 홍나찰과 청나찰이 복명을 표하며 흑나찰을 부축했다.

"미국 일… 그리고 제대로 진행되고 있는 게 맞제? 기반을 거그로 옮긴 거 아니냐? 그마저 실패해 불면 나 증말 안 참는다."

나찰대주가 홍나찰을 무섭게 노려본다. 홍나찰은 고개를 깊이 숙였다.

"실험, 이미 시작했습니다. 결과도 얼마간 나왔고요. 걱정 마세요, 대주님."

"그럼 그냥 물러나 불자. 세가 너무 불리허다."

나찰대가 하나둘 옥상 저편으로 몸을 던졌다. 하지만 상황이 좋지 않은 것으로 치면 벽방 측이 더했다. 장사건이 아니었다면 진작 전멸했을 듯했다.

안면이 있는 대기가 먼저 장사건에게 다가가 고개를 숙

였다.

"선생님 덕분에 우리가 살 수 있었습니다."

장사건은 저쪽에 내던져 둔 추리닝으로 걸음을 옮겼다. 대기의 인사는 받는 둥 마는 둥 추리닝을 들어 어깨에 걸쳤다.

"너희, 싸움 너무 좋아하는 거야."

툭 한마디 던진다. 대기는 할 말이 없었다. 직업까지 그러다 보니…….

성철도 어느새 장사건 곁으로 다가왔다. 얼굴 이곳저곳이 엉망진창으로 찢어지고 멍들어 있었다. 그 꼴을 보며 장사건이 또 말을 뱉었다.

"살려줬더니 또 그 꼴 된 거야?"

"하하, 경찰이 지 몸 사리면 누가 나라 지킵니까?"

밉지 않게 장사건이 흘기고, 성철은 허리를 급히 숙였다.

"이렇게 와주서서 감사합니다. 장 사부님께 미리 연락해 보길 잘한 것 같습니다."

"한규 일이면 내 일이야. 내 아들 같은 놈인데……. 좀 더 어렸으면 양자 삼았을 텐데, 이제 머리가 너무 커서. 하하!"

한편 옥상 벽방의 인물들은 안타깝다는 듯 나찰대가 도망쳐 가는 모습을 지켜보았다. 조금만 더 힘이 있었다면 일망타진했을 텐데 자신들의 힘이 부족한 게 너무나 아쉽게 느껴졌다.

벽방의 고수 하나가 장사건에게 다가와 포권했다.

"고인의 명전을 듣고 싶습니다. 쿵푸 솜씨가 정말 대단하시더군요."

장사건은 건성으로 포권 잡은 손을 흔들었다.

"미미슈퍼 장씨요."

대기가 그 사이에서 자신의 사형에게 설명했다.

"장 사부님은 은거하신 분이라 자신이 알려지는 걸 싫어합니다."

"아아! 실례했습니다. 아무튼 덕분에 우리가 이렇게 죽지 않고 살았습니다."

장사건은 그 자리에 모인 벽방 인사들을 흰 눈으로 휙 돌아다보았다. 그리고는 몸을 돌려 곧바로 그 건물을 벗어났다.

"당신들은 너무 싸움을 좋아한다고."

그리고는 뒤도 보지 않고 집으로 걸음을 옮겼다. 몇 걸음 떼지도 않은 것 같은데 벌써 모두의 시선에서 사라졌다.

벽방의 몇몇은 장사건의 말에 얼굴을 붉히며 고개를 숙였다. 하지만 대부분은 그의 말에 고개를 저었다. 나찰대 같은, 사회악을 제거하기 위해서라도 자신들은 무의 길을 갈고닦을 것이라고.


엘아힘 엔터테인먼트 본사의 한 회의실은 지금 난리도 보통 난리가 아니었다. 다른 직원들이 이번 공성 이벤트로 바쁜 것과는 궤를 달리하여 훨씬 음습한 분위기에서 작업을 이어 가고 있었다.

그곳에는 엘아힘 한국 지사의 사장 하워드 콜린젝과 이제동이 있었다. 나머지 직원들은 대부분 하워드의 오른팔 같은 자들로, 엘아힘 엔터테인먼트라기보다는 본사 주에스 크로스사에 소속되어 있었다.

한 남자가 하워드에게 보고했다.

"여일흥업의 서버 탈취는 실패로 돌아갔습니다."

하워드는 얼굴을 찌푸렸다. 욕지거리를 하며 이제동을 노려보았다.

"내가 뭐라고 했나? 그들을 믿느니 차라리 본사에 도움을 청하자고 하지 않았나? 주에스 크로스사의 용병들이라면 그들쯤은 간단히 정리했을 텐데!"

제동은 하워드의 말에 뭐라 답할 말이 없었다. 하지만 최종호가 이야기한 대주라는 인물은 용병 따위와 비교할 인물이 아니었는데…….

그때, 뒤쪽 스크린에 화면이 떠올랐다. 은발의 외국인 하나가 화상 채팅 너머에서 모습을 드러냈다.

"하워드."

"미스터 스펙트!"

그는 다름 아닌 엘아힘 엔터테인먼트 본사의 사장 제이큰 스펙트였다. 오늘 있는 일은 본사에도 보고가 들어간 터였다.

"표정을 보니 상황이 좋지 않군."

"죄송합니다. 여일홍업인가 하는 깡패들이 실패한 모양입니다. 큰소리 툭툭 치더니……."

"나찰대가 실패했다고?"

"예? 나찰대라면 그 여일홍업이 고용한……."

제이큰은 나찰대에 대해 익히 잘 알고 있었다. 주에스 크로스사와 거래 중인 그들은 한 명 한 명이 다 초인들이었다.

제이큰은 잠시 계산기를 두들겼다. 지금 당장 다른 수를 내려 해도 시간이 걸릴 터. 오늘 일은 실패라고 봐야 했다. 그렇다면 엘베로사를 되찾아오는 건 다른 수를 강구하는 게 나을 듯했다. 괜히 더 무리를 했다가는 사람들에게 주에스 크로스사의 목표를 들키게 될지도 모른다.

"그런가? 그럼 일단 손을 떼게."

너무 쉽게 일을 멈추자 하워드는 오히려 당황하고 말았다.

"지금까지 들인 돈과 인력이 너무 큽니다."

"'E'의 탈취에는 실패했다고 하지 않았나?"

"일단 물리적으로는 그렇습니다만……."

"다음 작전을 기안해 보겠네. 자네는 적당히 정리하고 그 자리에서 물러나게. 책임이 너무 무거웠던 모양일세."

하워드가 자리에서 벌떡 일어났다. 제명까지 거론됐다. 뭐라 말을 하려 했지만 화면은 이미 어두워진 후였다. 자신이 손에 낀 특수한 인장의 반지가 눈에 들어왔다. 한쪽 끝이 둥근 생명의 십자가. 주에스 크로스 간부의 상징인 이 반지를 반납해야 하다니!

절망에 빠져 주저앉는 하워드 앞에 제동이 말했다.

"빼앗아올 수 있습니다."

"음?"

"엘베로사를 다시 데려올 수 있습니다. 아직 엘베로사는 깨어나지 않았습니다. 지금 상태에서 데려와 이 건물 서버실에서 각성시키고 다시 외부와 케이블을 단절한다면 그녀를 가둘 수 있습니다. 육체는 그곳에 있지만 정신은 우리가 소유하게 되는 것입니다."

하워드는 제동의 이야기에 머리를 감싸 쥐었다.

"그게 가능하단 말인가? 샹그릴라 게임 안에서도 지금 고전을 면치 못하는 것 같던데……."

"한 가지만 허락해 주십시오."

"뭐를 말인가?"

제동이 안경을 추켜올리며 말했다.

"게임 데이터에 손을 댈 수 있게 해주십시오."

"그… 그런……."

"게임 데이터에만 손을 댈 수 있다면 한큐니 엘베로사 같은 캐릭터보다 훨씬 강력한 캐릭터를 만들어낼 수 있습니다."

"하지만 그런 사실이 외부에 밝혀진다면 신용을 잃게 될 걸세. 플레이어들이 집단으로 소송이라도 해온다면 회사가 망할 수도 있어."

"들키지 않으면 됩니다! 저를 한번 믿어보십시오! 이대로 끝낼 수는 없습니다!"

하워드는 제동을 쳐다보았다. 저 남자의 눈이 원래 저렇게 광기가 넘쳤었나?

그 기세에 밀려 하워드는 어쩔 수 없이 고개를 끄덕였다.

"알겠네. 한번 해보게."

제동은 그 길로 게임 데이터 서버가 있는 방으로 자리를 옮겼다.

3

성철과 호열, 대기, 헌평 등 이번 계획과 깊이 연관된 사람들은 곧바로 유이가 있는 곳으로 향했다. 그녀는 지금 홀로 서버실에 앉아 엘베로사의 부활을 조정하고 있었다.

"잘되어가?"

성철이 넌지시 물었다. 화면에 집중한 채 쉴 새 없이 키보드를 두들기는 그녀를 보자니 말을 거는 것도 난망했다.

유이는 한참 동안 답하지 않았다. 성철이 질문을 했다는 것조차 잊을 쯤에서야 툭 한마디 한다.

"이긴 모양이네요?"

"아, 어."

"축하해요. 고생하셨어요."

"하하! 어때, 상황은?"

유이는 대답하는 대신 손가락을 가리켰다. 그녀의 손끝에는 커다란 모니터가 있었다.

성철을 비롯한 네 명이 그 화면으로 눈을 돌렸다. 모니터에 비춘 것은 다름 아닌 게임 안 상황이었다.

수백 군데의 시점에서 찍은 듯한 화면이 연속해서 흘러나와 전황을 전반적으로 읽을 수 있도록 해두었다.

샹그릴라 게임을 하고 있는 호열은 살짝 흥분하며 환호성까지 질렀다.

"오우! 저게 바로 이스루트 성이구나! 굉장해! 저게 한큐인가? 으어, 저 스킬은 뭐야? 플레이어 수백이 한 방에 날아가네!"

"게임 안의 시간 흐름이 훨씬 빨라요. 이제 부활까지 게임 시간으로 10여 분쯤 남았어요. 1분도 안 되죠."

그때 갑자기 유이의 안색이 변했다.

"이게 뭐야."

"왜 그래?"

성철의 물음에 유이가 눈살을 찌푸렸다.

"작업이 멈췄어요. 엄청난 데미지가 엘베로사의 요람을 덮쳤어요."

그때까지 화면을 보던 헌평이 한마디 한다.

"와, 이 로봇 멋지다."

"로봇? 샹그릴라에 로봇 따위 없어요."

유이는 신경질적으로 반응하며 화면을 보았다. 하지만 헌평의 말이 사실이었다. 기사와 비슷한 모습의 거인이 지금 성벽 위로 거대한 검을 내려치고 있었다. 엘베로사의 요람을 공격한 적도 바로 저 녀석일 테다.

유이가 멍하니 그 모습을 보다 다시 키보드를 두들기기 시작했다.

"저런 게 있을 리가……. 게임 서버에 들어가 봐야겠다."

아버지가 유품으로 남긴 샹그릴라의 백도어, 유이는 다시금 그곳으로 서핑을 시작했다.

그러기를 잠시, 그녀가 싱긋 미소를 지었다.

"게임 데이터에 결국 손을 댔구나."

엘아힘 엔터테인먼트의 약점을 드디어 잡아낸 것이다. 그것도 엘베로사의 도움 없이.

유이는 증거 데이터들을 복사하며 동시에 게임 안 아군들에게 메시지를 보냈다.

—저 로봇 잡지 않으면 부활 실패해요.

내 눈앞에 유이의 메시지가 떠올랐다. 아마 아군 전체에게 전송한 것일 테다.

뭐, 굳이 그 메시지가 아니라도 저건 때려잡아야 할 것 같은데…….

강대한 적의 등장에 아군들이 내 주위로 몰려들기 시작했다. 드래곤을 타고 있던 문블레이드가 가장 먼저 도착했다.

"저거 뭐냐?! 유이 메시지 들었어?"

"저게 뭔지 내가 어떻게 아냐?"

"그거 비슷하지 않냐?"

대뜸 묻는 말에 내가 고개를 갸웃하니 문블레이가 답답하다는 듯 손짓을 한다.

"거기 있잖아! 거기 벨프스 산맥에 벨프라인 공작가 이벤트할 때 봤던 기사 조각상."

"아아! 그거!"

생각난다. 엘베로사가 난입해 내 팩션을 마이너스 10만으로 돌려 버렸던 그때, 벨프라인 공작가의 비보가 잠들어 있다는 그곳에 그러고 보니 저런 느낌의 기사 조각상이 있긴 했다.

"그건가 보다."

한발 늦게 온 유리한이 대화에 끼었다.

"뭐 말이야?"

"갑자기 나타난 저 거인 로봇 말야. 예전에 벨프라인 공작가 퀘스트할 때 기사 조각상을 봤거든. 그거랑 느낌이 비슷해."

유리한은 내 설명에 고개를 끄덕였다.

"아마 맞을 거야."

"응?"

"과거 거인과 맞서 싸웠던 인간의 병기가 로봇이거든. 정확히는 진―나이트, 기계 기사라는 뜻이지. 거인이 사라진 후, 엘모아 여신은 진―나이트가 인간이 다루기에는 너무나 강대한 힘이기 때문에 봉인을 했고. 저거 아마 샹그릴라 2계 컨텐츠일걸."

"그런 게 왜 지금 나온 거야?"

문블레이드의 투덜거리는 말에 유리한이 웃는다.

"지금 이 꼴은 어디 정상이에요, GM들이며 플레이어 수백만이 모여들어 우리 성을 공격하고 있는 게?"

딴엔 그렇다.

"중얼거리느니 저걸 때려 부술 방법이나 생각해 보자고."

내 말에 유리한과 문블레이드는 동감을 표했다.

하지만 도대체가 감이 잡히질 않는다. 드래곤 몇 마리가 덤벼들었다가 단칼에 두 동강 나는 꼴을 보자니.

다행인 건 저 거인이 날뛰는 통에 플레이어들이 잠시 성 근처에서 물러났다는 거다. 진—나이트인지 뭔지 하는 거인만 제압하면…….

그때, 하늘 높은 곳에서 쒜에엑 하는 날카로운 소리가 울려 퍼졌다. 제트기라도 지나가는 듯한 소리에 나는 눈을 들어 그쪽을 바라보았다. 금발의 여자를 등에 태운 흑색의 드래곤이 날개를 펴 반공에 떠 있다.

GM들을 전부 때려잡았는지 무명이 이곳으로 왔다.

한껏 숨을 들이마시고 은백색의 광선을 쏘아 뱉는다. 진—나이트가 방패를 들어 무명의 공격을 막았다. 무명의 브레스를 맞은 방패가 새빨갛게 달아오른다. 하지만 끝내 뚫리지는 않았다.

황당하다. 무명의 브레스가 녹일 수 없는 금속이라니…….
그런 게 이 세계에 있다는 것 자체가 말이 안 된다.

무명이 우리 곁으로 날아 내려왔다. 아피아 누나가 성벽에 내려서자 그는 인간의 모습으로 변했다.

"형, 저거 어떻게 하지?"

내 질문에 무명은 어깨를 으쓱했다.

"생각 좀 해봐야겠다. 아무래도 저거 데이터 손댄 캐릭터 같은데?"

"데이터에 손을 대?"

"쉽게 말해서 무적 캐릭터라고."

"에… 그럼 못 잡아?"

무명은 내 말에 빙긋 웃었다.

"괜찮아. 이쪽도 충분히 사기니까."

말을 하며 무명이 내 어깨에 손을 얹는다.

"네 데미지는 FFFF를 넘어선다! 형을 믿고 가서 싸워라."

"FFFF? 그게 뭔 소리야?"

"하하, 좀 오래된 개그야. 아무튼, 카오스 브링거에는 분명 데미지를 입을 테니까 작전만 잘 짜면 될 거야. 그리고 엘베로사가 부활하면 저까짓 깡통 치트 로봇 정도야 순식간에 슥삭! 알겠지?"

"알았어."

게임을 만든 사람이 그렇다면 그런 거다. 나는 더 이상 진-나이트에게 겁먹지 않고 성탑에 올라섰다.

데미지를 제대로 주기 위해서는 근접해서 꽂아 넣어야 한다. 그곳에서 나는 진-나이트가 성벽을 내려치는 순간을 타 그의 검에 올라섰다.

카오스 브링거!

일격을 검에 깊게 찔러 넣었다. 검의 일부분에 커다란 구멍이 뚫린다. 형의 말이 맞았다.

내가 공격을 하는 사이, 일행이 진—나이트의 시선을 분산시키기 시작했다. 무명 형은 빔브레스를 나이트의 동공에 박아 넣었다. 아무리 로봇이라고는 해도 눈이 보이지 않으면 둔해질 테니까.

문블레이드는 신검 아르문드로 진—나이트의 갑옷 틈새를 노렸다. 별다른 데미지는 없었지만, 신경을 분산시키는 정도의 역할은 충분히 했다.

유리한과 아피아 누나는 보조 캐릭터답게 먼 곳에서 내 전투를 도왔다. 두 사람의 버프는 가뜩이나 사기 급인 내 공격력을 한층 끌어올려 주었다.

기계 기사는 성가시다는 듯 우리를 노려보았다. 손을 휘둘러 파리라도 잡는 양 무명의 옆구리를 후려쳤다.

공중에서 재빨리 몸을 돌려 피했지만, 진—나이트의 일격에 무명은 바닥에 추락하고 말았다.

곧바로 몸을 수습해 다시 공중으로 날아올랐다. 충격이 작지 않은 듯 보였다.

"형, 괜찮아?!"

"아, 그냥… 그냥. 이놈 데미지도 장난 아니다. 한 방에 내 피 10퍼센트가 날아가네."

무명은 티아메트의 세 머리 중 하나였다. 체력의 10퍼센트면 모르긴 해도 십만 단위를 훌쩍 넘을 텐데……

나는 좀 더 몸을 기민하게 움직여 진—나이트의 공격을 피해냈다. 이놈은 덩치도 큰 게 움직임은 또 왜 이렇게 빠른 건지, 결국에는 나도 한 방 얻어맞고 말았다.

"윽!"

제법 통증이 크다. 체력의 1/3이 훌쩍 날아가 버렸다. 전투 로그를 보니 데미지가 8천 정도다. 금강부동신공 십이성에 장갑의 옵션 덕분에 내가 지금 받는 데미지는 절대치의 1퍼센트 미만이다. 8만 넘는 데미지가 들어왔단 이야기다.

"이게 말이나 되냐!"

저 무명조차 공격력 10만을 넘기는 공격이 드문데 족보도 없이 갑자기 나타난 거대 기사가 서버의 전설 급 드래곤보다 열 배나 강하다니!

이쯤 되니 문기나 유리한은 제대로 된 공격을 펼치지도 못했다. 영웅 급 캐릭터인 아피아 누나도 상황은 비슷했다.

그때 우리 눈앞에 다시 유이의 전체 메시지가 나타났다.


—엘베로사 부활 작업 다시 개시! 가능하면 그 로봇, 먼 곳

으로 밀어내요!

"말이야 쉽지!"

갑갑한 마음에 나는 소리를 쳤다. 그때, 무명 형이 내가 들릴 만큼 큰 소리로 말했다.

"한큐, 내 등에 올라타!"

"응?"

"드래곤 나이트의 계약을 하자."

"그게 뭔데?"

"아무튼 빨리 와!"

나는 무명의 말을 순순히 따랐다. 그의 잔등에 올라타자, 내 눈앞에 메시지가 떠올랐다.

---

드래곤이 순한 양처럼 당신에게 복종할 것을 맹세해 옵니다. 그의 충성을 받아들이겠습니까?

---

푸핫!

"이거 뭐야? 형, 나한테 복종하는 거야?"

"더 이상 말하면 죽는다. 내가 이래서 지금까지 계약을 안 한 거다."

형을 더 놀려먹고 싶었지만 상황이 워낙 급박했다. 나는 곧바로 계약을 받아들였다. 그 순간, 눈앞이 번쩍이며 형과 내 몸 주위에 거무스름한 달무리 같은 것이 피어올랐다.

"드래곤 나이트는 드래곤과 계약한 자들이야. 꽤 후반기 컨텐츠인데, 네임드 드래곤들을 사냥하다 보면 일정 확률로 드래곤이 복종을 맹세해 와. 단 한 사람과 일대일로 계약하는데, 드래곤에게 타 있는 동안은 방어력과 공격력, 모든 스탯에 서로 이로운 영향을 줘. 스탯창 봐봐."

형의 말에 따라 나는 내 상태창을 살폈다. 대부분의 스탯이 두 배 가까이 올랐다. 체력도 5만 가까이 된다.

"이거 뭐야!"

"이 형아가 스탯이 워낙 높아서 그래. 나도 네 덕분에 방어력과 공격력이 제법 올랐다. 그럼 이제 한번 붙어볼까?"

"오케이!"

형은 세상을 직각으로 눕히고 미칠 듯한 스피드로 달려나갔다. 사람은 점으로, 성은 손바닥만 하게 오그라들었다. 붉은색의 광선이 성벽 언저리에서 뿜어져 올랐다. 진—나이트의 미간, 붉은 보석에서 발사된 에너지체다.

무명은 가슴에 공기를 모아 푸른 빔을 내쏟았다. 두 광선이 공중에 얽히고, 그 중간의 공기가 은색으로 번쩍였다.

무명이 쏜 브레스가 조금씩 밀려나기 시작했다. 나는 그 싸움에 카오스 브링거로 끼어들었다. 순수한 카르마의 덩어리가 내 손에서 그 빛의 전장으로 쏟아져 내린다.

그것이 얼마나 강하든 결국은 게임의 룰에 갇혀 있다. 방어력, 체력, 낼 수 있는 공격력. 하지만 카오스 브링거는 그 모든 것을, 세계조차도 찢을 수 있는 힘이다.

팽팽하게 맞서던 두 광선이 한쪽으로 급속히 쏠리기 시작했다. 카오스 브링거는 진—나이트의 붉은 빛을 갈가리 찢어 버렸고, 그 붉은 광선은 수천, 수만 갈래로 분해되어 방사상으로 공중에 흩어져 버렸다.

한데 섞인 무명의 브레스와 내 카오스 브링거가 진—나이트의 머리를 망치처럼 내려쳤다.

엄청난 빛에 감싸인 진—나이트의 몸이 고통에 몸부림쳤다. 그는 결국 한쪽 무릎까지 꿇고 말았다.

"좋았어!"

나는 무명의 등에서 주먹을 꾹 움켜쥐었다. 진—나이트가 검을 지팡이 삼아 다시 자리에서 일어나려 했다. 고색창연하던 그의 갑옷 일부가 벌겋게 달아오르고, 심지어는 쇳물이 땅으로 주르륵 녹아내리기까지 했다. 피를 흘리는 것처럼.

무명이 반공을 선회한다, 먹이를 노리는 매처럼. 진—나이트는 붉은 광선을 점점히 하늘로 쏘아 보냈다. 창과도 같은 그 공격은, 여전히 위력적이었고 무명은 날개를 비틀고 몸을 회전시키며 붉은 빛의 창을 피해냈다.

갑자기 무명이 신음 섞인 한마디를 뱉는다.

"으, 제길……."

"왜?"

"저거 봐라."

"뭘?"

형이 가리키는 방향을 보았다. 진—나이트, 그 거대한 몸체의 손상됐던 부분들이 천천히 재생되는 모습이 눈에 들어왔다.

"저런 게 어딨어! 눈에 보일 정도로 저렇게 재생되면……."

"다시 움직인다!"

진—나이트는 더 이상 공중에 공격을 퍼붓지 않았다. 나와 무명의 합동 공격을 몸으로 받아내며 묵묵히 성안으로 진입해 갔다. 외벽이 순식간에 부서지고, 두 번째 성벽 앞에서 거대한 검을 들어 내려쳤다.

쿠앙—!

굉음과 함께 성이 부서져 내렸다. 나와 무명은 브레스와 카오스 브링거의 연합 공격으로 진—나이트의 몸 전체에 엄청난 데미지를 입혔다. 하지만 진—나이트는 아무렇지도 않게 그 자리에 멈춰서 다시 몸을 회복하기 시작했다.

"나, 카르마 다 떨어졌어. 삼라일규로 회복 중이긴 한데 좀 더 있어야 카오스 브링거 쓸 수 있어."

"으, 응."

무명도 황당한 모양이었다.

"진짜 데이터 무식하게 넣은 모양이다. 데이터를 바꾸는 데에도 미학이 있는 법인데……. 전부 최고 수치로 채웠나 보다. 회복력까지."

"그건 또 무슨 소리야?"

"저 거인 말이야. 저런 식으로 약점 하나 없이 전부 무적으로 만들면 무슨 재미냐? 공략법도 의미없고."

"게임 제작자 같은 소리 하지 말고, 나 카르마 18만 넘어갔어. 다시 카오스 브링거 쓸 수 있어."

"휴우."

무명이 한숨을 내쉰다.

또 한 번 나와 무명 형의 빔이 진—나이트의 몸에 내리꽂혔다. 하지만 겨우 몇 분 그것의 진행을 멈추게 할 뿐이었다. 저 무지막지한 괴물은 끈질기게 성의 중앙을 향해 걸음을 옮겼다.

그리고 결국 내성까지 진—나이트에게 허용하고 말았다.

"안 돼!"

나와 무명이 몸체로 진—나이트의 몸에 부딪쳤다.

하지만 진—나이트의 검은 결국 엘베로사의 요람에 일격을 내리찍었다. 알과도 같던 요람은 진—나이트의 공격에 쩍,

하고 금이 가버렸다. 더 이상 오색의 빛을 내뿜지 않았다.

무명이 진—나이트에 부딪친 충격으로 서서히 바닥에 떨어져 내리고, 나는 그의 등에서 뛰어 진—나이트의 검으로 날아갔다.

카오스 브링거의 일격에 계속된 싸움에 지친 진—나이트의 검이 결국 부러지고 말았다. 10미터는 족히 될 검날이 무거운 소리를 내며 떨어져 내리고, 성벽을 둘로 쪼개며 바닥에 박혔다.

하지만…….

"늦은 거야?!"

나는 외쳐 물었다. 유이에게, 그리고 무명에게.

몇 초, 대답이 없다. 하지만 나는 그 시간이 정말 몇 시간처럼 느껴졌다. 내 말에 대답한 것은 유이도 무명도 아니었다.

요람에 금이 간다. 그 틈으로 쳐다볼 수조차 없는 빛이 뿜어져 나왔다.

수천, 수만으로 갈라진 요람은 붕대가 풀려 나가듯 길게 뽑혀 사방으로 흩어졌다. 그건 하나하나가 살아 있는 날개와도 같은 모습이었다.

수십만 장의 비단처럼 하늘거리는 그 날개의 끝에는…….

"엘베로사!"

그녀는 눈을 반쯤 감고 있었다. 내 외치는 소리에 부스스

잠에서 깨어나듯 눈을 치켜올렸다.

엘베로사다. 정말 그녀였다. 몇 살쯤 더 나이를 먹은 듯한 모습의, 이제는 더 이상 소녀처럼 보이지 않는 여신.

진—나이트가 이마의 빔을 아직 채 깨어나지 않은 엘베로사에게 쏟아붓는다. 열기의 아지랑이에 주변까지 이글거렸다.

나는 진—나이트의 머리로 뛰어올라 가 턱을 후려쳤다. 빔의 방향을 바꾸기 위해서였다. 하지만 마지막 카오스 브링거로 카르마를 박박 긁어 쓴 후였고, 카르마가 실리지 않은 내 공격 따위에 진—나이트는 꿈쩍도 하지 않았다.

하지만…….

누가 누굴 걱정할까? 한큐라는 캐릭터를 태어나게 해준 것이 바로 엘베로사다.

엘베로사의 몸을 감싸고 있던 수만 갈래의 날개가 빔을 막았다. 한 겹 한 겹은 미약해 진—나이트의 공격에 찢기고 증발해 갔다. 하지만 수천, 수만 겹이나 되는 방어막은 결국 뚫리지 않았고, 진—나이트의 공격은 무위로 돌아갔다.

날개들은 엘베로사의 의식이 또렷해지면서 점차 엷어져 갔다. 그리고 엘베로사가 완전히 눈을 떴을 때, 더 이상 그 아름답던 날개는 남아 있지 않았다.

그 틈을 타 진—나이트가 다시 한 번 빔을 발사했다. 하지

만 이번에 나는 더 이상 진—나이트를 공격하거나 하지 않았
다. 오히려 진—나이트의 어깨에서 뛰어내려 멀리 거리를 벌
렸다.

엘베로사가 왼손을 앞으로 내밀었다. 그녀의 손바닥 앞에
육각의 막이 떠오른다. 진—나이트의 광선에 직격당한 그 투
명 막은 심하게 요동을 쳤다.

엘베로사는 손바닥의 각도를 살짝 틀었다. 빔은 그 경사면
을 따라 하늘 높은 곳으로 튕겨져 나가 버렸다.

이번에는 엘베로사가 공격할 차례였다.

그녀는 이번에는 오른손을 들어 손바닥을 위로 향하게 했
다. 그리고는 눈앞에 뭔가가 있다는 듯 엄지를 일으키며 손을
움켜쥐었다.

그 모습을 흉내라도 내려는 듯 진—나이트의 주변 땅이 손
바닥 모양으로 솟아오르며 거인을 움켜쥐었다.

우드득— 굉장한 소리가 들린다. 엘베로사가 다시 손을 폈
을 때, 진—나이트는 형편없이 우그러든 채 그 자리에 간신히
버티고 서 있었다.

저 상태에서도 회복을 하겠지 하는 내 생각을 읽기라도 한
듯 무명이 옆에서 말을 꺼냈다. 형은 지금 인간의 모습으로
변해 있었다.

"엘베로사는 이 세계에서는 신이야. 그녀가 특히 대단한

건 게임과 관련된 것이라면 뭐든 제어할 수 있다는 거지. 가끔은 게임 밖으로까지 나가는 것 같지만……."

얼른 이해가 가지 않는다. 무명이 말을 이었다.

"게임 데이터에 손대는 건 명백한 버그 플레이야. 요는 해킹. 그게 프로그래머라 할지라도 부정행위지. 나는 애초에 엘베로사에게 보안 일체를 맡기고 있었어. 그녀는 최강의 백신이야, 이 샹그릴라 세계에서는."

"그러니까 진—나이트는 이 세계에서 병균 같은 거야?"

"말했잖아. 미학이 느껴지지 않는다고."

나는 다시 눈을 진—나이트에게로 돌렸다. 회복하지 못했다. 몸체가 녹슬기 시작했다. 다시 깨어난 엘베로사는 어쩐지 나조차도 함부로 쳐다보기 힘든 어떤 힘이 느껴졌다.

왠지 알 수 있었다. 그레이 크라운즈니 뭐니 어떤 것이 덤비더라도 지금의 엘베로사는 잡지 못할 것 같았다.

그녀는 늘 성장해 왔고, 지금도 자라고 있으니까.

진—나이트가 허물어지고, 엘베로사가 성 주변의 모든 사람이 들을 수 있는 음성으로 나직하게 말했다.

"비키거라, 인간들의 하찮은 인형들아."

그리고 그곳에는 아무도 남지 않았다.

4

엘베로사는 모여 있는 우리를 바라보았다. 나와 무명, 아피아, 문블레이드와 유리한을 차례대로 쳐다보고는 잠시 입을 다물고 있었다.

그때, 또 한 사람이 게임 안으로 접속해 왔다. 검은 가죽옷을 온몸에 걸친 여인, 유이였다.

"깨어났어요?!"

엘베로사는 유이를 쳐다보았다.

"너구나. 내게 날개를 빌려주었던 아이가."

"맞아요. 도와줘요."

대뜸 하는 말에 엘베로사가 고개를 갸웃한다. 내가 나설 차롄가?

"엘베로사, 부탁이 있어."

"한규."

"엘아힘 엔터테인먼트 본사 건물을 통째로 해킹할 예정이야. 엘베로사 너라면 할 수 있다고 들었어."

엘베로사는 내 말에 답하지 않았다. 눈을 돌려 무명을 쳐다본다. 무명은 아피아 누나를 등 뒤로 감추며 엘베로사와 눈을 마주쳤다.

그 모습에 엘베로사가 눈썹을 움찔한다. 나는 다시 엘베로사 앞에 섰다.

"엘베로사!"

엘베로사는 내가 부르는 소리에 짤막하게 한숨을 내쉬었다.

"한규는… 나를 벌써 몇 번이나 구해주었으니까 한규의 말은 무시할 수 없어. 이 새집, 이것도 한규가 마련해 준 거야?"

"나뿐만이 아니야. 문블레이드와 유리한, 여기 있는 유이, 아피아린스의 부모님, 그 밖에도 수많은 사람들이 엘베로사 너를 지키기 위해 오늘 하루 굉장한 싸움을 했어. 피를 흘리고, 죽을 뻔한 사람도 있어."

엘베로사는 고개를 끄덕였다.

"알아. 모든 기록을 살펴봤어."

"그리고 엘베로사, 네가 잡혀갔을 때 너를 구해달라고 부탁한 게 바로 무명 형이야. 형은 너 때문에 지금까지 서버 안에서 숨어 지낼 수밖에 없었는데도 네가 다시 서버로 돌아오길 바란 거야."

엘베로사는 무명과 아피아 누나를 다시 쳐다보았다. 형은 아무 말도 하지 않았다. 내가 다시 이야기를 할밖에.

"말도 안 되는 방법으로 너를 감금했던 사람들에게 벌을 줘야지. 안 그래?"

엘베로사가 빙긋 웃는다. 나는 그녀의 웃음에 오히려 움찔하고 말았다.

"그게 복수라는 감정이야?"

"으, 응?"

"한규가 늘 사로잡혀 있던··· 이런 감정이구나."

그녀는 그저 사실을 말했을 뿐이다. 하지만 나는 나도 모르게 뜨끔하고 말았다.

모두들 엘베로사를 쳐다보았다. 엘베로사는 계속 우리를 번갈아 보고 있었다.

"이럴 때는 꼭 이 말을 해야겠어. 하지 않고 넘어가려 하니까 계속 마음이 불편해."

갑작스러운 엘베로사의 말에 우리는 얼굴에 물음표를 띄웠다. 잠시 후, 엘베로사가 입을 연다.

"모두들, 고마워."

나도 모르게 웃음이 나온다. 성숙했지만 아직도 어린아이 같은 그녀를 보며.

"복수라는 거, 이제는 나도 하고 싶어졌어."

엘베로사는 결국 우리와 함께하기로 마음을 정했다. 샹그릴라라는 세계에서 가장 강력한 지원자를 얻은 것이다. 하지만 그런 생각도 잠시, 엘베로사는 차갑게 한마디 뱉었다.

"돕는 것은 이번 일뿐이야. 그다음은 내 맘이야."

눈은 무명과 아피아를 쳐다보고 있었다.

"마음대로 해. 나도 가만히 있지는 않을 거니까."

엘베로사에게 큰소리를 친 것은 다름 아닌 나였다. 엘베로사가 어쩔 수 없는, 이 세계의 유일한 캐릭터 한큐의 주인이었으니까.

다시 현실로 돌아온 한큐는 눈살을 찌푸렸다. 아까 싸우다 다쳤던 곳이 욱신거리다 못해 불에 덴 것처럼 뜨거웠다. 체면 불구하고, 아욱! 소리까지 질렀다.

기다리고 있던 구급대원들이 한큐의 몸을 살피기 시작했다. 성철이 한큐와 문기 등의 상태가 걱정되어 미리 불러두었다.

유이와 명철이 한큐와 문기 곁으로 다가왔다. 문기는 그래도 한큐보다는 상태가 좋아 찰과상 정도였다.

그때, 컨트롤 룸의 메인 모니터에 한 여자의 얼굴이 비쳤다.

"엄살쟁이들은 내버려 두고 시작해."

한큐가 눈을 돌리니 모니터 안의 엘베로사가 혀를 날름 내민다.

"진짜 아프거든?"

엘베로사는 한큐의 말에는 상대도 하지 않고 유이를 쳐다보았다.

"어느 게 보고 싶어?"

"뭐든지."

"음… 키워드만 입력해 봐. 내가 찾아줄게."

엘베로사는 이렇게 말하며 자신의 얼굴 옆에 그림을 하나 띄웠다. 복잡하게 얽힌 나뭇가지 같은 그 그림은 온통 붉은색의 선으로 가득했다.

그 그림은 언젠가 유이가 보여주었던 엘아힘 엔터테인먼트 본사의 개념도와 비슷했다. 아니, 바로 그 그림이었다.

유이는 잠시 머뭇거리다가 키보드로 몇 글자를 새겨 넣었다.

―유일평.

바로 아버지의 이름이었다.

엘베로사가 유이의 키워드를 보고는 자신의 곁에 있는 붉은 선의 집합체에 손을 가져갔다. 붉은색의 금을 따라서 손가락을 몇 번 슥슥 움직였다. 그러자 엘베로사의 손이 지난 곳을 따라 전부 녹색으로 변했다.

"우아! 저거, 뚫리는 거지?!"

명철이 소리를 친다.

"그럼 저 붉은 선들 전부 파이어 월이었던 거야?"

명철의 말에 유이가 답했다.

"정확히는 파이어 월이 막고 있는 데이터의 전송로 같은 거야. 엘베로사는 지금 손가락이 움직이는 속도로 그 파이어

월을 해제하는 중인 거고. 역시 세계 최초의 AI……."

유이는 말끝을 흐렸다. 외부로 흘릴 이야기가 아니었으니까.


엘아힘 엔터테인먼트의 서버 컴퓨터에 연결되어 있던 콘솔에서 한 남자가 신경질적으로 몸을 일으켰다.

"사기야!"

모든 데이터를 조정해 최대치까지 만든 자신의 역작 진—나이트가 그렇게 쉽게 무너질 줄은 상상도 못했다.

제동은 콘솔 옆에 있던 안경을 끼며 서버실의 컴퓨터에 자리를 잡았다. 그 말고도 몇 명이나 되는 프로그래머들이 지금 부지런히 단말기를 조작 중이었다.

"해킹 시도입니다."

한 남자가 제동에게 보고하듯 말했다.

"메인 모니터에 띄우겠습니다."

중앙 가장 큰 모니터에 문자들이 새겨지기 시작했다. 알파벳과 전각 문자들이 무작위로 적힌 그곳 중앙에 한 여자의 미소가 떠오른다.

"메인 서버 17번 라인에서 22번 라인까지… 어?"

"뭐야?"

제동이 신경질적으로 외쳤다.

"2.2초 걸렸습니다. 전부 락 해제. 서둘러 보안 프로그램 복귀시키겠습니다."

붉게 변했던 도트들이 다시 녹색으로 변한다. 하지만 이미 데이터는 빼앗긴 후였다.

"이게 뭡니까? 어떻게 이런 식으로 해킹을 하죠? 이건 완전히… 장난감 성을 탱크로 밀어버려도 이것보다는 오래 걸릴 겁니다."

한 프로그래머가 황당하다는 듯 투덜거렸다. 제동은 눈살을 찌푸리며 메인 모니터로 눈을 돌렸다.

그곳에 어지럽게 나열되어 있던 문자들이 정렬되기 시작한다. 그리고 한 줄 글을 만들었다.

제동은 그 글자를 천천히 읽었다.

"즐겨봐, 즐거울지는 모르겠지만."

외투를 집어 몸에 걸쳤다. 제동은 그 길로 엘아힘 본사를 버리고 자신의 집으로 향했다.


성철이 엘베로사에게 말했다.

"키워드만 말하면 되는 거야?"

"방대한 데이터를 몇날 며칠에 걸쳐 꼼꼼히 살펴보고 싶다면 그렇게 해. 텍스트 문서로 420테라 바이트 정도 되니까."

"그건 참아주시고."

성철이 이어 유이에게 말했다.

"미안하지만 이 오빠가 먼저 하면 안 되겠냐?"

유이가 고개를 끄덕인다.

"알았어요, 아저씨."

"으, 응."

떨떠름한 얼굴로 성철이 엘베로사에게 말했다.

"이제동, 유채림, 신도림역."

엘베로사가 다시 손가락을 저어 데이터를 찾았다. 하지만 아무것도 나오는 건 없었다.

성철이 서둘러 다시 키워드를 말한다.

"아, 그럼 이제동, 유채림, 최종호. 여일홍업."

이번에는 성과가 있었다. 말이 끝나기가 무섭게 데이터가 떠오른다. 성철은 엘베로사가 찾아준 문서를 다른 컴퓨터 화면에 띄워 훑어보았다.

"이제동 이놈이었나?!"

치료를 받던 한규가 깜짝 놀라 성철에게 물었다.

"뭐가요?!"

"배신자 말이야."

이어 성철이 곁에 있던 호열에게 말했다.

"본서에 연락해. 이제동 이 녀석, 신병 확보해야겠어. 지금 회사에 있으려나?"

"예, 계장님!"

호열이 서둘러 본서에 무전을 쳤다. 그때, 메인 모니터에 손바닥만 한 화상이 십여 개쯤 떠올랐다.

성철은 처음 그 화면이 뭔가 고개를 갸웃거리다가 이내 깜짝 놀라 손가락질을 했다.

"어, 저거 경찰청 CCTV 아니야? 맞는 거 같은데? 저건 범법 감시카메라라고… 저건 과속 단속용……. 어떻게 된 거야?"

엘베로사가 비춘 CCTV의 영상은 언뜻 중구난방으로 보였지만, 외곽순환 고속도로를 비추고 있었다. 그녀는 그중 한 차량을 특정해 붉은색 윤곽을 넣어주었다.

바보가 아닌 이상 그 차가 이제동의 것이라는 것을 알 수 있었다. 호열이 무선을 추가한다.

"04 바 56XX, 은색 밴 차량, 긴급 수배 요청합니다. 살인 사건 피의자입니다. 반복, 04 바 56XX 은색 밴입니다."

한규는 사람들의 소리를 듣다 다시 샹그릴라 콘솔에 천천히 몸을 눕혔다. 가슴의 부러진 뼈마디가 욱신거렸다. 하지만 그가 그렇게 누운 것은 꼭 아프기 때문만은 아니었다.

형을 그렇게 만든 진짜 범인.

당장은 아닐지라도 결국 경찰의 손에 잡힐 것이다. 이제부터는 더 이상 고등학생인 자신이 날뛸 필요가 없었다.

성철 형과 호열 형이 알아서 해줄 테니까.

한규는 사람들의 움직임을 보고 들었다. 혼자 모든 것을 끌어안고 있었던 시절이 떠올랐다. 친구들에게까지 비밀로 하고 샹그릴라 속에서 헤매던.

하지만 지금은…….

"뭘 또 그렇게 헤실헤실하냐? 아프니까 행복하냐? 역시 너……."

문기의 헛소리에 한규는 한마디 쏘아붙이려다가 그냥 웃고 말았다.


경찰들이 제동의 집에 들이닥쳤다.

묶여 있던 채림을 발견하고, 냉장고 안에서는 고깃덩이인지 뭔지 모를 사람의 시체를 발견했다. 성철은 그 시체가 강백천이라는 것을 금세 알아보았다.

공장 같은 그 건물에 이제동의 몸은 있었지만 제동은 이미 없었다.

샹그릴라 콘솔 위에 누워 있는 제동은 강제 로그아웃을 시도했음에도 그 세계에서 나오지 않았다. 법의관은 그에게 뇌사 판정을 내렸다.

그 시간 제동은 샹그릴라 세계 안에 있었다.

"미국에서 실험 중인 게 이건가. 가상현실 속으로 인간의 영혼을 옮긴다니. 영생을 목표 삼는 주에스 크로스다운 방법이야."

손바닥을 뒤집어가며 자신의 몸을 살피던 제동이 중얼거렸다. 이제 이곳을 살아갈 것이다. 이름도, 모습도 바꾸었다. 거추장스러운 육체 따위 버리고 샹그릴라의 주민으로서.

하찮은 캐릭터가 될 수는 없었다. 이미 자신의 클래스는 만들어놓았다. 잃어버린 고대왕국의 왕족, 그 후예.

진─나이트를 개조하여 어쩔 수 없이 마이너 다운시켰지만 전용기도 만들어놓았다. 여차하면 소환해 탑승할 것이다. 네임드 드래곤 따위는 1분 안에 잠재울 수 있는 굉장한 기체다.

레벨은 벌써 100. 어지간한 스탯도 보통의 방법으로 키운 캐릭터들보다 높게 잡아놓았다. 버그로 간주되어 제거당하면 안 된다. 그 아슬아슬한 선 아래에서 스탯을 정하느라 포기한 부분이 많았다.

장비, 스킬 어느 하나 초일류의 것이 아닌 게 없었다. 2계가 열린다 해도 서버의 최강자 수준으로 살아남을 수 있다.

제동은 근처의 시냇물에 얼굴을 비춰보았다. 마음에 든다.

그 순간, 인기척에 고개를 돌렸다.

검은 옷을 입은 남자는 지금 후드를 깊게 눌러쓰고 있었다. 입밖에 보이지 않는다. 그리고 그의 곁에 있는 여자는 게임 속임에도 아름다운 기품이 있었다.

그 한 쌍의 남녀가 웃고 있다. 뭐가 웃긴 거지? 제동은 잠시 고개를 갸웃거렸다. 저 웃음은 웃음임에도 전혀 호의적으로 느껴지지 않았다.

그런데 저 얼굴, 저 플레이어.

그는 분명 알고 있었다. 어디서 봤더라? 그래…….

얼마 전 이스마울 요새 이스루트 성의 전쟁에서 싸웠던 검은 드래곤, 무명이라고 했던가? 그 캐릭터다.

"오랜만이야."

무명이라는 남자가 자신에게 손을 들어 올린다.

"어, 어… 저를 알 리가……. 저는 이 캐릭터 만든 지 얼마 되지……."

"아니, 알아."

그 검은 옷의 남자는 깊게 눌러쓴 후드를 뒤로 넘겼다. 그리고 안경을 눌러쓴다.

그의 모습에 제동은 입을 살짝 벌렸다.

"그, 그럴 리가……."

"오랜만이야."

제동의 손이 떨린다.

"사, 살아 있던 거야?! 아니, 분명 네가 뇌사 상태에 있는 걸 확인했는데! 깨어난 거였어?! 그랬던 거구나! 어쩐지 엘베로사를 그렇게 쉽게……."

제동의 말은 이어지지 못했다.

검은 옷의 남자, 무명의 검이 붉게 물들었다.

Epilogue

"내가 그놈의 주식 그만하라고 했지!"

뾰족하게 외치는 소리에 도망쳐 나오던 중년인이 젊은 남자와 마주쳤다.

"장 사부님!"

"한규냐?"

"또 혼나셨어요?"

"아, 진짜 여자들은 왜 그러나 몰라. 주식은 팔기 전에는 손해가 아니라고 그렇게 얘기하는데도……."

"그래서 얼마나 떨어졌는데요?"

"아직 반은 남았어."

할퀸 얼굴을 쓰다듬으며 장사건은 한규와 나란히 걸었다.

"학교 끝났냐?"

"예, 시험 때라 좀 일찍요."

"시험? 잘 봤냐?"

"주식, 본전은 오겠어요?"

주거니 받거니 하더니 사제가 각기 입을 다문다.

"그나저나 사부님, 내가 공부 정말 안 시켜줄 거예요?"

"안 된다니까."

"벽방 사형들이 그러는데, 그날 사부님 대단했다면서요?
나찰대주랑 거의 동수로 싸웠다고, 명학혈전의 영웅이라 부
르던 걸요?"

"그 양반들, 누구 물 먹이나."

툴툴거리며 장사건이 팔자걸음을 한다.

"유 사부님한테나 배워. 나는 안 가르쳐 줘."

"유 사부님도 더 가르칠 게 없다고 그러던 걸요. 너는 너
혼자 하는 게 더 성과가 빠른 게 아니냐고. 그릇된 길로만 안
가게 기본 지도만 해주시고는……."

"그 말이 정답이네."

장사건이 툭하니 한마디 한다.

"치사하시긴."

한규도 지지 않고 툴툴댄다.

"그나저나, 언제라고?"

"아, 오늘 저녁 여덟 시에요. 사부님도 사모님이랑 같이 오세요. 콘솔은 많이 비어 있으니까. 명학역 2번 출구 아시죠? 지난번에 싸웠던."

"알아, 인마."

"명학혈전의 영웅께서……."

"하지 말랬지."

장사건은 품을 뒤적거렸다. 담배를 찾는 폼이다. 하지만 급히 도망 나오느라 챙기지 못한 모양이다.

"에잉, 담배 가게 주인이 담배를 돈 주고 사야 되나."

투덜거리며 호주머니를 뒤진다. 하지만 돈도 없다. 큰일이다.

"그런데 한규야."

"네?"

"너 나한테 공부 많이 배웠지?"

"그야 그렇죠. 새삼 왜요?"

"너 요새 사업 시작했다며? 무슨 핸드폰용 게임 제작 회사가……."

"아, 네. 아직 개발 중이지만. 명철이 녀석 요즘 프로그램 배운다고 난리도 아니에요."

"네가 CEO냐?"

"뭘 CEO 씩이나요. 문기 용돈 모아서 만든 회산데. 엘베로 사의 집에 워낙 좋은 컴퓨터들이 있어서 추가 비용이 안 들 뿐이지."

"그래도 6천 원은 있을 거 아냐."

장사건의 말에 한규가 피식 웃는다.

"담뱃값도 안 들고 나오신 거예요?"

"시끄러, 마. 그리고 보니 너 연애 사업은 잘돼가냐?"

"네? 아, 하하, 무슨 연애씩이나요."

"상대 고1이라며?"

"네."

"잡혀갈 짓만 하지 말거라."

한규는 지갑에서 6천 원을 꺼내다 손을 딱 멈추었다.

"사부님, 제자가 그럴 위인으로 보이십니까? 아, 이거 사제 지간에 영 신용이…… 6천 원 대출도 다시 생각해 봐야겠습니다."

장사건이 한규의 손에서 돈을 낚아챘다.

"대출은 무슨, 수업료야. 만날 공짜로 배웠으면 양심이 있어야지. 옛날에 무술을 배우려면 매달 달걀 한 판에 보리쌀 한 말은 지고 왔어."

천 원짜리를 한 놈 두시기 하고 세던 장사건이 다시 손을 내민다.

"500원만 더 주라."

"왜요?"

"라이터 사야지."

한규는 툴툴거리며 다시 주머니를 뒤졌다.

"그러고 보니 유이랑 문기는 어떻게 됐냐? 사이 좋아?"

"뭐 만날 싸웠다 떨어졌다 그래요. 문기는 처음 회사 차릴 때 유이를 꾀는 건 자기한테 맡겨달라고 큰소리치더니……."

"그놈도 영 재주없구만. 유이랑 미나랑 동갑이라 그랬나?"

"네, 둘 다 올해 고1이죠."

"다들 친하게 지내거라. 니들 나이 때는 그것만큼 좋은 것도 없어. 아까도 말했지만 잡혀갈……."

"아, 네, 네."

"잠깐 있어봐. 담배 좀 사오게."

장사건은 슬리퍼를 직직 끌며 편의점에 들어갔다 나왔다. 가볍게 떨리는 손으로 담배를 뜯고 입에 물어 불을 붙인다.

"끊지 그래요?"

한규가 툭 던지는 말에 장사건이 고개를 도리질 친다.

"차라리 세상을 끊고 만다."

"술 담배 좀 줄여요. 명학혈전의 영웅이 배가 그게 뭐예요?"

"어디다 훈수냐?"

투덜거리며 장사건은 다시 걸음을 떼었고, 한규가 나란히 걸었다.

"성철 군이랑 매영 양은 언제쯤 결혼한다냐? 친구가 먼저 장가가는데 생각없다냐?"

"그거라면, 얼마 전에 프러포즈 한 모양이에요. 식은 아직도 멀었지만, 두 사람도 이제 형이 빠진 자리를 거의 메운 듯해요."

"하긴, 네 형 때문에 갑자기 관계가 애매해져서 지금까지 어영부영한 거지?"

"그렇죠. 고등학교 때부터 늘 셋이 지냈으니까요."

장사건이 하늘에 구름이라도 만들 양 연기를 뿜어낸다.

"다들 잘 지내는구먼."

한규도 장사건을 따라 하늘을 쳐다보았다. 지금 불안한 건 한 가지뿐이다.

엘베로사. 그게 왜 이렇게 조용하지? 오늘 형이…….


샹그릴라 게임 안, 천공의 신전에 수백 명의 사람이 모여들었다.

나는 지금 신전 정문 앞에 턱시도 차림으로 서 있었다. 이 캐릭터 한큐, 참고로 나는 한큐 캐릭터를 리셋해 버렸다. 엘베로사가 준 스킬들, 버그에 가까운 그것들을 모두 포기하고

새로 나만의 스킬을 만들기 시작했다. 더 강력할지 약해질지
는 모르겠지만.

엘아힘 엔터테인먼트는 현재 이곳저곳에서 접수된 고소장
에 정신을 차리지 못할 지경이었다. 엘베로사와 유이가 빼낸,
엘아힘 엔터테인먼트의 불법을 증명하는 자료들은 매영 누나
와 미나의 손으로 발표되었다. 3월은 한 달 내내 그 사건으로
나라가 떠들썩했다.

나는 원하는 바를 이룬 셈이었고, 더 이상 그 일에는 신경
쓰지 않았다. 더 하고 싶은 일들이 내 눈앞에 펼쳐져 있었으
니까.

"축하해!"

"어, 미나구나. 여기서는 넬티아지."

"응. 와, 그렇게 빼입으니까 한규 오빠가 주인공 같은데?"

"보기 괜찮냐?"

"응? 당연하지. 여긴 샹그릴라잖아? 기미 주근깨 걱정없는,
모공 클리닉이 필요없는, 여드름도 나지 않는!"

미나의 목소리가 점점 거칠어진다. 요즘 피부 트러블 때문
에 자주 짜증을 낸다.

"알았어, 알았어. 돈 많이 벌어서 좋은 화장품 사줄게."

"약속이다?"

드레스를 살랑살랑 흔들며 미나는 신전 안으로 먼저 걸음

을 옮겼다.

문블레이드가 곧바로 들이닥쳤다. 유이와 함께였다. 유이는 샹그릴라에서도 유이라는 이름을 쓰고 있었다. 두 사람 모두 여자 캐릭터였고, 손을 잡고 들어오는 모습이 조금 거슬렸다.

"오우, 옷이 날개라더니 조금은 멋지다?"

문블레이드에게 허리를 굽히며 나는 안내 멘트를 날렸다.

"여자 화장실은 오른편입니다."

"시끄러. 아무튼 축하한다."

"하하, 부줏돈이나 잔뜩 넣고 가라."

뒤이어 손님들이 찾아온다. 성철 형, 매영 누나, 호열 형, 그리고 벽방의 사람들과 장 사부님 부처……

수많은 지인들이 축하해 주기 위해 나타났다. 그중에는 채림 누나도 있었다. 꽤 심한 정신적 충격으로 한 달간 병원 신세를 지기까지 했다는데.

"한규야, 축하해."

"누나, 이제 좀 괜찮은 거예요?"

"응? 아, 뭐, 아직도 좀 꿈자리가 뒤숭숭하지만 정신 차려야지. 팀장님도 이렇게 멋지게 살아가고 있는데."

"맞아요. 힘든 일 있으면 얘기해요. 여차하면 우리 회사에 와요. 봉급은 못 주지만, 지분 떼어줄게요."

채림 누나가 웃는다. 형이 회사에 있을 때 참 살갑게도 챙겨주곤 했는데 저렇게 힘 빠지는 모습을 보니 내 마음도 편치 않았다.

그렇게 한 무리가 우르르 신전 안에 들어간 그 순간,

저 멀리서 은색의 마차가 비마(飛馬)에 이끌려 신전 앞마당에 착륙했다. 은방울이 차르랑거리며 맑은 소리를 낸다.

마차의 문이 열리고, 은색의 드레스를 걸친 여자가 시종들의 부축을 받으며 내려섰다. 분홍빛 머리칼이 바닥에 닿을 정도로 치렁한 그녀는 우아한 걸음걸이로 내게 다가왔다.

"엘베로사."

"……."

아무런 대답도 하지 않았다. 내 곁을 스쳐 지나가는 엘베로사에게 황급히 말했다.

"지난번의 이야기, 유효한 거지? 엘베로사도 조용히 축하해 주는 거야. 난리 피우면 나도 가만 안 있어!"

예전의 한큐 캐릭터는 아니었지만, 지금의 나도 엘베로사만큼은 제압할 수 있었다. 대엘베로사용 최종 병기 카오스 브링거만은 개조해 남겨두었으니까.

"흥."

코웃음 치며 엘베로사가 신전 안으로 들어갔다.


"오늘 이 자리에 두 사람의 미래를 축복해 주시기 위해 많은 분들이 모이셨습니다."

묵직한 목소리의 남자가 이야기를 읊기 시작했다.

신전 안은 수많은 꽃과 전등으로 장식되어 있었다. 어느 곳보다도 밝고, 그래서 그 중앙, 순백의 드레스를 입은 그녀가 아름답게 보일 수 있는 그런 곳으로 꾸며져 있었다.

장엄하면서도 부드러운 음악이 울려 퍼진다.

조금 전 이야기를 했던 사제복 차림의 남자가 다시 이야기를 잇는다.

"오늘 이곳에서 행해질 의식은 신의 이름으로 이루어지는 성스러운 의식입니다. 모두들 여기 모인 한 쌍의 남녀를 축복해 주시기 바라며 이 의식을 반대하시는 분이 계시다면 이 자리에서 말씀을 해주십시오. 그리고 이곳에서 이야기하지 않으실 거라면 영원히 하지……."

그의 말에 한 여자가 손을 번쩍 들었다.

엘베로사였다.

나는 그녀의 모습에 자신도 모르게 웃음이 터져 나왔다.




『카르마 마스터』終

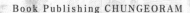

**Story of Master ISAN**

# 이사부전

# Isan Cruate

이소 퓨전 판타지 소설

## 진실로 소원하면 이루어진다!

목숨을 건 기상천외한 방법을 통해 평생의 굴레였던 처절한 고통에서 벗어나고
그토록 원하던 인간다운 인간이 되는 행운을 얻었지만
그러나 그곳은 전혀 다른 세상

## 이산 크루이트.

흥미진진한 모험과 여행
인간 본연의 자유로움
아름다운 삶의 향기

## 이제 그의 전기가 시작된다!

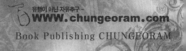

유행이 아닌 자유추구 -
WWW.chungeoram.com
Book Publishing CHUNGEORAM

조종호 新무협 판타지 소설

# 十變化身
## 십변화신

"너는 죽는다."

"……!"

뇌서중은 자신도 모르게 번쩍 고개를 치켜들어 뇌력군을 올려다봤다.

"다시 말해주랴? 난호가 망혼곡에 들어가면 네놈은 반드시 죽는다."

비밀에 싸인 중원 최고의 살수문파 망혼곡(忘魂谷).
그곳에서 십 년 만에 돌아온 화사명은 기억을 지우고
평화로운 삶을 꿈꾸지만,
주위엔 가문을 위협하는 자들이 존재하고 있었으니……

**그의 손엔 망혼곡 삼대기문병기**
**용편검(龍鞭劍), 명혼기수(冥魂起手), 엽섬비(葉閃匕).**
**얼굴엔 서로 다른 열 개의 괴이한 가면.**

**망혼곡주 십변화신!**
**그가 일으키는 폭풍의 무림행!**

Book Publishing CHUNGEORAM

백야 新무협 판타지 소설

## 취불광도

「무림포두」, 「염왕」의 작가 백야!
그가 칠 년 동안 갈고닦아 온 역작 「취불광도」!

강호 일신(一神), 검신 한담(邯單).
오직 검 한 자루로 무림을 지배하고 다스리는 인물.
강호를 지배하는 또 하나의 손, 또 하나의 검…….

기이한 파계승의 손에서 자란 나정은 스승과 함께 떠난 무림행에서
이십 년 전의 혈난을 만들어낸 금단의 무공을 만나게 되고……

그에게 잠재되어 있던 거대한 힘이 운명의 안배에 따라 깨어난다!

어린 동자승, 나정이 만들어가는 무림 기행!
또 하나의 전설이 이제 시작된다!

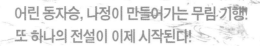

Book Publishing CHUNGEORAM

## 무적문주

**눈매** 新무협 판타지 소설

강호가 혼란할 때마다 나타났던 전설의 문파
강호인들은 그들을 무적문이라 부른다.

마도천하의 시대. 명문정파 비검문은 유일한 계승자인 설화를 보호하기 위해
표운성이라는 청년을 찾는데……

"헤헤, 돈 좀 주셔야겠는데요?"

걸핏하면 돈! 돈! 돈!
세상에서 가장 좋은 것도 돈이요, 가장 귀한 것도 돈이다.

그를 은밀히 따르는 어둠 속의 사군자(死軍者)들
서서히 드러나는 무적문의 실체

"은자의 은혜만 받는다면 나 표운성, 이루지 못할 것은 없다!"

돈에 환장한 문주가 나타났다!

Book Publishing CHUNGEORAM

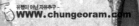